GÜNTER HUTH

Blutiger Spessart

GÜNTER HUTH

Blutiger Spessart

Ein Simon Kerner Thriller

echter

Mainfranken Krimi

Günter Huth wurde 1949 in Würzburg geboren und lebt seitdem in seiner Geburtsstadt. Er kann sich nicht vorstellen, in einer anderen Stadt zu leben. Er ist von Beruf Rechtspfleger (Fachjurist), verheiratet und hat drei Kinder. Seit 1975 schreibt er in erster Linie Kinder- und Jugendbücher sowie Sachbücher aus dem Hunde- und Jagdbereich (ca. 60 Titel). Außerdem hat er Hunderte von Erzählungen und Kurzgeschichten veröffentlicht. In den letzten Jahren hat sich Günter Huth vermehrt dem Genre Kriminalroman zugewandt und bereits einige Kriminalerzählungen veröffentlicht. 2003 kam ihm die Idee für einen Würzburger Regionalkrimi: »Der Schoppenfetzer« war geboren. Die erfolgreiche Serie hat sich mittlerweile in Mainfranken und auch im außerbayerischen »Ausland« etabliert. Der vorliegende Thriller ist der erste Kriminalroman um Simon Kerner. Günter Huth ist Mitglied der Kriminalschriftstellervereinigung »Das Syndikat«.

Die Handlung und die handelnden Personen dieses Romans sind frei erfunden. Jede Ähnlichkeit mit toten oder lebenden Personen oder Persönlichkeiten des öffentlichen Lebens ist nicht beabsichtigt und wäre rein zufällig.

Den Menschen
des Amtsgerichts Gemünden am Main

Prolog

Das Repetiergewehr im Kaliber .308 Winchester war mit einem Nachtsichtzielgerät und einem Schalldämpfer bestückt. Der Mann, der es mit einem Gewehrriemen über den Rücken geschnallt hatte, war seinerseits mit einer leistungsfähigen, militärischen Nachtsichtbrille ausgerüstet. Schwarz gekleidet, verschmolz er in der Nacht völlig mit den Bäumen des Waldes, zwischen denen er sich fast lautlos bewegte.

Sein Elektroquad vom Typ *Ghostrider* hatte er einige hundert Meter weiter hinten in einem Stichweg abgestellt. Dieses robuste Fahrzeug war für derartige Einsätze optimal – extrem geländetauglich, konnte man sich damit fast lautlos fortbewegen. Die restliche Strecke würde er zu Fuß zurücklegen. Wenig später hatte er den Waldrand erreicht. Regungslos blieb er unter den Bäumen stehen und beobachtete das freie Feld, das sich an den Wald anschloss. Mit Befriedigung nahm er zur Kenntnis, dass sich der Mond hinter einer riesigen Wolkenbank versteckte, die von der schwachen sommerlichen Brise nur träge ostwärts getrieben wurde. Das helle Licht des Vollmondes hätte die Leistungsfähigkeit seiner Nachtsichtausrüstung beeinträchtigen können.

Es dauerte nur zehn Minuten, dann tauchte sein Ziel links in seinem Gesichtsfeld auf. Er wartete einen Augenblick, bis die Situation günstig war, schob die Nachtsichtbrille nach oben und nahm das Gewehr hoch. Den linken Handrücken zur Stabilisierung gegen einen Baumstamm gedrückt, ruhte der Vorderschaft der Waffe regungslos in seiner Handfläche.

Mit der Rechten drückte er den Kolben des Gewehrs gegen die Schulter. Das Fadenkreuz des Nachtsichtzielfernrohrs saugte sich am grünlichen Bild des Zieles fest. Der rechte Zeigefinger bewegte den Abzug mit der erforderlichen Gleichmäßigkeit nach hinten und überwand schließlich den Widerstand des Druckpunktes. Mit einem kaum vernehmlichen »Plopp« löste sich der Schuss. Den leichten Rückschlag der Waffe nahm der Schütze kaum wahr. Sofort repetierte er eine neue Patrone ins Patronenlager. Dieses mechanische Geräusch war lauter als der eigentliche Schuss, aber trotzdem so leise, dass man es in einigen Metern Entfernung schon nicht mehr hören konnte. Mit einem Blick durch das Zielfernrohr überzeugte sich der Schütze davon, dass er optimal getroffen hatte. Das spezielle Projektil, das er verwendete, ließ hinsichtlich der Wirkung keine Wünsche offen.

Er sicherte seine Waffe und schob die Nachtsichtbrille wieder vor die Augen. Schnell hatte er die ausgeworfene Patronenhülse gefunden und aufgehoben. Dann drehte er sich um und verschwand so lautlos, wie er gekommen war.

1

Das Treffen der beiden Männer fand auf den östlichen Wehrgängen der Festung Marienberg statt. Das Wetter war ausgesprochen unfreundlich, daher waren so gut wie keine Besucher auf den Mauerkämmen der historischen Wälle hoch über den Dächern von Würzburg unterwegs. Es regnete zwar nicht, aber der Wind blies in Böen über die Höhe und beugte das Gras auf den Befestigungen. Ideale Verhältnisse für eine geheime Zusammenkunft, die auf keinen Fall bekannt werden durfte.

Der Ältere der beiden Männer, Pietro Vasselari, blickte scheinbar gedankenverloren über das Tal hinüber zum gegenüberliegenden Nikolausberg, wo die Türme des Käppele, einer historischen Klosterkirche, herüber grüßten. Er trug einen dunkelblauen Nadelstreifenanzug, dazu einen breitrandigen Hut, unter dem schwarzes, mit silbrigen Fäden durchzogenes Haar hervorschaute. Sein Gesicht war von zahlreichen Falten zerfurcht. Er hatte den Teint eines Menschen, der viele Jahre lang Sonne, Wind und Wetter ausgesetzt gewesen war. Das machte ihn älter als die 72 Lenze, die er schon auf dem Buckel hatte. In der Hand hielt er einen schlanken, schwarzen Spazierstock mit einem kugeligen Knauf aus Silber, der einen Löwenkopf darstellte. Man sah dem Löwenkopf nicht an, dass er, wenn man an einer bestimmten Stelle drückte, ein zwanzig Zentimeter langes, schmales, beidseitig geschliffenes Stilett freigab. Eine sehr effektive Waffe. Vor allen Dingen deshalb, weil man immer den Überraschungsmoment auf seiner Seite hatte.

»Was ist nun, Renato, kannst du die Angelegenheit in unserem Sinne regeln?«, fragte er den anderen. Seine Stimme klang ungeduldig.

Man merkte, dass er es nicht gewohnt war, lange bitten zu müssen. Er drehte sich halb um und warf einen kurzen Blick zurück. Außer Hörweite lehnte sich Carlo, sein Chauffeur und Leibwächter, lässig gegen die Festungsmauer. Diese Gelassenheit täuschte jedoch. Er behielt die unmittelbare Umgebung der beiden Gesprächspartner scharf im Auge.

Der mit Renato Angesprochene zuckte mit den Schultern. Sein Äußeres zeichnete sich durch eine gewisse Sportlichkeit aus, wirkte aber deshalb nicht weniger gepflegt. Er war kräftig und muskulös – das Ergebnis regelmäßiger Besuche eines Studios. Man sah ihm nicht an, dass er die Fünfzig schon überschritten hatte.

»Don Pietro, sie wissen, wie gefährlich die Angelegenheit ist. Er ist ausgesprochen misstrauisch, und wenn er nur den geringsten Verdacht hat, lande ich mit Betonschuhen im Main.«

Der Alte zuckte mit den Schultern. »Was willst du nun, weiterkommen oder ewig für ihn den Consigliere spielen, der die heißen Kastanien aus dem Feuer holen muss? Die Familie wird aufatmen, wenn der alte Tyrann beseitigt ist. Du hast doch gesagt, du bist sicher, dass sie auf deiner Seite stehen werden.«

»Schon, aber besser wäre es, wenn es nach einem Unfall aussieht. Wenn man mich direkt mit seinem Tod in Verbindung bringt …«

»Mach dich nicht lächerlich. Es geht schließlich nur ums Geschäft.«

»Also, gut«, gab der Consigliere tief durchatmend zurück, »ich kenne da einen guten Mann, der das zuverlässig erledigen wird. Billig wird das allerdings nicht.«

»Das ist kein Problem. Sag mir, was es kostet, und ich stelle dir den erforderlichen Betrag zur Verfügung. Heute tue ich dir einen Gefallen – und morgen werde ich dich vielleicht um einen bitten.«

Er machte eine kleine Pause, dann fuhr er mit ruhiger Stimme fort: »Vergiss nicht unsere Abmachung. Ich übernehme die Prostitution in der ganzen Stadt und im Landkreis Main-Spessart, dafür bekommst du die Einkünfte aus dem Drogengeschäft.«

Renato nickte.

»Wenn die Angelegenheit erledigt ist, wirst du es ja erfahren. Bis dahin keine Kontakte mehr.«

Der Alte nickte, dann gab er seinem Chauffeur ein Zeichen und schlenderte langsam weiter.

Renato Mallepieri hingegen drehte sich um und eilte in die entgegengesetzte Richtung davon. Als er an dem Leibwächter des Alten vorbeimarschierte, schenkte der ihm keinen Blick.

Don Pietro Vasselari hatte es nicht eilig. Er genoss die schöne Aussicht. Man konnte dabei sehr gut nachdenken.

Mallepieri war für ihn lediglich eine nützliche Marionette, die er in diesem Spiel an den Fäden hielt. Wenn der Consigliere seinen Paten beseitigte, hatte er ihm die Drecksarbeit abgenommen. Der Pate der Würzburger Mafiafamilie wollte auf keinen Fall mit der Beseitigung des Konkurrenten aus dem Spessart in Verbindung gebracht werden. Das hätte in alle Familien große Unruhe gebracht. Später Mallepieri zu beseitigen war sicher keine große Angelegenheit. Schon seit längerer Zeit hatte Vasselari ein Auge auf die Geschäftsbereiche Don Emolinos geworfen. Wie es aussah, steckte der

Alte in Schwierigkeiten mit der Justiz. Das bedeutete, dass das Alphatier der Emolinofamilie schwächelte. Ein guter Zeitpunkt, um sich sein Revier anzueignen. Sollte Mallepieri versagen, konnte man immer noch andere Methoden ins Auge fassen, um Emolino vom Thron zu stoßen.

Renato Mallepieri hatte durch das Treffen mit dem Paten der Konkurrenzfamilie Vasselari einen Schritt getan, der nicht mehr rückgängig gemacht werden konnte. Das war ihm voll bewusst. Er war jetzt ein Verräter. Er hatte sich auf ein höchst riskantes Unternehmen eingelassen, aber wenn er sein Ziel, nämlich an die Spitze der Familie aufzusteigen, erreichen wollte, gab es keinen besseren Zeitpunkt. Der Thron des schwer angeschlagenen Don Francesco Emolino wankte. Die Polizei und die Staatsanwaltschaft in Würzburg hingen ihm seit fast zwei Jahren an den Fersen und hatten sich wie eine Meute Terrier an ihm festgebissen. Mallepieri war davon überzeugt, dass die Staatsanwaltschaft eher früher als später zuschlagen würde. Die Gefahr, dass der Alte auspackte, wenn er merkte, es ging ihm an den Kragen, durfte man nicht unterschätzen. In diesem Fall würden viele Köpfe rollen, unter anderem auch seiner. Deshalb war er sicher, dass er die meisten Mitglieder der Familie schnell auf seine Seite ziehen konnte, wenn Don Emolino etwas zustieß und er überraschend aus dem Leben schied. Und für die, die nicht kooperieren wollten, gab es andere Lösungen.

Don Pietro war keinen Deut besser. Ein gefährlicher weißer Hai, der in den Gewässern der Mafia schwamm und dort rücksichtslos auf Beute lauerte. Mallepieri hatte keinen Zweifel daran, dass er für den Alten nur Mittel zum Zweck war. Ein willfähriges Instrument, mit dessen Hilfe Vasselari sich die lukrativen Geschäfte im Revier von Emolino aneignen wollte. Dafür würde ihm jedes Mittel recht sein. Der Consigliere zuckte im Gehen mit den Schultern. Wenn er erst einmal an der Macht war, würde man über die Abmachung noch einmal reden müssen. Wer sagte denn, dass Don Pietro das ewige Leben hatte?

Wenig später hatte Mallepieri den öffentlichen Parkplatz der Festung erreicht. Wegen des schlechten Wetters rechnete man nur mit einer geringen Besucherzahl und hatte das Parkwärterhäuschen heute nicht besetzt. Folglich konnte man gebührenfrei parken. Auf dem Areal herrschte fast völlige Leere. Die wenigen Fahrzeuge, die über den ganzen Platz verstreut standen, waren unbesetzt. Mallepieri setzte sich in seinen weißen Alfa Romeo, 159 SW mit 200 PS und ließ den Motor kurz aufheulen. Er liebte den satten Sound der starken Maschine, dann legte er den Gang ein und rollte langsam vom Parkplatz. So schnell würde er nicht zur inneren Ruhe finden. Das, was er beabsichtigte, konnte ihm das Leben kosten oder ihm Macht und Reichtum verschaffen.

Zwei Stunden nach dem konspirativen Treffen auf den Festungswällen läutete das Mobiltelefon von Francesco Edoardo Emolino, dem Oberhaupt der Familie.

Er saß auf der linken Mainseite in Hofstetten in seiner etwas abgelegenen Villa und hatte sich gerade von seiner Haushälterin nach dem Essen einen Espresso servieren lassen. Seitdem seine Frau vor drei Jahren an Krebs gestorben war, lebte er allein in dem großen Haus mit zwei Stockwerken und zwölf Zimmern. Sein einziger Sohn Ricardo war schon lange ausgezogen und hatte eine eigene Wohnung. Im Haus wohnte noch sein Chauffeur, der ihm gleichzeitig als Leibwächter diente. Anna, seine Haushälterin, arbeitete nur tagsüber in der Villa; am Abend ging sie nach Hause.

Emolino hatte ihr schon mehrfach angeboten, doch hier ins Haus zu ziehen, aber sie hatte immer abgelehnt. Sie fand, es gehöre sich nicht, mit einem Witwer zusammenzuleben.

Bei dem Handy handelte es sich um ein unregistriertes Prepaidmobiltelefon, das nicht so einfach abgehört werden konnte. Über seinen Festnetzanschluss liefen nur noch völlig harmlose Anrufe. Schon seit Monaten wusste er, dass er von der Polizei überwacht wurde.

»Pronto!«, meldete er sich kurz. Obwohl er schon seit Jahrzehnten in Deutschland lebte, pflegte er im Umgang mit seinen Landleuten nach wie vor die italienische Sprache. Die Nummer auf dem Display war ihm bekannt. Er wusste, wer anrief, und lauschte einige Zeit wortlos in den Hörer. Seine Miene veränderte sich im Laufe des Gesprächs dramatisch; war sie am Anfang angespannt gewesen, wechselte sie nun schlagartig in Betroffenheit und schließlich in Wut. Als der Anrufer schließlich schwieg, fragte er knapp: »Und daran gibt es keinen Zweifel?«

Die Antwort bestand offenbar nur aus einem Wort.

»Grazie«, gab Don Emolino zurück, dann unterbrach er das Gespräch und legte das Handy zurück. Schweren Schrittes ging er zu der breiten Fensterfront. Geraume Zeit starrte er wie versteinert hinaus. In der Ferne auf der gegenüberliegenden Mainseite konnte er, etwas versetzt, die Häuser von Langenprozelten erkennen.

Er setzte sich an den Schreibtisch zurück. Sein Espresso war mittlerweile kalt. Beiläufig schob er die Tasse zur Seite.

Es war ein Schock, wenn man erfuhr, dass ein Körper, den man für völlig gesund gehalten hatte, plötzlich von einem Krebsgeschwür befallen war. Bei seiner Frau hatte er dies auf dramatische Weise erleben müssen. Auch die Familie war nach seinem Gefühl so eine Art Organismus. Wie er soeben gehört hatte, schien sich auch hier ein Krebsgeschwür eingenistet zu haben.

Schließlich gab er sich einen Ruck, griff erneut zum Telefon und wählte eine Nummer. In solchen Fällen half nur eine schnelle, rigorose Operation, um den Tumor zu entfernen, bevor er auf den ganzen Körper übergriff. Er wählte die Nummer eines ausgezeichneten »Chirurgen«, der auf solche Eingriffe spezialisiert war.

Wenig später hörte er unten im Hof den Motor eines Fahrzeugs. Den Klang kannte er genau. Sein Consigliere hatte einen Zahnarzttermin in Würzburg gehabt, wie er Don Emolino erklärte.

Nach kurzem Anklopfen betrat Mallepieri das Arbeitszimmer.

»Hat in Würzburg alles geklappt?«, wollte Emolino wissen. Er musterte seinen Vertrauten mit prüfendem Blick.

»Alles klar«, gab Mallepieri locker zurück, »irgendwann werde ich mir wohl einen Weisheitszahn ziehen lassen müssen. Aber das hat noch Zeit, solange er nicht rebellisch wird. Liegt noch was an? Ansonsten würde ich nämlich nach Hause fahren.«

Don Emolino schüttelte den Kopf und sagte leise: »Nein, du kannst gehen. Morgen benötige ich dich erst gegen Mittag.«

Mallepieri nickte und verließ mit einem kurzen Gruß das Zimmer.

Don Emolino sah ihm lange hinterher. Die Sache mit dem Weisheitszahn dürfte sich erledigt haben.

Am nächsten Morgen verließ Renato Mallepieri sein Haus in Gemünden am Main, das in der Nähe der Scherenburg lag, und öffnete seine Garage. Er entriegelte seinen Wagen mit der Fernbedienung und wollte sich gerade hinter das Steuer setzen, als ein maskierter Mann um die Ecke bog und auf ihn zurannte. Trotz des sommerlichen Wetters trug er einen langen schwarzen Ledermantel. Für eine Schrecksekunde lang fühlte sich Mallepieri wie gelähmt. Keinen Augenblick zweifelte er an den Absichten des Vermummten.

In den nächsten Sekunden überschlugen sich die Ereignisse.

Mallepieris Hand fuhr zum Gürtel, wo unter dem Jackett eine durchgeladene Beretta steckte. Ehe er jedoch die Waffe greifen konnte, zog der Maskierte blitzschnell eine kurze Pumpgun unter seinem Mantel hervor und brachte sie in Hüftanschlag.

Wie aus dem Nichts stürmten fast zeitgleich zwei ebenfalls vermummte Männer mit Helmen auf dem Kopf in die Garage und brüllten den Angreifer an: »Polizei! Lassen Sie sofort die Waffe fallen!« Der Maskierte war aber offenbar so verblüfft, dass er die Gefährlichkeit der Lage nicht schnell genug einschätzen konnte. In den Ansatz einer Drehung hinein ertönte der scharfe Knall eines Schusses, und der Mann stürzte wie vom Blitz getroffen gegen die weiße Garagenwand. Dort bildete sich ein von weißer Gehirnmasse durchsetzter, blutroter Fleck, der wie ein skurriles Gemälde von der hellen Wand abstach.

Die beiden Polizisten traten mit schussbereiten Waffen vor, wobei der eine die Pumpgun mit einem Fußtritt unter Mallepieris Auto beförderte. Der Consigliere hatte unwillkürlich die Hände gehoben.

Als sich die beiden davon überzeugt hatten, dass von dem Angreifer keine Gefahr mehr ausging, sprach der Beamte, der geschossen hatte, in ein Mikrofon, das an der Brustseite seines Einsatzanzugs befestigt war. Der andere trat mittlerweile nach vorne und schob wortlos Mallepieris Jackett zur Seite. Er ergriff die Beretta und steckte sie sich in seinen Gürtel. Dann erst verstaute er seine eigene Waffe wieder im Holster.

»Sie warten hier«, befahl er kurz und knapp.

Mallepieri war so geschockt, dass er nur wortlos nicken konnte. Ihm war klar, dass er ohne das Eingreifen der Polizisten nicht mehr am Leben gewesen wäre. Erst nachdem sein Verstand langsam wieder zu funktionieren begann, fing er an, sich die Frage zu stellen, wieso die Polizeibeamten so plötzlich aus heiterem Himmel aufgetaucht waren.

Es verging eine knappe Minute, dann betrat ein Zivilist die Garage.

»Grüß Gott, Herr Mallepieri«, grüßte der Mann. Dabei streifte er den erschossenen Angreifer nur mit einem kurzen Blick, »mein Name ist Eberhard Brunner, Kriminalhauptkommissar Brunner. Können wir ins Haus gehen? Ich muss mit Ihnen sprechen.«

Mallepieri nickte unkonzentriert. Was hatte das alles zu bedeuten? Bis jetzt war immer Emolino im Fokus der Polizei gestanden. Wem hatte er diesen verdammten Killer zu verdanken?

Drinnen angekommen, orientierte sich der Kriminalbeamte kurz, dann ging er wie selbstverständlich in die Küche und holte Mallepieri ein Glas Wasser. Er stellte es vor ihm auf den Wohnzimmertisch ab, dann setzte er sich in einen Sessel. Langsam ließ sich der Hausherr ihm gegenüber auf der Couch nieder. Mit leicht zitternden Händen trank er einen Schluck.

»Geht es wieder?«, fragte Brunner.

»Ja«, gab Mallepieri mit unsicherer Stimme zurück.

»Es ist mir klar, dass Sie von den Ereignissen völlig überfahren sein müssen. Eines haben Sie aber sicher mittlerweile registriert, dass Sie nur knapp dem Tod entronnen sind. Der freundliche Zeitgenosse in der Garage, der demnächst in einem Kunststoffsarg auf dem Weg in die Rechtsmedizin sein wird, hatte ganz klare Anweisungen.«

Der Kriminalbeamte ließ sein Gegenüber keine Sekunde aus den Augen.

»Anweisungen von wem?«, brachte Mallepieri heiser hervor.

»Können Sie sich das nicht denken? Don Emolino hat genaue Informationen über Ihre Pläne, die Sie kürzlich mit Don Pietro gegen ihn geschmiedet haben. Sie können sich denken, dass er sich darüber nicht gerade amüsiert hat.«

Mallepieri wurde blass. »Woher weiß er ...?«

»Sie wissen doch selbst am besten, dass Emolino seine Fäden überall gespannt hat. Er ist ein schlauer Fuchs, der sich schon lange keine Illusionen mehr über die Menschen in seiner Umgebung macht. In eurer ehrenwerten Gesellschaft kann man doch keinem über den Weg trauen. Dafür sind Sie ja das beste Beispiel. Muss ich das weiter erklären?«

Mallepieris Kaumuskeln traten deutlich hervor. »... und woher weiß die Polizei ...?«

Brunner zuckte mit den Schultern. »Als Emolinos Consigliere ist Ihnen doch bekannt, dass wir seit geraumer Zeit gegen die Familie ermitteln. Emolino hat es bisher noch immer verhindern können, dass wir aussagebereite Zeugen gefunden haben, um ihn für den Rest seines Lebens hinter Gitter zu bringen. Bei den Vernehmungen können sie sich an nichts mehr erinnern, oder es rafft sie vorher ein plötzlicher Tod dahin.«

Mallepieri schwieg. Natürlich kannte er die Methoden, die Emolino anwandte, um unliebsame Zeugen zum Schweigen zu bringen. In vielen Fällen hatte er selbst dafür gesorgt, dass die Mauer des Schweigens hielt.

Brunner erhob sich und stellte sich vor die großflächige Glasfront; von hier aus konnte man hinunter auf das Maintal und bis zum Wald am Gegenhang blicken. Betont beiläufig meinte er: »Ein guter Scharfschütze hätte sicher kein allzu großes Problem, vom gegenüberliegenden Hang auf einen Mann, der hier am Fenster steht, zu schießen.«

»Was wollen Sie von mir?«, fragte Mallepieri, obwohl er natürlich eine ziemlich genaue Vorstellung von dem hatte, was jetzt kommen würde.

Brunner drehte sich um und ließ sich wieder auf seinem Platz nieder. »Dieses Mal konnten wir Sie retten, weil wir Emolino im ganzen Haus abhören. Aber in einer halben Stunde sind wir wieder weg, und Sie bleiben ganz allein zurück. Wollen wir eine Wette darauf abschließen, wie lange Sie dann noch am Leben sind? Für ihn sind Sie ein Verräter, der bestraft werden muss. Wenn Emolino erfährt, dass die Polizei seinen Killer erschossen hat, wird ihm mit letzter Sicherheit klar sein, dass Sie mit uns zusammenarbeiten.«

Nervös trank Mallepieri sein Glas leer. Er wusste natürlich, wie Emolino tickte. Der Polizist hatte recht.

»Sie müssen mich schützen«, stieß er hervor.

Brunner zog ein bedenkliches Gesicht. »Sie wissen doch bestimmt aus den Medien von der Personalknappheit im öffentlichen Dienst. Auch die Polizei ist davon betroffen. Daher müssen wir Prioritäten setzen. Wir können nicht jedem, der mit Emolino Ärger hat, Personenschutz gewähren.«

Er machte eine kurze Pause, dann fuhr er fort: »Wie gesagt, wir müssen unsere Kräfte rationell einsetzen. Aber stellen wir uns einmal vor, es gäbe jemanden aus dem innersten Kreis von Emolino, der sich ebenfalls schwerer Straftaten schuldig gemacht hat, als Mitwisser oder vielleicht sogar durch eigene Verbrechen. Wenn sich diese Person beispielsweise der Staatsanwaltschaft als Kronzeuge zur Verfügung stellen würde, dann könnte man einen aufwändigen Personaleinsatz zu seinem Schutz sicher verantworten.« Er verstummte und ließ seine Worte erst einmal einwirken.

Mallepieri rutschte nervös auf seinem Sitz herum. Für ihn war völlig klar, dass sein Leben seit heute keinen Pfifferling mehr wert war. Selbst wenn er jetzt sofort alle Zelte abbrechen und sich auf die Flucht machen würde, könnte er dem weit verzweigten Netz Emolinos kaum entgehen. Er hatte das schon oft genug erlebt.

»Was müsste ein Kronzeuge tun?«

Brunner sah ihn nachdenklich an, dann erwiderte er: »Er müsste uns die gesamten Strukturen von Emolinos Verbrecherorganisation aufdecken, Namen nennen, Straftaten aufdecken und uns Beweise liefern, damit wir in die Lage versetzt werden, Emolino und seine Handlanger für immer hinter Gitter verschwinden zu lassen.«

»Wie sähe so ein Deal aus?«

»Das Gericht könnte ihm Strafmilderung oder sogar Straffreiheit gewähren. Für solche Fälle gibt es dann ein Zeugenschutzprogramm. Er bekäme eine neue Identität, womöglich eine Gesichtsoperation und einen Job an einem neuen Wohnsitz, irgendwo, wo ihn keiner kennt.«

Mallepieri stand der Schweiß auf der Stirn. »Das kann ich nicht machen. Emolino wird mich überall finden!«

Brunner erhob sich. Sein Mitleid mit dem Mafioso hielt sich in engen Grenzen.

»Ihr Leben ist schon heute keinen Pfifferling mehr wert, aber das müssen Sie selbst wissen«, erklärte er emotionslos und bewegte sich zur Tür.

»Verdammt, Sie können mich doch jetzt nicht so einfach hier sitzen lassen!«, rief Mallepieri fast panisch.

Der Kriminalbeamte zuckte mit den Schultern. »Ich habe es Ihnen ja erklärt.«

Als er bereits den Türgriff in der Hand hatte, rief Mallepieri ihn zurück. »Warten Sie! Lassen Sie uns noch einmal miteinander sprechen!«

»Verschwenden Sie nicht meine Zeit!«, gab Brunner kalt zurück. »Wollen Sie uns nun helfen oder nicht?«

In Mallepieri tobte ein schwerer Kampf. Schließlich brach er innerlich zusammen. »Was muss ich tun?«, fragte er leise.

Brunner hatte natürlich mit dieser Entscheidung gerechnet. Er trat wieder in den Raum zurück. »Suchen Sie sich ein paar Kleidungsstücke zusammen und nehmen Sie Ihre Papiere mit. Soweit Sie Bargeld im Haus haben, können Sie es auch mitnehmen. Lassen Sie sonst alles stehen und liegen, auch Ihr Handy. Nehmen Sie aber die SIM-Karte heraus. Dann müssen wir zusehen, dass Sie von hier verschwinden. Emolino wird sehr schnell mitbekommen, dass sein Killer hier keinen Erfolg hatte, und einen anderen schicken. Wir bringen Sie in eine sichere Wohnung. Dort werden Sie vernommen.«

Mallepieri zögerte nicht länger. Er erhob sich und eilte ins Ankleidezimmer, um einen kleinen Koffer zu packen. Nachdem er sich entschieden hatte, gab es keine Zurückhaltung mehr. Wenig später verfrachteten Brunner und ein weiterer Kriminalbeamter ihn auf die Rücksitzbank eines zivilen Polizeifahrzeugs und warfen eine Decke über ihn. Ein paar Minuten später verließ das Dienstfahrzeug Gemünden und fuhr mit hoher Geschwindigkeit in Richtung Würzburg. Außerhalb der Ortschaft konnte sich Mallepieri wieder aufrichten. Schweigend saß er auf dem Rücksitz und kaute angespannt auf seiner Unterlippe. Ihm war klar, dass diese Entscheidung die einzige Chance war, sein Leben zu retten.

Brunner, der auf dem Beifahrersitz saß, verzog keine Miene, aber der Triumph, diesen dicken Fisch an Land gezogen zu haben, ließ ihn innerlich jubilieren. Vor zwei Jahren war es dem Landeskriminalamt gelungen, einen Undercovermann in die Organisation von Don Pietro in Würzburg einzuschleusen. Don Pietros Familie agierte von Würzburg in Richtung Oberfranken. Schon lange ging er mit der Absicht schwanger, in Don Emolinos Geschäftsbereich zu »expandieren«. Brunner wusste, dass der verdeckte Ermittler dem Emolino-Klan einen Tipp gegeben hatte. Es war ihnen klar gewesen, dass der Alte sofort reagieren würde. Mallepieri war deshalb engmaschig überwacht worden. Es wäre ihm natürlich lieber gewesen, der Killer wäre am Leben geblieben, aber sie mussten Mallepieri auf jeden Fall unverletzt bekommen. Oberstaatsanwalt Kerner würde außer sich vor Freude sein. Vielleicht war dies der erste Schritt, die Mauer des Schweigens, die Emolino um sich aufgebaut hatte, zu durchbrechen.

2

Vier Monate später

Der Wetterbericht hatte im Bereich Nordbayern für Sonntag auf Montag einen schweren Sturm vorausgesagt, der mit Windstärken bis 10 vor allen Dingen über Unterfranken hinwegfegen sollte. Das Unwetter sollte von lang andauernden, sintflutähnlichen Regenfällen und starken Gewittern begleitet werden. Die Bevölkerung wurde aufgefordert, möglichst nicht die Häuser zu verlassen und Parkanlagen und Wälder zu meiden.

Der schwer gepanzerte, grüne VW-Bus mit den schussfesten, vergitterten Scheiben verließ am Montagmorgen die Justizvollzugsanstalt Würzburg exakt um 8.00 Uhr. Kaum hatte der Fahrer das schützende Dach über dem Innenhof der Strafanstalt verlassen, musste er die Scheibenwischer auf höchste Leistungsstufe stellen, denn in der Mainmetropole regnete es noch immer in Strömen. Die Vorhersage des Wetterberichts war voll eingetreten. Ständig kamen über Funk Meldungen von den Einsatzkräften der Feuerwehr herein, die die ganze Nacht unterwegs gewesen waren, um umgestürzte Bäume zu entfernen und abgedeckte Dächer zu sichern.

Fluchend wischte Norbert Beckmann, der Beamte, der am Steuer des Gefangenentransporters saß, von innen mit einem Lappen die Frontscheibe frei, die durch den plötzlichen Temperaturunterschied zwischen Außen und Innen schon nach wenigen Metern völlig beschlagen war. Das Gebläse arbeitete lautstark mit höchster Leistung, in dem Bemühen, die Sicht wieder freizumachen. Die Scheibenwischer konnten die Wassermassen kaum bewältigen. Beckmann warf zum wiederholten Male einen prüfenden Blick in den Innenspiegel. Hinter ihm, auf der mittleren Bank des Transporters, saßen mit angespannten Mienen seine Kollegen Martin Bohlender und Dieter Trusch. Zwischen ihnen der Mann, den sie transportieren mussten. Da der eine Beamte Rechts- und der andere Linkshänder war, hatten sie ihre Plätze so gewählt, dass der Mann nicht an ihre Dienstwaffen reichen konnte, die sie am Gürtel trugen. Eine Vorsichtsmaßnahme, die sie bei dem kriminellen Kaliber ihres Fahrgastes für mehr als angebracht hielten.

Beckmann konzentrierte sich wieder auf die Fahrbahn. Es fiel ihm recht schwer, da er heute einen ausgesprochen schlechten Tag hatte. Seine derzeitige private Situation ging ihm nicht aus dem Kopf. Am Wochenende hatte ihm seine Frau Veronika ihre Scheidungspläne eröffnet. Es gärte zwar schon seit längerer Zeit in ihrer Beziehung, aber bisher hatten sie die Schwierigkeiten noch immer irgendwie in den Griff bekommen. Sein Job als Mitglied des Mobilen Einsatzkommandos der Polizei war häufig stressig, mitunter sogar gefährlich und brachte ständig wechselnde Dienstzeiten mit sich. Umstände, die einem Familienleben nicht gerade zuträglich waren, dessen war sich der Polizeibeamte voll bewusst. Doch Norbert Beckmann liebte seinen Beruf und sah in seiner Mitgliedschaft in dieser Spezialeinheit auch die Möglichkeit, schneller Karriere zu machen – was seiner Meinung nach letztlich wieder der Familie zugutekam. Einige Jahre noch, dann würde er sich auf eine führende Position in einem Kommissariat bewerben können, und die Situation würde sich entspannen. Das hatte er seiner Frau schon häufig erklärt, aber darauf wollte Veronika offenbar nicht mehr warten. Sie hatte, wie sie ihm sagte, nicht geheiratet, um dann immer allein zu sein und täglich in der Furcht zu leben, ihr Mann könne im Dienst verletzt werden oder gar ums Leben kommen. Auslöser war wohl der letzte Einsatz gewesen, bei dem sein Kommando einen Drogenhändler über die A7 verfolgt hatte. Ein total zugekiffter Irrer, der mit seinem Mercedes über die Autobahn gerast war und dabei auch noch auf die ihn verfolgenden Einsatzkräfte schoss. Die Autobahn musste gesperrt werden, um andere Verkehrsteilnehmer nicht zu gefährden. Darüber war natürlich im Fernsehen groß und breit berichtet worden, wodurch seine Frau alle Einzelheiten mitbekommen hatte. Letztendlich hatten sie den Kerl geschnappt. Allerdings hatte Beckmann ein leichtes Schleudertrauma davongetragen, als sein Dienstwagen beim Versuch, den Flüchtigen zu stellen, gegen die Leitplanke geprallt war. Das hatte wohl bei seiner Frau das Fass zum Überlaufen gebracht.

Beckmann riss sich mit Gewalt von seinen Gedanken los. Leicht über das Lenkrad gebeugt, starrte er angestrengt durch die Windschutzscheibe. Von dem Wagen, der vor fünfzehn Minuten ihrem Transport vorausgefahren war, war nichts zu sehen. Es handelte sich dabei ebenfalls um einen gepanzerten Gefangenentransporter, in dem sich ein mit Handschellen gefesselter Angeklagter befand. Sie hatten diesem Fahrzeug ausreichend Vorsprung gelassen; somit bestand keine Gefahr, dass sich die beiden Transporte und die darin befindlichen Personen auf dem Weg zum Gericht begegneten.

Als sich der Wagen der ersten Kreuzung mit einer Ampelanlage näherte, schaltete Beckmann das Martinshorn und das Blaulicht ein und fuhr zügig über das Straßenkreuz hinweg. Anlass für einige Autofahrer, wütende Blicke herüberzuwerfen, weil sie plötzlich abbremsen mussten und dazu noch von einer Wasserfontäne getroffen wurden, die der Transporter nach beiden Seiten hochspritzte. Doch Beckmann konnte darauf keine Rücksicht nehmen, er hatte strikte Anweisung, während der Fahrt nicht anzuhalten.

Der Grund für diese strengen Vorsichtsmaßnahmen saß in seinem Fahrzeug. Es handelte sich um den Kronzeugen in dem Strafprozess gegen Francesco Edoardo Emolino, Renato Mallepieri. Er war ebenso wie Emolino deutscher Staatsbürger italienischer Abstammung. Emolino war wegen Gründung einer kriminellen Vereinigung und Anstiftung zum mehrfachen Mord von der Staatsanwaltschaft vor dem Schwurgericht des Landgerichts Würzburg angeklagt worden. Schon seit geraumer Zeit saß er deswegen in Untersuchungshaft in der Justizvollzugsanstalt Würzburg. Heute sollte der Prozess gegen ihn beginnen, für den von vornherein mehrere Tage angesetzt worden waren. Mallepieri war dabei der Schlüssel, mit dem die Strafverfolgungsbehörden Emolino endlich knacken wollten. Der Kronzeuge war wie ein Augapfel gehütet worden. Wochen hatte er in einer sicheren Wohnung im Landkreis Würzburg verbracht. Dort hatte man ihn verhört und seine Zeugenaussagen aufgenommen. Eine ganze Gruppe Ermittler der Sondereinheit *Spessartblues* war für seine Bewachung abgestellt worden, da sein Leben höchst gefährdet war.

Das Verfahren, das in ganz Deutschland für Furore in den Medien sorgte, wurde insgesamt von außerordentlich strengen Sicherheitsmaßnahmen begleitet. Die Justiz rechnete damit, dass von bestimmten Kreisen der Versuch unternommen werden könnte, Emolino zu befreien, und man traf entsprechende Vorsichtsmaßregeln. Zu viel stand für den Angeklagten auf dem Spiel. Immerhin drohte ihm eine lebenslange Freiheitsstrafe mit anschließender Sicherungsverwahrung.

Aus anderen Gründen, aber in noch viel stärkerem Maße galt diese Bedrohungssituation auch für Mallepieri. Sein Leben war extrem gefährdet, das stand außer Zweifel. Um heute Morgen keine längere Fahrt über Land in Kauf nehmen zu müssen, war Mallepieri gestern am späten Abend in die Justizvollzugsanstalt Würzburg verlegt worden, wo er die Nacht, streng bewacht, in einer Einzelzelle verbrachte.

Fünfzehn Minuten später erreichte das Fahrzeug mit dem Kronzeugen sein Ziel: die Einfahrt zur Tiefgarage des Strafjustizzentrums Würzburg in der Ottostraße. Per Funk überzeugte sich der Fahrer davon, dass das vorausfahrende Fahrzeug mit dem Angeklagten am Ziel angekommen war. Wie man ihm sagte, saß Emolino bereits in einer Wartezelle des Strafjustizzentrums, wo er bis zum Beginn des Prozesses verwahrt wurde. Man konnte also den Kronzeugen in ein gesichertes Zimmer neben dem Schwurgerichtssaal schaffen.

Beckmann schaltete das Sondersignal aus. Langsam rollte er die am Altbau der Würzburger Justiz entlangführende Parkstraße entlang, die zugleich die einzige Zufahrtsstraße zur Tiefgarage des Strafjustizzentrums darstellte. Zwischenzeitlich hatte der Regen deutlich nachgelassen. Die Beamten im Fahrzeug machten sich bereit. Diese Phase, eingesperrt in die sich schluchtartig verengende Zufahrt zur Tiefgarage des Gerichts, war die gefährlichste während des gesamten Gefangenentransports. Hier gab es kein Ausweichen und keine Wendemöglichkeit. Wenn sie erst einmal das schwere Metalltor zur Tiefgarage passiert hatten, waren sie in relativer Sicherheit. Es gab dort reservierte Parkplätze für Polizeifahrzeuge, von denen aus man den Zeugen auf kurzen, sicheren Wegen zum Schwurgerichtssaal bringen konnte.

Die auf grün springende Ampel oberhalb des Tores zeigte an, dass die Zufahrt zur Tiefgarage freigegeben war. Beckmann rollte langsam die Asphaltstraße hinunter, die mit Gefälle zum ferngesteuerten Tor der Garage führte. An der tiefsten Stelle der Einfahrt hatte sich aufgrund des Unwetters ein regelrechter See gebildet. Während sich der Transporter im Schritttempo der Einfahrt näherte, drückte ein Justizwachtmeister, der den Vorgang auf einem Bildschirm in der Zentrale im Gebäude verfolgen konnte, den Schaltknopf, und das Tor bewegte sich knarrend im Schneckentempo nach oben.

Der Mann, der sich hinter den Büschen der angrenzenden Parkanlage versteckte, kniete bereits in der richtigen Position. Er wusste, dass er vom nahen Fußgängerweg nicht gesehen werden konnte. Eine ganze Reihe von Sträuchern gab ihm ausreichend Deckung. Im Übrigen waren bei dem augenblicklichen Regenwetter sowieso nur wenige Menschen unterwegs. Er wischte sich mit dem Ärmel das Wasser aus dem Gesicht. Dass er nass bis auf die Haut war, störte ihn nicht.

Aufs äußerste konzentriert, beobachtete er die Ankunft des zweiten Gefangenentransporters. Er hatte genaue Instruktionen erhalten. Der zweite Wagen war sein Ziel! Das erste Fahrzeug war schon seit einiger Zeit in der Garage verschwunden.

Als der Wagen kurz vor dem Tor zum Stillstand kam, führte er das Abschussrohr an die Schulter, klappte die Zielvorrichtung auf und blickte hindurch. Ruhig visierte er, erfasste das Ziel und betätigte ohne Hast den Auslöser. Dieses russische Modell eines panzerbrechenden Raketenwerfers war kinderleicht zu bedienen und hatte nur einen geringen

Rückstoß. Nach hinten einen langen Feuerstrahl aussto-ßend, zischte die Rakete aus dem Abschussrohr und raste mit rasch zunehmender Geschwindigkeit auf das rückwärtige Fenster des Polizeifahrzeugs zu. Die vergleichsweise dünne Panzerung des Fahrzeugs war für das Geschoss, das mühelos siebzig Millimeter Stahl eines modernen Panzers durchbrechen konnte, kaum spürbar. Zwischen dem Einschlag in den Transporter und der nachfolgenden Explosion verging keine für Menschen erkennbare Zeitspanne. Nach Sekundenbruchteilen blähte sich das Fahrzeug plötzlich wie ein überdimensionaler Ballon nach außen auf und explodierte in einem enormen Feuerball. Der Druck der Explosion prallte gegen den noch nicht geöffneten Teil des Metalltors der Tiefgarage, traf es mit der Wucht einer gigantischen Faust und verbog es nach innen. Fenster der angrenzenden Gebäude splitterten, und von den in der Nähe stehenden Bäumen brachen Äste herunter. Der Knall und die nachfolgende Druckwelle der Explosion erreichten den Schützen nicht unvorbereitet. Längst lag er auf der Erde und drückte sich fest gegen das nasse Gras. Seine Trommelfelle hatte er durch Gehörschutzkapseln geschützt. Als der Luftdruck schadlos über ihn hinweggegangen war, drehte er sich ohne Hast zur Seite und steckte die Abschussvorrichtung in die unauffällige, längliche Sporttasche zurück, in der er sie auch hertransportiert hatte. Dann erhob er sich und zwängte sich durch die nassen Büsche nach draußen auf den Weg. Er wusste, dass zwischen Explosion und Reaktion der Sicherheitskräfte im Haus einige Zeit vergehen würde. Vermutlich waren im Augenblick alle vom Schock gelähmt. Den Flammen, die in der Schlucht der Zufahrt mehrere Meter hochschlugen, schenkte er nur einen beiläufigen Blick. Das Benzin des Fahrzeugs sorgte für eine tosende Feuerhölle. Er wusste, welch verheerende Auswirkungen diese Waffe hatte. Man konnte sich auf diese Baureihe absolut verlassen. Vorsichtig bewegte er sich über die Glassplitter der im angrenzenden Ziviljustizzentrum geborstenen Fensterscheiben.

Kurze Zeit später verließ ein dunkelblauer Van eine Parkbucht vor dem Gebäude der nahen Universität. In der Ferne hörte der Fahrer Sirenengeheul: Feuerwehr und Rettungsfahrzeuge. Trotz allem hatten die Verantwortlichen der Justiz offenbar schnell reagiert.

Der Mann fühlte keine besonderen Emotionen. Zu oft hatte er in seinem Leben schon vergleichbare Situationen erlebt. Er war sich sicher, dass es dort nichts mehr zu retten gab. Die Insassen des Fahrzeugs waren in tausend Stücke gerissen worden, die Überreste würden in den Flammen bis zur Unkenntlichkeit verbrennen. Damit war der Job für ihn erledigt. Das Honorar würde in den nächsten Tagen auf seinem Auslandskonto eingehen.

Auf der Talavera, einem großen Parkplatz in der Nähe des Mains, stellte er den gestohlenen Wagen ab. Den Schlüssel ließ er stecken. Mit einem Handgriff aktivierte er den Zeitzünder, der in der kommenden Nacht den Wagen in eine Brandfackel verwandeln würde. Den Zeitpunkt hatte er deshalb gewählt, weil dann mit hoher Wahrscheinlichkeit keine unbeteiligten Menschen gefährdet wurden. Seine Handlungen waren rational gesteuert, seine Motive geschäftlicher Natur. Er tötete nicht zum Vergnügen. Da keine weiteren Todesopfer erforderlich waren, um sein Ziel zu erreichen, würde es auch keine geben. Mit dieser Aktion waren dann alle Spuren, die er möglicherweise hinterlassen hatte, vernichtet. Er stieg aus. Es regnete nicht mehr. Die Sonne kämpfte sich durch die Wolkendecke und begann, seine feuchte Kleidung zu trocken. Er setzte eine Sonnenbrille auf, überquerte ohne Eile den Parkplatz und marschierte wenig später mit seiner Tasche in der Hand in die Zellerau, wo in der Wredestraße ein weiteres Fahrzeug auf ihn wartete. Auch dieses Auto war gestohlen und diente nur dazu, seine Spuren zu verwischen. Irgendwo auf der Strecke zwischen Würzburg und seinem Wohnort würde er dann in sein eigenes Fahrzeug steigen. Dort konnte er auch die noch immer feuchte Kleidung wechseln. Während der Fahrt würde er seine gesamte Ausrüstung an einer passenden Stelle im Main versenken.

Der eine oder andere in seinem Geschäft hielt diese Maßnahmen wahrscheinlich für übertrieben, aber er überließ seine persönliche Sicherheit nur ungern einem Zufall.

3

Die Explosion hatte das ganze Strafjustizzentrum erschüttert. Sie war bis in das entfernteste Büro zu spüren gewesen. Emolino saß mit Handschellen gefesselt im Keller des Gerichtsgebäudes, in einem durch massive Gitter abgeteilten Bereich der Wartezellen; er gab sich keine Mühe, ein zufriedenes Lächeln zu verbergen. Seinen beiden Strafverteidigern, die sich außerhalb des abgesperrten Teils in seiner Nähe befanden, konnte man den Schrecken deutlich ansehen. Betroffen schauten sie sich an, blickten fragend zu ihrem Mandanten. Doch Emolino zuckte nur mit den Schultern.

Es dauerte einige Zeit, dann war draußen das Geheul herannahender Einsatzfahrzeuge zu hören. Zum Glück war es von der Basis der Städtischen Feuerwehr bis zum Unglücksort nicht weit. Kurze Zeit darauf waren auch die Sirenen der Polizei- und der Rettungsfahrzeuge zu vernehmen.

Emolino setzte sich gelassen auf eine der Pritschen, während seine Verteidiger nervös rauchten. Jetzt war er ganz ruhig.

Im Inneren des Hauses konnte man das chaotische Durcheinander, das an der Explosionsstelle herrschte, nur erahnen. Das Benzin aus dem zerstörten Transporter ließ ein Flammeninferno entstehen, dessen Feuerzungen bis ins erste Stockwerk hochschlugen. Sofort trat ein Alarmplan in Kraft, der dafür sorgte, dass das ganze Gebäude geräumt werden musste. Es dauerte daher auch nicht lange, bis ein sehr nervöser Justizwachtmeister herbeigerannt kam und ihnen mitteilte, dass die Verhandlung heute wegen des Explosionsunglücks nicht stattfinden würde. Eine Information, die Emolino ohne große Überraschung zur Kenntnis nahm. Seine Verteidiger hingegen forderten, dass ihr Mandant und sie sofort evakuiert würden. Ihre hektischen Fragen nach der Ursache und den Auswirkungen der Explosion konnte der Beamte nicht beantworten. Wenige Minuten später kamen die zwei SEK-Beamten, die Emolino auf der Herfahrt begleitet hatten, herbeigeeilt und legten ihm mit verbissenen Mienen wieder die Handschellen an. Den beiden Männern war klar, wem ihre drei Kollegen aus dem Transporter ihren Tod zu verdanken hatten. Emolino nahm ihre Handlungsweise mit stoischer Gelassenheit hin. Ihm konnte heute nichts die Laune verderben.

Die beiden Beamten führten Emolino und seine Verteidiger durch die Lobby des Justizgebäudes zu einem außerhalb wartenden zivilen Polizeifahrzeug.

Auf dem ganzen Vorplatz standen Justizbedienstete herum und warteten darauf, ihren Arbeitsplatz wieder betreten zu können.

Wenig später war Emolino wieder auf dem Weg in die Justizvollzugsanstalt.

4

Eine Stunde nach der Explosion konnten die Behördenangehörigen, deren Zimmer nicht betroffen waren, wieder an ihre Arbeitsplätze zurückkehren. Währenddessen tigerte Oberstaatsanwalt Dr. Simon Kerner ruhelos im Dienstzimmer seines Vorgesetzten, des Leitenden Oberstaatsanwalts Armin Rothemund, auf und ab. Er trug noch immer die schwarze Amtsrobe und die weiße Krawatte, die er für die Schwurgerichtsverhandlung angezogen hatte. Durch den Alarm hatte er sich nicht umziehen können. Der graumelierte Teppichboden dämpfte seine energischen Schritte nur dürftig.

Die beiden Männer waren ziemlich unterschiedlich.

Kerner, 46 Jahre alt, 182 cm groß, sportlich, um nicht zu sagen athletisch gebaut, kurze brünette Haare.

Rothemund, elf Jahre älter, 176 cm groß, mit schütterem Haarwuchs, figürlich eher mager, mehr der Typ zerstreuter Professor, im dunkelblauen Anzug, mit hellblauem Hemd und einer passenden Fliege.

»... es bleibt dem Schwurgericht jetzt gar nichts anderes übrig, als diesen Verbrecher freizusprechen. Ohne Mallepieri sind wir, was die Beweislage betrifft, so gut wie blank. Die Indizien reichen für eine Verurteilung nicht aus. Verdammter Mist! Mehr als zwei Jahre Ermittlungsarbeit praktisch für die Katz. Nach dieser Explosion – besser sollte ich sagen Hinrichtung – werden wir keinen Menschen mehr aus seinem Umfeld finden, der gegen Emolino auch nur die Stirne runzelt. Das Härteste ist, dass ich auch noch derjenige sein werde, der auf Freispruch plädieren muss. Ich hoffe nur, dass ich nicht die Beherrschung verliere.«

Er schlug sich wütend mit der geballten Hand in die Handfläche der anderen. »Ich kann mir diese Gaunervisage bildlich vorstellen, wie er bei der Urteilsverkündung auf der Anklagebank sitzt und feixt.«

Rothemund klopfte rhythmisch mit einem Füllfederhalter auf seine lederne Schreibtischunterlage. Auch ein Zeichen seiner immensen Anspannung. Allerdings hatte er in seinem langen Juristenleben, darunter die meiste Zeit in führender Position bei der Staatsanwaltschaft, schon einige Niederlagen einstecken müssen. Nicht immer war der Anspruch des Staates auf Strafverfolgung zu realisieren. Die Ermordung des Kronzeugen in der Emolino-Sache war allerdings bisher die spektakulärste Pleite. Er wusste aus eigener Erfahrung, dass es, je nach Temperament des zuständigen Staatsanwalts, Tage bis Wochen dauern konnte, bis man den Frust über derartige schlimme Erfahrungen überwunden hatte. Und Kerner war ein ausgesprochen ehrgeiziger Strafverfolger. Einer seiner Besten.

»Ist nun mal nicht zu ändern, Simon«, warf er ein. »Viel schlimmer ist der sinnlose Tod der drei jungen Polizeibeamten des Sondereinsatzkommandos. Zwei hinterlassen Frau und Kinder, wie ich gerade vom Polizeipräsidenten erfahren habe.«

Kerner ließ sich auf einen der Sessel fallen, die rund um eine Sitzgruppe platziert waren.

»Dafür wird mir dieses Schwein Emolino bezahlen!«

Er spuckte die Worte regelrecht aus.

»Ich werde keine Ruhe geben, bis wir diesen Verbrecher hinter Gitter bringen und den Schlüssel zu seiner Zelle wegwerfen können. Sicherungsverwahrung bis zum Lebensende! Keine Gnade! Die drei Männer und der Kronzeuge hatten keine Chance.«

Beide Männer wussten natürlich, dass dieser Ausbruch lediglich ein Ventil für die soeben erlittene Niederlage war. Die Entscheidung darüber, wie ein Urteil lautete, lag selbstverständlich im Ermessen des Gerichts und nicht im Wunschdenken eines enttäuschten Staatsanwalts.

»Die Kriminaltechniker, die schon vor Ort sind, haben bereits anhand des Ausmaßes der Explosion Vermutungen geäußert, dass das Fahrzeug von einer Rakete oder einer Panzerabwehrgranate getroffen wurde. Einzelheiten werden wir allerdings erst erhalten, wenn die Ermittler an das Fahrzeug herantreten können. Im Augenblick ist das immer noch eine Gluthölle. Das kann noch dauern. Ich habe mir aber sagen lassen, dass es mit entsprechenden Verbindungen kein Problem ist, sich so ein Geschoss auf dem schwarzen Markt zu besorgen.

Der Mörder muss sich in den Grünanlagen neben der Einfahrt versteckt gehalten haben. Man konnte die Stelle, wo er stand, genau ermitteln. Schuhabdrücke im regennassen Erdreich und die vermutlich durch den Raketenantrieb des Geschosses angesengten Büsche waren deutliche Hinweise. Die Zeiten, in denen die Mafiosi ihre Killer mit einer abgesägten Schrotflinte losschickten, sind lange vorbei.«

»Was mich viel mehr bedrückt, ist die Tatsache, dass dieser Abschaum offenbar genau wusste, wann der Gefangenentransport hier eintreffen würde. Die konkreten Uhrzeiten haben nur wenige Personen gewusst. Diese Verbrecher müssen von Insidern Informationen bekommen haben, womöglich sogar aus der Justizvollzugsanstalt.« Kerner schüttelte den Kopf.

Rothemund zuckte mit den Schultern. »Ich werde nach

unserem Gespräch mit dem Leiter der Anstalt telefonieren. Es wird dann sicher interne Ermittlungen geben, aber es wird vermutlich nicht viel dabei herauskommen. Es gibt auch noch einige andere Möglichkeiten. Eventuell waren die Verteidiger oder deren Umfeld durchlässig. Der Gerichtstermin war ja zwangsläufig einer ganzen Anzahl von Leuten bekannt. Für eine entsprechende Summe ist eine unterbezahlte Sekretärin womöglich bereit, ein paar Informationen weiterzugeben.«

Rothemund wechselte das Thema. »Du denkst an die Pressekonferenz heute Nachmittag, die ich kurzfristig in Abstimmung mit der Frau Landgerichtspräsidentin einberufen habe? Der Vorfall wird heute Abend in allen Medien sein. Einige private TV-Anstalten haben sich auch angekündigt. Wir machen das im großen Besprechungsraum. Ich werde kurz einleiten, dann übergebe ich dir das Wort. Du schilderst lediglich den Sachverhalt mit den formaljuristischen Konsequenzen. Ich werde noch eine schriftliche Presseerklärung vorbereiten. Lies sie dir vorher bitte durch. Mir wäre recht, wenn du dich an das Konzept halten würdest. Emotionen sollten wir möglichst raushalten – zumindest vor der Presse. Du kannst sicher sein, dass der Generalstaatsanwalt und das Justizministerium jede veröffentlichte Zeile kritisch lesen werden. Da können wir uns keine Blöße leisten.«

Kerner verzog ärgerlich das Gesicht. »Ich bin wirklich nicht in der Stimmung, mich mit dieser Pressemeute herumzuschlagen.«

Rothemund machte eine entschiedene Handbewegung. »Lieber Simon, da kommen wir leider nicht drum herum. Das gehört zum Geschäft. Das weißt du. – Übrigens, Kommissar Brunner wird auch dabei sein. Er soll ein paar Einzelheiten zum Anschlag berichten, dann haben die Herrschaften genügend Stoff für ihre Artikel. Ich werde abschließend erklären, dass wir das Ganze als ein verlorenes Scharmützel im Kampf gegen das organisierte Verbrechen betrachten, den Krieg aber selbstverständlich nicht verloren geben.« Rothemund legte eine kurze Pause ein, dann sprach er noch einen anderen Punkt an, der ihm seit dem Attentat auf der Seele brannte.

»Simon, die heutigen Ereignisse werfen auch Fragen auf, die deine berufliche Lebensplanung unter einem anderen Blickwinkel erscheinen lassen. Du hast dich ja auf mein Anraten hin auf die wegen Erkrankung des derzeitigen Amtsinhabers frei werdende Direktorenstelle beim Amtsgericht Gemünden am Main beworben. So wie ich die Signale aus dem Justizministerium beurteile, hast du gute Chancen, die Stelle auch zu bekommen. Dabei haben deine Erfolge in Bezug auf die Strafverfolgung der unterfränkischen Mafia eine wesentliche Rolle gespielt. Wir hatten ja darüber gesprochen, dass du einige Zeit in die Provinz hinausgehst, dir dort Erfahrungen als Behördenleiter aneignest und dann, wenn ich in einigen Jahren diese Behörde verlasse, mein Nachfolger wirst.«

Kerner nickte. Rothemund war ihm Freund und Mentor zugleich. Er hatte die überdurchschnittlichen Fähigkeiten Kerners als Jurist schon bald erkannt und gefördert. Kerner hatte gleich nach seinem Dienst als Zeitsoldat bei der Bundeswehr ein Jurastudium begonnen und innerhalb kürzester Zeit abgeschlossen. Sein Examen hatte er mit einer Spitzennote abgelegt und war sofort bei der Staatsanwaltschaft in Würzburg eingesetzt worden. Zwischendurch hatte er einige Jahre als Richter am Amtsgericht Bamberg gearbeitet, um dann wieder an die Würzburger Behörde zurückzukehren.

Dort hatte er es bis zum Oberstaatsanwalt und Vertreter des Behördenleiters gebracht. Eine Bilderbuchkarriere.

»Wir sind bei diesen Überlegungen natürlich davon ausgegangen, dass bis dahin das Verfahren gegen Emolino beendet und der Kerl verurteilt ist. Das wäre ein hervorragender Abschluss deiner Tätigkeit hier gewesen. Da die Entscheidung über die Stellenbesetzung in diesen Tagen fallen wird, solltest du dir Gedanken machen, ob du die Bewerbung unter den gegebenen Umständen aufrechterhalten willst. Du bist wie kein anderer in der Materie der Verfolgung dieses Verbrechers drin. Ich könnte mir vorstellen, dass man im Ministerium einer Entscheidung gegen den Direktorenposten nach den heutigen Ereignissen Respekt zollen wird. Meine Nachfolge ist für dich damit sicher nicht vom Tisch. Simon, im Augenblick wirst du hier gebraucht.«

Kerner erhob sich. »Ich muss dir ehrlich sagen, dass mir meine Karriere im Augenblick ziemlich egal ist. Glaube mir, Emolino zur Strecke zu bringen ist nach den heutigen Geschehnissen mein Hauptanliegen, noch mehr als zuvor.«

Er zog seine Robe aus und warf sie sich über den Arm.

»Armin, nimm es mir bitte nicht übel, dass ich dieses Thema zunächst hintanstelle. Jetzt müssen wir erst einmal diese Pressekonferenz hinter uns bringen. Danach werde ich nach Hause fahren. Ich benötige dringend zehn Stunden Schlaf. Die Vorbereitung auf den Prozess und jetzt das alles hier – das geht ganz schön an die Substanz.«

»Mach das, Simon. Aber denk daran, der Kampf muss weitergehen! Wir benötigen dafür motivierte Männer. Männer wie dich!« Er legte dem Oberstaatsanwalt väterlich seine Hand auf die Schulter und brachte ihn zur Tür.

Nachdem Kerner das Büro verlassen hatte, blieb der Leitende Oberstaatsanwalt noch eine ganze Weile mitten im

Zimmer stehen und starrte gedankenverloren zum Fenster hinaus. Von seinem Dienstzimmer bis zu der Stelle, von der der Schütze den Anschlag auf den Gefangenentransport durchgeführt hatte, war es Luftlinie nur eine kurze Strecke. Auch er hatte den Knall der Explosion und die Erschütterung des Gebäudes deutlich mitbekommen. Dieser Anschlag hatte ihm wieder einmal drastisch vor Augen geführt, wie verletzlich und angreifbar die Justiz dieser Republik war.

Er riss sich aus seinen Gedanken. Um Kerner machte er sich keine größeren Sorgen. Der würde sich seine Worte durch den Kopf gehen lassen und eine Entscheidung treffen, die der Sache dienlich war, da war er sich sicher. Nach einigen Tagen würde er den Schock überwunden haben und mit der ihm eigenen Zähigkeit die Ermittlungen gegen den Emolino-Klan weiterbetreiben. Als sein Vorgesetzter musste er nur ein wenig aufpassen, dass Simon Kerner die Sache nicht zu persönlich nahm.

Er griff zum Telefon und wählte eine Nummer im Bayerischen Staatsministerium der Justiz und für Verbraucherschutz. Über seine Verbindungen konnte er vielleicht schon einen Tipp erhalten, wie die Chancen Kerners im Auswahlverfahren um den Direktorenposten standen.

5

Die Pressekonferenz dauerte fast zwei Stunden. Nach den offiziellen Statements verlangten die Journalisten noch persönliche Interviews. Wie erwartet, hatte Kerner der Pressemeute völlig beherrscht Rede und Antwort gestanden. Er war Profi, seine Befindlichkeit war seine private Angelegenheit.

Nur einmal reagierte er etwas irritiert. Eine Journalistin fragte ihn, ob es zutreffend sei, dass er sich an eine andere Justizbehörde versetzen lassen wollte. Innerlich stieß Kerner einen Fluch aus, weil diese Behörde, was die Geheimhaltung von Personalinformationen betraf, offenbar löchrig wie ein Schweizer Käse war. Äußerlich ließ er sich jedoch nichts anmerken und gab eine diplomatische Antwort, die man auslegen konnte, wie man wollte.

Er betrat sein Büro und warf verärgert die Unterlagen aus der Pressekonferenz auf den Besprechungstisch in der Ecke. Eigentlich hatte er jetzt sofort nach Hause fahren wollen, aber auf seinem Schreibtisch lagen einige rote Akten, die alle den Merkzettel »Eilt sehr« trugen. Seufzend ließ er sich in seinen Bürosessel fallen. Eine halbe Stunde würde er wohl noch investieren müssen.

In diesem Augenblick klopfte es an seine Tür. Kerner runzelte die Stirne. Welche Störung gab es jetzt schon wieder? Unwirsch brummte er ein halblautes »Herein«.

Erster Kriminalhauptkommissar Eberhard Brunner steckte den Kopf herein und musterte den Mann hinter dem Schreibtisch.

»Kann ich noch einmal kurz …?« Der Kriminalbeamte war Leiter des Dezernats für das organisierte Verbrechen der Kripo Würzburg und hatte in dieser Eigenschaft an der Pressekonferenz teilgenommen. Der Fall Emolino gehörte schon seit Jahren zum Dauerbrenner seiner Abteilung. Er war nach der Pressekonferenz noch von einigen Journalisten in Beschlag genommen worden und hatte deshalb nicht mehr mit Kerner sprechen können.

»Wird sich wohl nicht verhindern lassen«, erwiderte der Oberstaatsanwalt jetzt gespielt brummig.

Der Kriminalbeamte grinste und schloss die Türe. Ohne Umstände näherte er sich der Sitzgruppe am Besprechungstisch und ließ sich unaufgefordert in einen der Sessel fallen. Brunner und Kerner kannten sich seit dem Tag, an dem Kerner in der Staatsanwaltschaft das Morddezernat übernommen hatte. Die beiden hatten sich im Laufe der Jahre kennen und schätzen gelernt und, das konnte man ohne Übertreibung sagen, dabei eine freundschaftliche Beziehung entwickelt. Die brummige Reaktion des Staatsanwalts beachtete Brunner gar nicht. Die brutale Hinrichtung des Kronzeugen in dem Verfahren gegen Emolino hatte auch den Kriminalisten schwer getroffen. Schließlich war dadurch die Ermittlungsarbeit mehrerer Monate weitgehend nicht einmal mehr das Papier wert, aus dem die Akten bestanden.

Kerner unterschrieb noch schnell einen Antrag auf eine richterliche Durchsuchungsanordnung, dann klappte er die Akten zu und legte sie in den Postauslauf. Ein Mitarbeiter würde sie später abholen. Er legte seinen Füllfederhalter in die Ablageschale und sah Brunner wortlos an.

»Ich hoffe, die Frage lautet: *Wie* machen wir weiter … und nicht *ob*? Oder?« Brunner beugte sich nach vorne und musterte Kerner durchdringend. Er war einige Jahre jünger als Kerner. Ebenfalls sportliche Figur, militärisch kurz geschnittene Haare, gekleidet in legerem Denim – damit entsprach er durchaus dem Klischee eines Serienkommissars aus dem Fernsehen. Das war aber auch alles, was er mit diesen Krachbumm-Typen, wie er sie nannte, gemeinsam hatte. Brunner war ein sehr fähiger Ermittler. Ein Kriminalbeamter mit menschlichem Tiefgang, psychologischem Einfühlungsvermögen und hoher Intelligenz.

»Simon, du hast mir ja anvertraut, dass du einen beruflichen Karriereschritt anstrebst. Ich hoffe aber, dass das mit den Ereignissen des heutigen Tages hinfällig ist. Wir können und müssen diesem verdammten Verbrecher und seiner sogenannten Familie das Handwerk legen! Früher oder später macht er einen Fehler und dann ...«

Er machte eine bezeichnende Handbewegung mit seiner flachen Hand an seinem Kehlkopf vorbei. »Je dichter wir ihm aufs Fell rücken, desto eher wird das passieren. Die angrenzenden Dons in Bayern und Hessen sind massiv beunruhigt, wie ich aus Kollegenkreisen erfahren habe. Durch unsere intensiven Ermittlungen gegen Emolino bleibt das Interesse der Behörden auch an ihren Aktivitäten für sie unerfreulich wach. Das ist schlecht fürs Geschäft. Wenn Emolino so weitermacht, bekommen wir möglicherweise sogar Tipps aus dem Milieu. Er dürfte einigen Herren unangenehm aufstoßen. Also, Simon, kneifen gilt nicht!«

Kerner rieb sich mit der Hand über das Gesicht. »Eberhard, das hat nichts mit Kneifen zu tun, das weißt du. Im Prinzip hast du natürlich recht. Nimm es mir aber bitte nicht übel, wenn ich darüber noch ein paar Tage nachdenke. So eine Entscheidung kann man nicht übers Knie brechen.« Er wechselte das Thema. »Was willst du jetzt als nächsten Schritt unternehmen?«

»Auf jeden Fall den ganzen Klan weiter observieren. Wir sind im Augenblick noch in der glücklichen Lage, in der Sonderkommission ausreichend Beamte zu haben, sodass wir uns das leisten können. Allerdings brauchen wir schnelle Erfolge, andernfalls wird man uns die Männer abziehen. Diese Bande darf meiner Meinung nach keine Zeit haben, Luft zu holen!«

Kerner nickte. »Was machen eigentlich die parallelen Ermittlungen der Steuerfahnder? Wegen des Prozesses habe ich mich in den letzten Tagen nicht mehr darum kümmern können. Wir benötigen möglichst schnell wieder einen Grund für einen Haftbefehl, wenn Emolino jetzt freikommt. Ich befürchte, dass er sich sonst ins Ausland absetzt. Die nötigen Verbindungen zur amerikanischen Mafia hat er ja, wie wir wissen.«

Brunner erhob sich und schlenderte zum Fenster, von dem man einen guten Blick auf die angrenzenden Grünanlagen hatte.

»Die haben bei der letzten Durchsuchung von Emolinos Büro, als der Kerl in Untersuchungshaft saß, kistenweise Beweismaterial mitgenommen. Akten, Computer und dieses ganze Zeug. Das dauert Wochen, bis sie alles gesichtet haben. Wenn das mit Mallepieri geklappt hätte, wäre das alles überflüssig gewesen. Jetzt müssen die Jungs wieder ran.«

Der Oberstaatsanwalt nickte zufrieden, dann stand auch er auf und stellte sich neben Brunner. »Bleiben wir an diesem Dreckskerl dran, wie du gesagt hast. Vielleicht kriegen wir ihn auf der Schiene Steuerhinterziehung und Geldwäsche. Bei Al Capone hat es damals ja auch so geklappt. Observiert ihn weiter und sorgt dafür, dass er die Überwachung auch mitbekommt. Irgendwann verliert er vielleicht die Geduld, dreht durch und macht einen Fehler! Der

Bursche ist es nicht gewohnt, dass man ihm auf die Pelle rückt. Das ist Majestätsbeleidigung, das schwächt sein Ansehen in der eigenen Familie und die Beziehung zu den anderen Mafiafamilien. Man darf nicht vergessen, auch die Tatsache, dass sich einer seiner Männer uns als Zeuge gegen ihn zur Verfügung gestellt hat, ist eine große Blamage. Don Emolino, das Alphatier, ist angeschlagen.«

»Du kannst dich darauf verlassen«, gab Brunner zurück. »Meine Männer sind vor Ort und lassen ihn nicht aus den Augen. Sobald er das Haus verlässt, kleben wir an ihm wie die Kletten. – Was machst du jetzt?«

»Ich fahre nach Hause und schlafe mich erst mal aus. Ehrlich gesagt, bin ich ziemlich fertig. Dieser Mist geht ziemlich an die Substanz.«

Der Kommissar nickte verständnisvoll. Er kannte den Zustand sehr gut, wenn man mit aller Energie in einem Fall ermittelt hatte und einem dann der Verbrecher um Haaresbreite durch die Maschen schlüpfte.

»Du hörst wieder von mir.« Er winkte knapp, dann drehte er sich um und verließ das Dienstzimmer.

Kerner blieb noch einen Augenblick stehen und betrachtete das intensive Grün der Bäume, die nur wenige Meter von seinem Fenster entfernt wuchsen. Er konnte nur hoffen, dass die Männer im Transporter nichts mehr mitbekommen hatten. Da schloss er Mallepieri nicht aus. So einen Tod wünschte man niemandem.

Schließlich gab er sich einen Ruck und vertrieb die grüblerischen Gedanken. Er zog sein Anzugjackett an und verließ das Dienstzimmer. An der bewachten Pforte vorbei verließ er das Haus. Der diensthabende Justizwachtmeister nickte ihm freundlich zu.

Wenig später saß er in seinem schwarzen Land Rover

Defender. Wie immer hatte er ihn auf der Straße geparkt, da er mit dem hohen, sperrigen Geländefahrzeug in der Tiefgarage Platzprobleme hatte. Die Stellplätze waren alle für Normalmaße ausgelegt. Dadurch befand er sich jetzt in der glücklichen Lage, über seinen Wagen verfügen zu können. Andere Justizbedienstete, die in der Tiefgarage geparkt hatten, konnten wegen des durch die Explosion verbogenen Tores mit ihren Fahrzeugen nicht das Haus verlassen. Der Eingang zur Tiefgarage musste erst wieder provisorisch gerichtet werden.

Von seinen Kollegen wurde er häufig belächelt, weil er mit einem derart unbequemen Fahrzeug fuhr, aber das störte ihn nicht. Simon Kerner war passionierter Jäger. Eine Leidenschaft, die ihn unter anderem dazu veranlasst hatte, seinen Wohnsitz mehr als fünfzig Kilometer von Würzburg entfernt zu wählen. Am Rande des Spessartdorfes Partenstein hatte er sich ein Einfamilienhaus gemietet. So hatte er mit dem Wagen nur fünf Minuten in das von ihm angepachtete Hochwildrevier, wo er, wann immer ihm Zeit blieb, seiner Jagdleidenschaft frönte.

Zehn Minuten später war er auf der B27 in Richtung Gemünden unterwegs und gab Gas. Der flotte Turbodiesel röhrte auf, und einhundertsechzig Pferdestärken trieben den schweren Geländewagen mühelos voran.

6

Francesco Edoardo Emolino saß in Gemünden am Main im Hinterzimmer des Eiscafés *Gelati,* das ihm, wenn er nicht in seiner Villa war, als Büro diente, und schaufelte einen Berg Pasta in sich hinein. Um den Hals hatte er sich eine großzügig bemessene Stoffserviette gebunden, die verhindern sollte, dass er sich die ölige Tomatensoße auf sein Hemd tropfte. Emolino genoss das heimische Essen nach dem seiner Meinung ungenießbaren Fraß in der Justizvollzugsanstalt sichtlich.

Ihm gegenüber saß sein neuer Consigliere Michelangelo Trospanini, der nach dem Verrat Mallepieris in der Rangordnung der Familie aufgestiegen war.

Trospanini stammte aus Neapel und war ein nichteheliches Kind. Seine Mutter kam kurz nach seiner Geburt zu Verwandten nach Deutschland. Nachdem sie wenig später einen Deutschen heiratete, bekamen sie und ihr Kind die deutsche Staatsbürgerschaft. Michelangelo Trospanini war aber im Herzen immer Italiener geblieben. Seine absolute Loyalität gehörte Don Emolino.

Auf dem Stuhl daneben saß Ricardo, Emolinos Sohn. Ricardo, 26 Jahre alt, arbeitete seit zwei Jahren pro forma in der Eisdiele als Geschäftsführer. De facto war er ein Lebemann, der ständig zu viel Geld ausgab. Er war zwar mittlerweile bis zu einem gewissen Grad in die Geschäfte seines Vaters eingeweiht, hatte aber noch keine Vollmachten. Jeder Versuch Emolinos, den Jungen in seinem Sinn zu erziehen, war bisher an dessen Dickköpfigkeit gescheitert. Dabei hatte der Junge durchaus Potenzial. Um seine Eignung zu prüfen, hatte Emolino ihm schon verschiedene Aufträge erteilt.

Vor vier Wochen hatte er beispielsweise in Frankfurt einem Letten, der für die Russenmafia arbeitete und Emolino im Wege stand, eiskalt zwei Kugeln in den Kopf geschossen. Emolino empfand dabei innere Befriedigung, weil sich sein Sprössling dabei wie ein Profi verhielt und keine Spuren hinterließ.

Ansonsten aber war der Junge nach Meinung seines Vaters noch zu leichtsinnig und in seiner persönlichen Entwicklung nicht ausgereift. Ein typischer Beweis für diese Unreife war für Emolino die Tatsache, dass Ricardo gerne sehr teure italienische Sportwagen fuhr, ständig wechselnde Frauenbekanntschaften pflegte und jede Menge Geld für teure Kleidung ausgab. Für einen Mann mit italienischen Wurzeln zeigte er wenig Familiensinn und ließ sich viel zu sehr treiben. Nur an seinem Rauhaardackel Fredo, den er ständig mit sich herumschleppte, hatte er auf infantile Weise einen Narren gefressen.

Irgendwann war Don Emolino der Kragen geplatzt und er hatte ihm den Geldhahn zugedreht. Jetzt musste Ricardo mit seinem nicht allzu üppigen Geschäftsführergehalt auskommen. Ein Umstand, weswegen er im Augenblick nicht besonders gut auf seinen Vater zu sprechen war. Das war Don Emolino allerdings ziemlich gleichgültig.

Ricardo war sich darüber im klaren, dass er irgendwann Nachfolger seines Vaters werden würde. Wenn sich der Alte weiterhin so vehement mit der Polizei anlegte, würde seine Zeit vielleicht viel schneller kommen, als er dachte. Bis dahin galt auch für ihn: Der alte Don war der Chef, und er hatte sich zu beugen.

Die beiden Männer sahen zu, wie es sich der Chef des

Familienklans schmecken ließ. Sie wagten es nicht, ihn dabei zu stören.

»Habt ihr mal rausgesehen?«, quetschte er schließlich undeutlich hervor, weil er mit vollem Mund sprach. Mit den Zinken der Gabel wies er zum Fenster. »Diese verdammten Bullen. Seit ich aus dem Gefängnis bin, steht ständig eine Zivilstreife vor der Tür. Seht euch doch nur mal diese beiden Figuren darin an. Denen sieht man doch den Schnüffler schon von weitem an. Seit Stunden steht der Wagen auf der anderen Seite des Platzes und rührt sich nicht von der Stelle. Denken die vielleicht, ich sehe sie nicht?«

Trospanini ließ sich vom Zorn seines Paten nicht anstecken. »Das konnte man doch erwarten, Don Francesco. Sie werden es nicht so einfach hinnehmen, dass das Verfahren gegen dich wegen dieses ... Unfalls nicht fortgesetzt werden konnte. Vermutlich wollen sie uns absichtlich provozieren.«

Emolino stieß ein fettes Lachen aus, wobei einige Brocken aus seinem Mund auf die Tischdecke fielen. »Ich habe wirklich keine Lust, mir die gute Laune verderben zu lassen. Sollen die sich doch die Ärsche breitsitzen.

Ich hätte gar zu gerne mal das Gesicht dieses Oberstaatsanwalts gesehen, als man ihm in seinem Büro mitteilte, dass sich sein großartiger Kronzeuge im wahrsten Sinne des Wortes in Luft aufgelöst hat.« Die Vorstellung daran ließ seinen Ärger verfliegen.

Er schob sich eine weitere Gabel Spaghetti in den Mund und nuschelte im Kauen: »In der Verhandlung jedenfalls hat er bei seinem Plädoyer, als er die Einstellung des Verfahrens beantragen musste, geguckt, als hätte er in eine Zitrone gebissen.«

Unvermutet erschien eine steile Falte zwischen seinen

buschigen Augenbrauen, und seine stechenden Augen bekamen einen bösartigen Schimmer.

»Dieser Verräter Mallepieri ist einen viel zu leichten Tod gestorben. Wenn er mir in die Hände gefallen wäre …«

Trospanini und Ricardo mussten nicht lange überlegen, was er damit meinte.

Francesco Emolino betrieb das *Gelati* am Marktplatz von Gemünden seit mehr als fünfzehn Jahren. Auch nach der Übertragung der Geschäftsführung auf seinen Sohn änderte sich nichts an der Tatsache, dass er der Boss im Hintergrund blieb. Von Gemünden aus hatte er im Laufe der vielen Jahre ein dichtes Netz von Geschäftsverbindungen über den gesamten unterfränkischen Raum gespannt, das unter seiner Kontrolle stand.

Bis die Ermittler der Sonderkommission *Spessartblues* offiziell auftraten und Durchsuchungen der Geschäftsräume und der Wohnung von Emolino durchführten, ahnte kein Mensch in der Region, dass dieser eher kleine, nach außen stets freundliche, unscheinbare Mann einer der einflussreichsten Mafiosi in Deutschland war. Hier, in seiner Heimatstadt Gemünden, hatte außer dem inneren Zirkel der Familie niemand von den fragwürdigen Geschäften des freundlichen Sizilianers Kenntnis. Schon seit mehr als dreißig Jahren besaß er die deutsche Staatsbürgerschaft und war in der Gemeinde ein durchaus angesehener Bürger.

Als Francesco Emolino vor einigen Wochen aufgrund der unerwarteten Aussage seines Consigliere Mallepieri verhaftet wurde, schlug diese Nachricht in Gemünden wie eine Bombe ein. Unter der Bevölkerung gab es einen Aufschrei der Empörung. Das *Lohrer Echo*, das führende Presseorgan der Region, erging sich einige Zeit in Lobgesängen über den armen Mann, der offenbar Opfer einer Rufmordkampagne geworden war. Keiner wusste, dass der Don dem Chefredakteur des Blattes vor zwei Jahren mit einem größeren zinslosen Darlehen aus einer üblen Patsche geholfen hatte. Ein Gefallen, der nun zur Rückzahlung anstand.

Als Emolino vor dem Schwurgericht angeklagt wurde und die Schuldvorwürfe allmählich ans Tageslicht kamen, verstummten die Unterstützer nach und nach.

Der Freispruch von Francesco Emolino wurde von den Bürgern in der Spessartregion mit unterschiedlicher Resonanz aufgenommen. Dann drang die Kunde von der Ermordung des Kronzeugen bis in den Spessart, und einige Menschen in der Gegend wurden sehr nachdenklich. Noch dazu, als sich die überregionale Presse auf den Fall stürzte und Stück für Stück das Geflecht der Beziehungen und Seilschaften publik wurde. Ein Einfluss, der bis in die höchsten politischen Kreise der Europäischen Union reichte. Jetzt wurde vielen klar, dass der Alte in seinem Eissalon wie eine Spinne im Netz saß und an den Fäden zog.

Don Emolino, wie er von seiner Familie stets respektvoll genannt wurde, war in der Wahl der Mittel, was die Durchsetzung seiner Wünsche und Ansprüche betraf, keineswegs zimperlich. Mallepieris Aussagen gingen hier bis ins Detail. Die Staatsanwaltschaft wusste von ihm, dass zahlreiche Auftragsmorde auf Emolinos Konto gingen. Sie wären aber nur durch die persönliche Aussage des Kronzeugen zu beweisen gewesen. Hinzu kamen Straftaten wie Erpressung und Bestechung, die Mallepieri ebenfalls bezeugt hätte. Nicht allein durch Mallepieri wusste man, dass sich das Imperium des Don Emolino auf Rauschgifthandel, Wucherkreditgeschäfte und Prostitution stützte. Nur hatte man ihm bisher nichts nachweisen können. Alles lief über Scheinfirmen und Geldwäsche im großen Stil. Mit Bestechung und Korruption erreichte er, dass die an diesen Geschäften Beteiligten eisern schwiegen. Zu groß war außerdem die Furcht, dass sich sonst ihre Lebenserwartung drastisch reduzieren könnte.

Emolino leerte seinen Teller, wischte mit einem Stück Brot die übrige Soße zusammen und schob sich den letzten Bissen in den Mund. Mit einem kräftigen Schluck Montepulciano spülte er den Rest hinunter. Dann stieß er genüsslich auf, zog die Serviette vom Hals und holte einen Kugelschreiber aus der Jackentasche. Mit großen Buchstaben schrieb er darauf: »Ist der Raum sauber?« Fragend sah er die anderen an.

Trospanini nickte. »Wir haben ihn erst heute kontrolliert. Keine Abhörgeräte feststellbar.«

Emolino nickte zufrieden. »Gut, Michelangelo, dann will ich erst einmal wissen, wie es um die Geschäfte bestellt ist.«

Trospanini hob einen Laptop auf den Tisch und schaltete ihn ein. Dann schloss der Buchhalter des Paten eine externe Festplatte am Rechner an. Emolino hatte angeordnet, alle brisanten Daten auf externen Datenspeichern zu archivieren. Auf den Rechnern des Unternehmens befanden sich nur völlig harmlose Daten. Die Steuerfahnder, die vor dem Prozess die Rechner mit den Festplatten beschlagnahmt hatten, würden mit ihren Ermittlungen total ins Leere laufen.

Trospanini war bisher nach Mallepieri der zweite Mann gewesen. Nach dem Verrat Mallepieris war der Buchhalter zum Consigliere aufgestiegen. Konzentriert begann er mit seinem Bericht. Emolinos Gesicht wurde im Laufe des Berichts immer ausgeglichener. Ein Beweis dafür, dass er mit der Geschäftsentwicklung hoch zufrieden war. Sein Zwangsaufenthalt im Knast hatte sich nicht negativ auf seine Konten ausgewirkt. Trospanini hatte die Sache gut im Griff. Er würde ihm, obwohl er ihn zum Consigliere befördert hatte, weiterhin die Buchhaltung überlassen.

Als Trospanini mit seinem Bericht am Ende war, warf er dem Paten einen fragenden Blick zu. Nachdem der zufrieden nickte, löste die Verbindung zum externen Datenspeicher.

Emolino trat langsam ans Fenster und starrte hinaus. »Es sieht so aus, als würde dieser Oberstaatsanwalt keine Ruhe geben. Wir werden Mittel und Wege finden müssen, ihm seine Grenzen aufzuzeigen.«

Den beiden Männern am Tisch war klar, wen der Pate meinte. Simon Kerner gehörte schon lange zu den größten Feinden der Familie.

»Papa, kann ich das nicht machen?« Der junge Emolino sah den Paten forschend an. Er musste einen Weg finden, dass ihm der Alte wieder mehr Geld zur Verfügung stellte.

»Ricardo, das ist wirklich noch eine Nummer zu groß für dich«, wehrte der Alte kopfschüttelnd ab. Er sah seinen Consigliere fragend an.

Der überlegte kurz, dann wiegte er den Kopf. »Man muss das Risiko abwägen. Mit dem Kronzeugen sind auch einige Polizisten gestorben. In der Zeitung stand, dass sie Familie hatten. Man kann sich ausrechnen, dass die Ermittlungsbehörden vor Wut schäumen. Wenn jetzt auch noch der Oberstaatsanwalt …«, er zögerte kurz, dann fuhr er fort: »… überraschend von uns geht, werden sie alles aufbieten, um uns zu kriegen. Dann gibt es einen totalen Krieg! Das wäre schlecht fürs Geschäft.«

Don Emolino sah seinen Consigliere nachdenklich an, dann nickte er langsam beipflichtend mit dem Kopf. »Da hast du sicher recht. Wir müssen zuerst immer an die Geschäfte denken. Wenn dann einige Zeit ins Land gegangen und Gras über die Sache gewachsen ist, kann es ja zu einem bedauerlichen Unfall kommen.«

Trospanini lächelte verhalten.

7

Brunner betrat sein Büro im vierten Stock des Polizeipräsidiums. Die Sonderkommission *Spessartblues*, die vor zwei Jahren mit vierzehn Beamten für die Ermittlungen gegen den Emolino-Klan eingerichtet worden war, nahm fast das ganze Stockwerk in Anspruch. Oberstaatsanwalt Kerner hatte damals den Vorschlag gemacht, der Kommission diese – natürlich ironisch gemeinte – Bezeichnung zu geben. Seinerzeit war man noch voller Optimismus ans Werk gegangen, in der festen Überzeugung, dass der Pate bald den Blues verspüren würde. Das erklärte Ziel war es, dieser Hydra des Verbrechens möglichst schnell alle Köpfe abzuschlagen und ein Nachwachsen zu verhindern. Jetzt, nachdem der Erfolg der intensiven Ermittlungsarbeit zunichte gebombt worden war, spürte Brunner selbst in sich das schwermütige Gefühl, das man landläufig mit dem »Blues« umschrieb.

Der Leiter der Einsatzgruppe legte seine Jacke ab und zog das Schulterhalfter mit seiner Dienstpistole aus. Die Hitze des Tages hatte unter seinen Achseln handtellergroße Schweißflecken hinterlassen. Auch das Leder des Holsters war dunkel durchfeuchtet. Nachdem er seine Waffe in ein Schreibtischfach gelegt hatte, entnahm er dem gleichen Fach eine Dose Deospray, öffnete an der Brust sein Hemd, fuhr mit der Spraydose unter den Stoff und verpasste sich beidseitig in die Achselhöhlen eine kurze Dusche.

Monika Rettig, Kriminalhauptkommissarin und seine Vertreterin, kam herein und verzog das Gesicht.

»Hier riecht es ja wie in einem Freudenhaus«, kommentierte sie Brunners Versuch, einen Hauch von Reinlichkeit zu verbreiten.

»Na, du musst Erfahrungen haben«, gab der Beamte mit dem Anflug eines Grinsens zurück. »Aber was will man denn bei diesen Dschungeltemperaturen schon machen?«

Mit der Kommissarin hatte Brunner eine der besten Profilerinnen in seine Sonderkommission aufgenommen, die im Bereich des Präsidiums zu finden war. Sie war schlank, fast dünn, aber drahtig und ausgesprochen sportlich. Ihre blonden Haare trug sie kurz. Obwohl sie sich nur wenig schminkte, waren sich die Männer in der Kommission einig, dass sie durchaus eines zweiten Blickes wert war. Das Faszinierende an ihr waren ihre Augen, die eine bestechende Intelligenz ausstrahlen. Sie waren von dunklem Braun mit einer frechen, gelblichen Aureole um die Iris.

Nach der kurzen Flachserei ließ sich die Kommissarin auf einem der Stühle nieder. Selbstverständlich hatten sich die erschütternden Ereignisse im Strafjustizzentrum wie ein Lauffeuer in der Dienststelle verbreitet. Eigentlich war ihr nicht zum Scherzen zumute.

»Wie lief es?«

Brunner zuckte mit den Schultern. »Das kannst du dir doch denken. Kerner ist ziemlich fertig und frustriert. Mir geht es auch nicht besser. Drei tote MEK-Männer. Drei Witwen und mehrere Waisen. Ich bin froh, dass ich den Angehörigen nicht die schlimme Botschaft überbringen musste.« Er lehnte sich gegen den Schreibtisch. »Wir hatten Emolino fest am Haken, und jetzt können wir wieder von vorne anfangen. Dieser Verbrecher ist glitschig wie ein Aal.«

»Der Tod der Männer ist wirklich eine schlimme Sache. Wenn man könnte, wie man wollte ...« Sie ließ den Rest des

Satzes offen. »Kommen wir zur Kernfrage: Wie machen wir jetzt weiter? Wir sind es den ermordeten Kollegen schuldig, dass wir nicht eher Ruhe geben, bis wir ihren Mörder zur Strecke gebracht haben.«

»Kerner will, dass wir Emolino nicht aus den Augen lassen. Observierung rund um die Uhr. Er soll nicht denken, dass er uns das Rückgrat gebrochen hat.«

Die Kommissarin sah ihren Kollegen zweifelnd an. »Emolino wird sich nicht die geringste Blöße geben. Das ist ein alter Fuchs, der mit allen Wassern gewaschen ist. Die Drecksarbeit haben sowieso seine Handlanger gemacht.«

»Wem sagst du das. Wir müssen den Druck noch stärker erhöhen und hoffen, dass er irgendwann doch nervös wird und einen Fehler macht. Wenn wir auch den Nachbarbossen auf die Füße steigen, werden die wiederum Druck auf Emolino ausüben. Nichts hasst die Mafia mehr, als wenn man sie aus ihren dunklen Löchern aufscheucht. Vielleicht können wir noch einmal jemand aus seinem Dunstkreis umdrehen, damit er uns verwertbare Informationen zuspielt.«

Rettig, die zum Fenster hinaus gesehen hatte, drehte sich wieder zu ihrem Kollegen um und entgegnete kopfschüttelnd: »Nach dieser Hinrichtung des Kronzeugen direkt unter den Augen der Justiz wird niemand mehr aus seinem engeren Umfeld den Mund aufmachen. Ich denke, wir kommen nicht darum herum, in die Organisation einen verdeckten Ermittler einzuschleusen.«

»Weißt du, wie lange es dauert, bis wir da jemand installiert haben? Da können Jahre vergehen. Und das wäre definitiv ein Himmelfahrtskommando!«

»Stimmt. Aber hast du eine bessere Idee? Wir müssen uns darüber im Klaren sein, dass wir wieder in die Langzeitermittlung eintreten. Das geht nur mit langem Atem. Vielleicht sollten wir eine völlig unerwartete Strategie einschlagen. Als ersten Schritt lösen wir die Sonderkommission auf, damit er das Gefühl hat, wir geben auf. Wir können ja das Gerücht streuen, dass man uns die Gelder total zusammengestrichen hat. Eine kleinere, effiziente Kerngruppe ermittelt weiter. Wenn wir ihn genug eingelullt haben, schleusen wir den Undercoveragenten ein. Dann müssen wir abwarten, was der Mann erreicht.«

Sie wandte sich zur Türe. »Wir müssen später noch einmal in Ruhe darüber reden. Der Gedanke ist noch zu unausgegoren. Ich habe jetzt eine Zeugenvernehmung. Wir sehen uns danach.«

Sie ließ einen sehr nachdenklichen Brunner zurück.

8

Kerner erwachte davon, dass ihm eine warme, weiche Hand zärtlich über die nackte Brust streichelte. Er spürte kalten Schweiß auf seiner Haut, und ihn fröstelte es trotz der warmen Außentemperaturen. Langsam drehte er sich auf die Seite und kuschelte sich träge an Steffis schlafwarmen Körper. Steffi Burkhard, 29 Jahre alt, blondes, langes Haar, Tochter des Bürgermeisters von Partenstein, gab schnurrende Geräusche von sich und drängte sich ihrerseits gegen Kerners Körper. Seit vier Jahren war sie mit Kerner liiert. Sie hatten sich auf einer Kirchweihfeier der Gemeinde kennen gelernt. Danach verabredeten sie sich immer wieder einmal. Ihre Treffen fanden dabei in erster Linie in Würzburg statt, weil Steffi keine Lust auf die Tratscherei im Dorf hatte. Bis dahin war alles ziemlich unverbindlich. Bei einem gemeinsamen Ansitz auf einer verschwiegenen Kanzel in Kerners Jagdrevier, zu der er sie überredet hatte, war es dann geschehen. Seitdem zeigten sich die beiden auch in Partenstein als Paar.

»Du hast sehr unruhig geschlafen«, stellte sie leise fest, während sie ihm mit verspielten Fingern das feuchte Haar aus der Stirne strich. »Hast Du schlecht geträumt?«

»Die Geschichte mit der Explosion gestern kann ich nicht so einfach wegstecken«, erwiderte er. »Ich habe einen ziemlichen Mist zusammenphantasiert.«

Es war Wochenende. Gestern Abend hatten sie lange bei einer Flasche Wein zusammengesessen, und Kerner hatte ihr von den Ereignissen erzählt. Es würde heute sowieso ausführlich in den Medien durchgekaut werden, sodass er keine Dienstgeheimnisse verriet.

Beide waren sich bewusst, dass sie sich mit dem Aufstehen Zeit lassen konnten. Steffis Streicheln wurde langsam intensiver und zielgerichteter. Zärtlich fuhr sie mit den Fingernägeln über Kerners Rücken.

Plötzlich hielt Kerner sanft ihre Hand fest und schüttelte leicht den Kopf. »Tut mir leid, mein Schatz, aber ich bin wirklich nicht in der Stimmung. Ich hoffe, du kannst das verstehen. Drei Polizeibeamte sind sinnlos gestorben, und dieser Verbrecher bleibt auf freiem Fuß!« Er erhob sich und wandte sich in Richtung Badezimmer. »Es wird sicher noch einige Tage dauern, bis ich das etwas verdaut habe.« Dann wechselte er das Thema und bemühte sich um einen etwas lockereren Tonfall: »Du hast zehn Minuten, um dich fertig zu machen. Wir wollten doch bei dem schönen Wetter in der Jagdhütte frühstücken. Also los, du Faultier, sieh zu, dass du aus den Federn kommst!« Mit einem Ruck zog er ihr die Bettdecke weg, was sie zu einem schrillen Protestgeschrei veranlasste.

Die Jagdhütte lag auf einer abgeholzten Höhe inmitten des Spessartreviers, das Kerner schon seit Jahren als Jäger gepachtet hatte. Von der Veranda aus hatte man einen herrlichen Blick hinunter ins Maintal, wo sich der Fluss in der sommerlichen Hitze träge durch sein Bett schlängelte.

Kerner holte den Korb mit dem Frühstück aus dem Kofferraum seines Defenders und stellte ihn auf den Tisch vor der Hütte.

»Schatz, brühst du bitte schon mal den Kaffee auf? Ich will noch kurz in die Zeitung sehen.« Kerner hatte das örtliche Presseorgan mitgebracht. Die schreienden Überschriften des Leitartikels auf der Titelseite waren nicht zu übersehen. Konzentriert begann zu lesen.

Die Jagdhütte hatte eine unabhängige Stromversorgung über eine Solaranlage auf dem Dach. Steffi ging hinein und schaltete den Wasserkocher ein. Als sie wieder vor das Haus trat, war Kerner noch immer in die Zeitung vertieft. Sie störte ihn nicht. Mit einem Lappen wischte sie die grobe Tischplatte ab, die aus einem einzigen Eichenstamm gefertigt war; dann begann sie, den Tisch mit dem Geschirr aus der Hütte zu decken.

»Schatz, können wir jetzt frühstücken?«

Kerner legte die Zeitung zur Seite. Er hatte etwas Mühe, sich gedanklich von den Nachrichten zu lösen. Leicht abwesend griff er sich ein Croissant und begann, es mit Marmelade zu bestreichen. Normalerweise liebte Kerner solche besinnlichen Stunden, in denen er den Berufsalltag vergessen konnte. Heute hatte er jedoch Mühe, in diese entspannte Welt einzutauchen.

Steffi beobachtete ihn unauffällig. Sie war von Beruf Physiotherapeutin und arbeitete in einer renommierten Orthopädiepraxis in Gemünden. Die juristische Materie war ihr völlig fremd. Eine Eigenschaft, die Kerner an ihr besonders schätzte, weil so nicht die Gefahr bestand, dass sie während ihrer Freizeit beruflich fachsimpelten. Allerdings verfügte die junge Frau über ein ausgeprägtes Einfühlungsvermögen, das ihr bei der Behandlung ihrer Patienten half. Zudem war sie dank ihres scharfen Verstandes in der Lage, juristische Sachverhalte auf eine ganz natürliche Weise zu betrachten – was Kerner sehr schätzte.

»Das ist alles sehr bedrohlich«, nahm sie wieder das Thema auf, das seit gestern ihre Gespräche beherrschte, obwohl sie sich vorgenommen hatten, es heute ruhen zu lassen. Aber sie bemerkte sofort, dass Kerner nicht wirklich abschalten konnte. Vielleicht half es ihm, wenn sie darüber sprachen.

»Sind die Leute, die hinter diesem Mord stehen, auch für dich gefährlich?« Dieser Gedanke beschäftigte sie schon seit einiger Zeit.

Kerner schüttelte den Kopf. »Ich denke eher nicht. Die wissen, dass es keinen Sinn hätte, etwas gegen mich zu unternehmen. Wenn ich ausfalle, wird die Sache von einem anderen Staatsanwalt übernommen. Das brächte allenfalls ein paar Wochen Aufschub. Ihre Gewalt richtet sich deshalb auch in erster Linie gegen Zeugen. Wenn die dann nicht mehr aussagen, besteht die Gefahr, dass das ganze Verfahren nicht durchgeführt werden kann. Das ist wesentlich effizienter, als den Staatsanwalt zu töten. Aber eine Sicherheitsgarantie bedeutet das nicht.« Er griff entschlossen nach dem Messer und beschmierte ein Brötchen mit Butter. »Lass es damit gut sein, Liebling, wir wollen uns doch nicht das schöne Wochenende verderben.«

»Eine Sache noch, weil das uns ganz persönlich betrifft. Du hast dich doch auf die Position des Amtsgerichtsdirektors in Gemünden beworben. Dabei bleibt es aber doch?« Das sollte beiläufig interessiert klingen, man konnte aber deutlich die Spannung heraushören, die diese Frage bei ihr auslöste.

Kerner legte das Gebäck zur Seite und atmete schwer. »Mein Chef hat das Thema gestern auch schon angesprochen. Nachdem Emolino uns fürs Erste durch die Maschen geschlüpft ist, bleibt uns, bleibt mir, eigentlich nichts anderes übrig, als weiterzumachen. Man kann da nicht einfach aussteigen.«

Steffi sah ihn betroffen an. Kerner erwiderte den Blick. »Ich muss mir das alles noch einmal in aller Ruhe durch den

Kopf gehen lassen. Das ist heute noch zu früh. Du hast dich darauf gefreut, dass wir auch beruflich näher beisammen sind, das weiß ich. Ich doch auch. Aber ich habe eine Verantwortung, auch gegenüber den getöteten Polizisten und ihren Familien. Das ist alles nicht einfach!«

Sie konnte sehen, wie ihn die Geschichte aufwühlte. Ihr lagen zwar noch viele Fragen auf der Zunge, aber sie entsprach seinem Wunsch und wechselte das Thema. Wie sie ihn kannte, hätte er jetzt sowieso nicht mehr viel dazu gesagt.

»Schatz, du denkst daran, dass ich heute Nachmittag auf das Fest anlässlich des hundertjährigen Bestehens des Partensteiner Schützenvereins muss? Mein Vater hat mich gebeten, ihn zu begleiten.«

Kerner nickte. Seit Steffis Vater Witwer war, übernahm sie gelegentlich die Rolle der weiblichen Begleiterin des Bürgermeisters.

»Kein Problem, ich hatte für heute Abend sowieso einen Jagdansitz an einem Maisfeld im Revier geplant, das momentan massiv von Wildschweinen heimgesucht wird. Der Bauer hat mich schon zweimal deswegen angerufen. Dort muss mal dringend ein Stück erlegt werden, das vertreibt sie dann wieder für eine Weile.«

Steffi war als Mädchen vom Land mit den Problemen der Wildschweinschwemme im Spessart bestens vertraut und wusste, dass eine scharfe Bejagung dringend notwendig war. Die schwarzen Rüsselträger konnten in der Landwirtschaft verheerende Schäden anrichten, die dann der Jagdpächter aus der eigenen Tasche bezahlen musste. Dafür gab es keine Versicherung.

»Prima, dann wirst du mich ja gar nicht vermissen und kommst auch nicht auf dumme Gedanken«, unternahm sie den Versuch, ihn durch Necken etwas abzulenken.

Kerner lächelte sie an. »Du kleine, blonde Hexe weißt ganz genau, wie sehr ich deine Gesellschaft brauche und genieße. Ganz besonders in Zeiten wie diesen.« Er griff schnell über den Tisch und stupste sie spielerisch mit dem Zeigefinger gegen die Nasenspitze.

9

Schwarzwildjagd war Nachtjagd. Die Schwarzkittel, wie die Wildschweine von den Jägern wegen ihrer dunkelhaarigen Schwarte auch genannt werden, waren aufgrund der scharfen Bejagung und zahlloser Störungen durch Freizeitaktivitäten der Menschen fast überall nur noch nachts aktiv. Der Jäger hatte nur eine Chance bei Vollmond, wenn das Licht des Erdtrabanten ausreichte, um mithilfe eines starken Nachtzielfernrohrs einen sicheren Schuss auf seine Beute abgeben zu können.

Wenn Simon Kerner auf die Jagd ging, war er ein anderer Mensch. Die straff strukturierten Abläufe einer Ermittlungsbehörde, die sich ausschließlich an Gesetzen und Verordnungen zu orientieren hat, verlangten einen Menschen, der auf dieser Klaviatur spielen konnte. Kerner war auf diesem Gebiet ein Virtuose, der mit voller Passion der Verbrechensbekämpfung nachging. Genauso motiviert war er aber auch auf der Jagd. Insgeheim vertrat er die Meinung, dass sich die schwierige Jagd auf das intelligente Schwarzwild nur in Nuancen von der Verfolgung eines Verbrechers unterschied. Nur der meist finale Abschluss der Jagd auf Wildschweine unterschied sich natürlich von dem einer Verbrecherjagd.

Kerner folgte gegen 22.00 Uhr einem Wiesenweg. Er führte auf der rechten Seite am Waldrand entlang, während sich auf der anderen Seite eine Wiese erstreckte, an die sich wiederum das besagte Maisfeld anschloss. Schließlich gelangte Kerner zu einem Hochsitz, der an einen Dickungsrand gebaut war. Diese mehrere Hektar große Aufforstung befand sich am Fuße einer der zahlreichen bewaldeten Erhebungen, wie sie für den Spessart so typisch sind. Kerner hatte sich umgezogen und trug nun zweckmäßige Outdoorbekleidung. Über der Schulter hing sein großkalibriges Jagdgewehr, auf dem Rücken trug er einen Rucksack mit allerlei Utensilien.

Von diesem Hochsitz aus hatte man einen ausgezeichneten Blick auf das ungefähr siebzig Meter entfernte Maisfeld, das sich etwa achtzig Meter in der Längenausdehnung an die Grünfläche anschloss. Dieses Maisfeld war seit Tagen der Anziehungspunkt für eine große Rotte Wildschweine, die, wie er wusste, in der Dickung hinter dem Hochsitz ihren Tageseinstand hatten. Mais war für Wildschweine eine Delikatesse, ähnlich wie Kaviar für manche Menschen. Nach den Spuren, die Kerner schon seit Tagen bei abendlichen Besuchen im Revier beobachtet hatte, traten die Schwarzkittel ein Stück entfernt links von seinem Hochsitz aus dem Wald aus. Von dort wechselten sie regelmäßig, fast exakt im rechten Winkel zum Waldrand, über die Weide und drangen in das Maisfeld ein. In dieser Phase, in der sich die Schwarzkittel, wie man aus den Spuren lesen konnte, offenbar Zeit ließen, sollte ihm als geübten Schützen ein Treffer gelingen.

Kerner erklomm den Hochsitz und ließ sich in ungefähr sieben Metern Höhe auf das Sitzbrett nieder. Von hier aus hatte er einen hervorragenden Blick über die leichte Senke. Über den Rand des Maisfeldes hinweg, gewissermaßen am Horizont, konnte er den geschotterten Wirtschaftsweg erkennen, der sich zwischen den Ortschaften Partenstein und Wiesthal mehrere Kilometer entlangzog. Wie Kerner wusste, war dies eine beliebte Abkürzung der Landbevölkerung zwischen den beiden Orten – im Volksmund auch Cognacstraße genannt. Anders ausgedrückt, ein Schleichweg in beide Richtungen für nicht mehr ganz fahrtüchtige Dorfbewohner.

Er zog sein Gasfeuerzeug heraus und hielt es in die Höhe. Die sensible Flamme war der beste Anzeiger für die Windrichtung. Da Wildschweine ein ausgezeichnetes Witterungsvermögen besaßen, war diese Vorsicht durchaus angezeigt. Von links, also Westen, kam eine sanfte Brise auf ihn zu. Der Jäger nickte zufrieden. Solange sich die Windrichtung nicht unvermittelt änderte, würden ihn die schlauen Schwarzkittel, wenn sie an der erwarteten Stelle austraten, nicht wittern können.

Er stellte sein Jagdgewehr in die Ecke der Kanzel. Es handelte sich um einen modernen Halbautomaten in dem eher seltenen Kaliber 35. Whelen, einem sehr effizienten Hochwildkaliber. Dann packte er seinen Rucksack aus. Mit Decken polsterte er die freiliegenden Holzteile des Hochsitzes, einschließlich der Brüstung, damit ihn beim Hantieren mit der Waffe kein Geräusch verraten konnte. Schon ein leichtes metallisches Kratzen konnte genügen, um die aufmerksamen Wildschweine zu vertreiben.

Als alles gerichtet war, zog er das bereits befüllte Magazin aus der Tasche, lud die Waffe durch und sicherte sie.

Ein halbautomatisches Jagdgewehr hatte den Vorteil, dass nach einem abgegebenen Schuss die leere Patronenhülse ausgeworfen und aus dem Magazin automatisch die nächste Patrone nachgeladen wurde. Das erlaubte dem Jäger eine schnellere Schussfolge, was aber bei der Nachtjagd kaum eine Rolle spielte.

Danach legte er das Gewehr so vor sich auf die Holzbrüstung, dass er jederzeit schnell und lautlos zugreifen konnte. Langsam lehnte er sich zurück und bereitete sich auf eine längere Wartezeit vor. Bis zum Einbruch der Nacht war noch ungefähr eine Stunde hin. Sonst pflegte er in solchen Fällen die Wartezeit mit einem kleinen Nickerchen zu überbrücken. Erfahrungsgemäß ließen sich die Schweine Zeit. Wenn die Rotte dann im Anmarsch war, machte sie in der Regel im Wald so viel Krach, dass er sofort hellwach sein würde.

Heute fand er jedoch nicht gleich die nötige Entspannung. Immer wieder erschien vor seinem geistigen Auge das Bild des zerstörten und ausgebrannten Gefangenentransporters. Man hatte die Leichen vor Ort gar nicht bergen können, weil sie total verbrannt und teilweise mit den Wrackteilen des Fahrzeugs verschmolzen waren. Später wurde der Transporter abgeschleppt, damit die Leichenbergung in der Werkstatt der Polizei vorgenommen werden konnte.

Kerner wusste von seinen Kampfeinsätzen bei der Bundeswehr, wie Menschen aussahen, die in Fahrzeugen verbrannt waren. Oftmals war eine DNA-Analyse notwendig gewesen, um die Identität eines Opfers sicher feststellen zu können.

Kerner war als Fallschirmspringer und Einzelkämpfer ausgebildet und hatte als Hauptmann einige Zeit einen Spezialtrupp von acht Elitesoldaten befehligt. Mit seinen Männern agierte er während der *Operation Südflanke* vom Persischen Golf ausgehend an Land hinter den Linien des Feindes. Saddam Hussein hatte Kuwait überfallen, und zwei deutsche Diplomaten waren verschwunden. Er wurde mit seinem Trupp von einem Hubschrauber im Grenzgebiet zwischen Kuwait und dem Irak abgesetzt und schlug sich mit seinen Männern zu einem Lager der irakischen Armee durch, wohin man diese Diplomaten verschleppt hatte. Ihr Auftrag lautete: Befreiung mit allen Mitteln. Dieser Befehl wurde ausgeführt. Dabei mussten sie zur Ablenkung zwei irakische Militärfahrzeuge in Brand setzten, nachdem sie die Fahrer mit Messern getötet hatten. Ein geheimer Einsatz, der niemals offiziell bekannt geworden war.

Kerner atmete die kühle Nachtluft ein und bemühte sich, die Bilder aus der Vergangenheit in den Hintergrund zu drängen. Das war alles schon viele Jahre her, doch die gestrigen Ereignisse am Strafjustizzentrum, die eine frappierende Ähnlichkeit mit einer Kriegshandlung hatten, ließen die Erinnerungen wieder heftig aufleben.

Als er einen Blick nach rechts zum Waldrand hin warf, entdeckte er ein Reh, das gemächlich auf die Wiese zog, um dort zu äsen.

10

Ricardo Emolino verkörperte das, was man gemeinhin als den »typischen Italiener« bezeichnete. Obwohl er in Deutschland geboren, aufgewachsen und zur Schule gegangen war, hatten die Gene seiner sizilianischen Vorfahren voll durchgeschlagen. Schwarze Haare, dunkler Teint, schmale Hüften und dunkelbraune Augen. Eingeschlossen das explosive Temperament seiner Väter. Zudem ein gewisser Hang zur Selbstdarstellung und damit zu Luxus und teuren Klamotten. Ein weiteres Ergebnis seiner Herkunft war die Tatsache, dass er an keinem wohlgeformten Frauenhintern vorbeikam, ohne zumindest seinen Kopf zu verdrehen. Als Folge dieser Einstellung war Ricardo Emolino in der ganzen näheren und weiteren Umgebung von Gemünden als Weiberheld bekannt und berüchtigt. Wenn sein Sportcabriolet, zurzeit ein roter Ferrari mit 490 PS, der fast so viel wie ein kleines Reihenhaus gekostet hatte, auf den Festplätzen der umliegenden Gemeinden auftauchte, bekamen die jungen Burschen schmale Augen, und so manche Faust wurde geballt.

Die Frauenwelt reagierte allerdings nicht so ablehnend. Ricardo hatte durchaus Charme, und dank seiner schokoladenbraunen Augen gelang es ihm immer wieder, Frauen zu einer kleinen Spritztour in seinen Luxusschlitten einzuladen. Diese endete dann häufig irgendwo in einem stillen Winkel in der Horizontalen der feudalen Liegesitze.

Als er am späten Nachmittag auf dem Sommerfest des Schützenvereins Partenstein auftauchte, das der Verein in einem ungefähr fünf Kilometer vom Ort in Richtung Wiesthal gelegenen Steinbruch abhielt, und die anwesende Weiblichkeit musterte, bekamen seine Augen einen gierigen Glanz. Das Fest war, auch was dieses Kriterium betraf, ausgesprochen gut besucht. Ein weites Spielfeld für einen jungen Draufgänger wie ihn.

Ricardo holte sich in einem Zelt, in dem eine Theke aufgebaut war, ein Bier. Anschließend schlenderte er mit dem Krug in der Hand über den Festplatz. Seine Augen flogen dabei wieselflink über die Bierbankreihen, immer auf der Suche nach entsprechender Beute. Es dauerte auch nicht lange, dann hatte er ein Opfer erspäht. Eine hübsche Blondine, die mit einem alten Knacker, wie er im stillen Selbstgespräch feststellte, am Tisch saß und mit einer Frau zu ihrer Linken in ein Gespräch vertieft war. Eine junge Frau, die absolut seinem Beuteschema entsprach. Von eins bis zehn auf seiner persönlichen Bewertungsskala sicher eine neun, wenn nicht eine zehn. Das würde sich noch herausstellen. Erfreulicherweise war an diesem Tisch auch noch ein Platz frei, direkt neben seiner »Zielperson«. Ricardo Emolino trat näher, machte durch ein Räuspern auf sich aufmerksam und wies mit fragendem Blick auf den freien Platz. Die Blonde warf Ricardo einen kurzen Blick zu, dann nickte sie und rutschte ein Stück zur Seite. Ohne Unterbrechung führte sie das Gespräch weiter. Ihrem neuen Nachbarn schenkte sie dabei keine Aufmerksamkeit. Dies gedachte Ricardo schnellstens zu ändern. Er setzte sich so, dass er mit der Hüfte leichten Körperkontakt zu ihr erhielt. Durch die Enge auf der Bank war ihr ein weiteres Ausweichen nicht möglich.

Ricardo kam der Mann, den er als alten Knacker eingestuft hatte und der ihm nun schräg vis-à-vis saß, irgendwie bekannt vor. Er wusste ihn aber im Augenblick nicht einzuordnen. Es war ihm im Prinzip auch egal, weil der Typ keinesfalls als Konkurrenz in Frage kam.

Als wenig später die Blasmusik wieder einsetzte, nutzte Ricardo die Chance für einen ersten Angriff und forderte seine Nachbarin höflich zum Tanz auf. Ricardo konnte, wenn er wollte, ausgesprochen charmant sein. Die Frau erteilte ihm jedoch freundlich, aber bestimmt eine Absage. Ein Vorgang, den er eigentlich nicht gewohnt war und der ihm ziemlich die Nase hochstieg. Er gab sich aber noch lange nicht geschlagen. Im Gegenteil: Das ablehnende Verhalten seiner Banknachbarin reizte ihn noch mehr. Er hatte schon ganz andere Mauern niedergerissen.

Nach dem Tanz spielte die Kapelle einen Tusch. Ricardo hob seinen Krug und prostete seinem Gegenüber und seiner Nachbarin zu. Sie hob auch ihren Krug und stieß mit ihm an, trank aber kaum und wandte ihm sofort wieder die Schulter zu, um sich weiter zu unterhalten.

Verdammt, dachte er, was gibt es denn zwischen den beiden so Wichtiges zu begackern? Da die beiden Frauen recht leise sprachen, konnte er nur Wortfetzen verstehen.

Etwas später stand die Gesprächspartnerin seiner Nachbarin auf, weil sie, wie sie sagte, den Toilettenwagen aufsuchen wollte. Jetzt sah Ricardo den richtigen Moment gekommen.

Er beugte sich demonstrativ zu der jungen Frau hinüber, hob wieder seinen Maßkrug und erklärte ohne Einleitung. »Servus, ich bin der Ricardo.«

Sie sah ihn zwar etwas erstaunt an, antwortete aber kurz mit »Steffi.« Sie prostete ihm ebenfalls nicht unfreundlich zu, blieb aber distanziert und nahm nur einen kleinen Schluck.

»Gell, dir schmeckt das Bier nicht?«, hakte er gleich ein.

»Ich mach nur langsam, weil ich noch Auto fahren muss«, gab sie zurück.

In diesem Augenblick sagte der Mann gegenüber zu ihr: »Steffi, ich geh mal schnell dort hinüber. Ich hab den Abgeordneten Wohlschlegel gesehen. Dem will ich mal kurz die Hand schütteln.«

»Alles klar, Papa«, erwiderte sie.

Ricardo registrierte mit einer gewissen Befriedigung das bestehende Verwandtschaftsverhältnis und hakte damit den alten Knacker, wie er ihn bei sich nannte, vollständig ab. Zu Steffi gewandt meinte er: »Du, wenn dir das Bier schmeckt, kannst du ruhig mehr trinken. Ich hab mein Auto dabei und kann dich später gerne heimbringen.«

Die junge Frau lachte und warf einen bezeichnenden Blick auf seinen Bierkrug. »Meinst du für dich gelten andere Regeln? Ich denke, es ist besser, wenn du dein Fahrzeug später stehen lässt.«

»Kein Problem«, stellte Ricardo großspurig fest, »ich kenne da eine Abkürzung, dort sind bestimmt keine Sheriffs.«

In diesem Augenblick kam eine andere junge Frau an den Tisch und begrüßte seine Tischnachbarin überschwänglich. Es hatte den Anschein, als hätten sich die beiden schon lange nicht mehr gesehen. Dann passierte es auch schon: Steffi erhob sich, schnappte ihren Bierkrug und meinte lächelnd: »Ich geh mal einen Tisch weiter. Viel Spaß noch!« Dann war sie weg.

Emolino hatte plötzlich auf der Bank jede Menge Platz zur Verfügung. Wut wegen der Abfuhr stieg in ihm hoch. Diese Blonde war zwar sehr hübsch, aber offenbar kalt wie eine Hundeschnauze. Wahrscheinlich wäre sie im Bett nicht anders gewesen. Also kein Verlust! Er hob den Krug und trank ihn mit langen Zügen aus, dann sah er sich nach neuer

Beute um, aber irgendwie schien Ricardo Emolino heute sein Glück bei Frauen verlassen zu haben. Obwohl er noch mit verschiedenen Dorfschönen anzubandeln versuchte, blieb ihm der Erfolg versagt. Die Mädchen waren alle in Begleitung, und die Burschen warfen ihm kritische Blicke zu. Vor lauter Zorn schüttete er das Bier immer schneller in sich hinein. Um Mitternacht war er so angetrunken, dass er sich mit ein paar Dorfburschen anlegte, die mit ihren Mädchen zusammenstanden und sich unterhielten. Mit schwerer Zunge pöbelte er sie an. Die Jungs erkannten allerdings schnell seinen Zustand und kümmerten sich nicht weiter um ihn. Als er zu aufdringlich wurde, lachten sie nur, stießen ihn zur Seite und ließen ihn einfach stehen. Wütend stierte er vor sich hin. Sollten ihm doch alle den Buckel runterrutschen! Schwerfällig wankte er zu seinem Fahrzeug und setzte sich hinters Steuer. Es bedurfte mehrerer Ansätze, ehe er das Zündschloss fand. Kurz darauf heulte der rassige Motor des Ferraris auf, dann schoss der Wagen aus dem Parkplatz hinaus auf den vorbeiführenden Wirtschaftsweg, hinein in die zwischenzeitlich eingetretene Dunkelheit. Einige Besucher des Festes, die seine Trunkenheit registriert hatten, sahen ihm kopfschüttelnd hinterher. Ob das gut ging?

Ricardo hatte einige Zeit erhebliche Probleme, den Weg zu erkennen, bis er später bemerkte, dass das Fahrlicht nicht eingeschaltet war. Nachdem er dies nachgeholt hatte, donnerte er im niedrigen Gang, mit hohen Touren und überhöhter Geschwindigkeit über den in Teilen unbefestigten Weg. Der von den breiten Reifen hochgeschleuderte Schotter prasselte wie Hagel gegen die Unterseite des Sportwagens.

Als er zwischen zwei Waldstücken hindurchfuhr, sah er plötzlich im Licht der Scheinwerfer eine huschende Bewegung. So schnell es ihm in seinem betrunkenen Zustand möglich war, machte er eine Vollbremsung. Trotz des Antiblockiersystems geriet das Fahrzeug auf dem geschotterten Untergrund ins Schleudern. Ricardo versuchte gegenzusteuern, war aber aufgrund seiner Alkoholisierung viel zu langsam. Einen Augenblick später rutschte der Ferrari in den Straßengraben, wo er gegen die Sägefläche eines gefällten Baumstammes krachte, der hier lagerte. Mit einem heftigen Ruck wurde Ricardo in die Gurte geschleudert, gleichzeitig explodierte der Airbag und knallte ihm ins Gesicht. Der Motor wurde abgewürgt.

Im ersten Moment war der junge Emolino aufgrund des Airbags fast blind. Wegen seiner Trunkenheit dauerte es geraume Zeit, ehe er kapierte, was eben geschehen war. Mit fahrigen Bewegungen schob er den langsam wieder in sich zusammenfallenden Airbag zur Seite und tastete nach dem Schloss des Sicherheitsgurtes.

»So eine Scheiße …«, brabbelte er dabei vor sich hin. Langsam wischte er sich über die Lippen. An seiner Hand haftete frisches Blut. Vermutlich hatte er sich bei der Explosion des Airbags auf die Lippe gebissen.

Benommen tastete er nach dem Türgriff. Der Wagenschlag hakte und ließ sich nicht öffnen. Mit plötzlich hochkochender Wut warf sich Emolino von innen gegen die Tür. Es bedurfte einiger Kraftanstrengung, bis diese endlich nach außen aufklappte und nach kurzer Strecke im weichen Erdreich hängen blieb.

Das flache Fahrzeug hing wie eine gestrandete Flunder total schief im Straßengraben. Man konnte deutlich sehen, dass es massiv aufgesessen war. Als Ricardo ausstieg, rutschte er auf dem nassen, lehmigen Untergrund aus, verlor das Gleichgewicht und landete im feuchten Schlamm des Straßengrabens. Dort hatte sich ein Rest Wasser vom letzten

Regen angesammelt. Sein maßgeschneiderter Anzug wurde nass und vom Schlamm durchtränkt. Unter fürchterlichen Flüchen stemmte er sich wieder in die Höhe und kletterte aus der Versenkung.

Sein benebelter Verstand war durch den Schock etwas klarer geworden. Langsam ging er nach vorne. Einer der Scheinwerfer des Cabriolets funktionierte noch. Der tief gelegte Frontspoiler aus Kunststoff war eingerissen und teilweise abgebrochen. Im Scheinwerferlicht erkannte Emolino den erheblichen Schaden an der rechten Vorderfront des Ferraris und fluchte erneut. Wütend trat er gegen den Hinterreifen. Wie sollte er das seinem Vater erklären? Der Alte würde toben. Weniger wegen des Schadens, der war von der Versicherung abgedeckt. Nein, er würde wieder einmal Ricardos Disziplinlosigkeit anprangern.

»Verdammte Scheiße!«, knurrte er, dann machte er sich langsam zu Fuß auf den Weg. Klebrige Feuchtigkeit aus dem Graben war in seine teuren italienischen Schuhe eingedrungen. Bei jedem Schritt quietschte es, als ob er durch Sumpf laufen würde. Der kurze Moment, in dem die Wirkung des Alkohols durch den Schock zurückgedrängt worden war, verging wieder. Der Vorhang senkte sich erneut über seinen Geist. Vielleicht war es der Alkohol, vielleicht der Schock, vielleicht auch beides zusammen, jedenfalls wurde ihm langsam schlecht.

Als er das Waldstück hinter sich gelassen hatte, wurde die Übelkeit so stark, dass er sie nicht mehr unterdrücken konnte. Instinktiv wich er hastig nach rechts vom Weg ab, weil er sich übergeben musste. Übergangslos sah er sich plötzlich von irgendwelchen hohen Pflanzen umgeben, die ihn regelrecht einschlossen. Während er sich an ein paar Stängeln festhielt, erbrach er würgend seinen Mageninhalt. Jetzt erst erkannte er, dass er in ein Maisfeld geraden war. Ohne zu überlegen, wankte er innerhalb des Maisackers ein Stück zwischen zwei Saatreihen weiter. Einzelne der mehr als mannshohen Maispflanzen brachen laut knackend unter seinen Sohlen, wenn er schwankend die Richtung verlor. Wieder bäumte sich sein Magen auf.

Als dieser neuerliche Ansturm vorüber war, suchte er verwirrt nach dem Wirtschaftsweg, aber irgendwie hatte er völlig die Orientierung verloren. Überall waren diese gottverdammten Maisstängel, die ihn regelrecht gefangen hielten. Er versuchte, mit den Händen die Pflanzen zu teilen, aber die scharfen Ränder der lanzenförmigen Blätter schnitten unangenehm in seine Hände und sein Gesicht. Um seine Augen zu schützen, kniff er sie bis auf einen schmalen Schlitz zusammen. Dadurch konnte er aber fast nichts mehr sehen. Stolpernd bewegte er sich vorwärts. Mehrfach stürzte er dabei, weil er an den teilweise oberflächigen Wurzeln der Pflanzen hängen blieb. Schon lange hatte er jegliches Zeitgefühl verloren.

Plötzlich durchbrach er unvermutet die letzte Pflanzreihe und stand im Freien. Verwirrt blickte er um sich. Wo war er? Der helle Mond beleuchtete eine Wiese. Übergangslos kam mit großer Heftigkeit der nächste Ansturm von Übelkeit. Er sackte auf die Knie, stützte sich mit den Händen ab und kotzte sich laut würgend die Seele aus dem Leib.

Der plötzliche Schmerz in der Seite war unbeschreiblich, und der Schock verschlug ihm den Atem. Seine Augen quollen hervor, als wollten sie ihren Höhlen entfliehen. Unwillkürlich öffnete er den Mund zu einem Schrei, aber dem weit geöffneten Kiefer entfuhr kein Laut. Sein ganzer Oberkörper wurde von einer sengenden Glutwelle überflutet, die ihm den Atem raubte. Wie von einem riesigen Hammer getroffen, brach er schlagartig zusammen. Einen Augenblick zuckten seine Extremitäten in unkontrollierbaren Krämpfen, dann blieb er reglos in seinem eigenen Erbrochenen liegen. Sein Blut versickerte langsam zwischen den Grasbüscheln der Wiese.

11

Simon Kerner war dann doch irgendwann etwas eingeschlummert. Er befand sich dabei in einer Art Dämmerschlaf, der zwar entspannend wirkte, aber sein Unterbewusstsein nicht völlig ausschaltete. Der Jäger konnte sich darauf verlassen, dass ihn jedes auffällige Geräusch in seiner Umgebung aus dem Schlaf reißen würde.

Irgendwann in der Nacht wachte er auf. Von einer Sekunde zur anderen war er voll da. Er setzte sich aufrecht und lauschte hinüber zum Maisfeld. Von dort drang das Knacken brechender Maisstängel an sein Ohr, das ihn im Unterbewusstsein alarmiert hatte.

Kerner schüttelte kurz den Kopf, um die letzte Benommenheit zu vertreiben, und rieb sich die Augen; dann lauschte er erneut in die Nacht. Jetzt war das Geräusch nicht mehr zu hören. Hatte er vielleicht doch nur geträumt? Der Jäger hob sein nachtstarkes Fernglas an die Augen und musterte die Seitenlinie des Maisackers. Dummerweise hatten sich gerade einige Wolken vor den Mond geschoben, sodass die Sicht nicht mehr optimal war.

Plötzlich hielt er inne und konzentrierte sich auf eine Stelle knapp unterhalb des Maisrandes. Millimeterweise drehte er an der Feineinstellung des Glases. Sein Herz begann heftiger zu schlagen. Es gab für ihn keinen Zweifel, dort, vielleicht sechs, sieben Meter vom Rand des Maisfeldes entfernt, stand auf der Wiese eine einzelne Wildsau! Wie es aussah ein prächtiges Exemplar. Offenbar hatte die Sau vor, dort nach Würmern und Engerlingen zu wühlen.

Kerner wusste aus Erfahrung, dass man jetzt nicht lange fackeln durfte. Die Chance würde nicht lange bestehen bleiben. Er tauschte langsam, um kein Geräusch zu erzeugen, das Fernglas gegen das Gewehr. Nachdem er die Waffe zur Stabilisierung auf der auf der Kanzelbrüstung ausgelegten Decke aufgestützt hatte, brachte er den Schaft an seiner Schulter in Anschlag und suchte das Ziel durch das Zielfernrohr. Da war sie! Ein dunkler Schatten, ohne scharfe Konturen. Deutlich konnte er einen Laut hören, der wie Grunzen klang. Nun folgte ein zigfach praktizierter Ablauf: einatmen, dann ausatmen bis zu dem Punkt, an dem man ganz ruhig wurde. Das Zielkreuz glitt langsam an die Stelle, wo hinter dem Schulterblatt das Herz schlug. Der Zeigefinger verstärkte den Druck auf den Abzug der Waffe. Sekundenbruchteile später brach der Schuss. Das Gewehr bäumte sich kurz auf, der Knall verhallte. Vom Mündungsfeuer leicht geblendet, setzte Kerner die Waffe langsam ab, sicherte sie und hob das Fernglas an die Augen. Er musste sehr genau hinsehen, ehe er den dunklen Fleck in der Wiese erkennen konnte. So wie es aussah, hatte er tödlich getroffen, und das Schwein war im Feuer zusammengebrochen.

Die Anspannung ließ nach. Automatisch sah er auf seine Armbanduhr. Erst kurz nach Mitternacht. Sehr gut. Er hatte mit einem längeren Ansitz gerechnet.

Fast schon beschwingt, packte er seine Utensilien zusammen, entlud sein Gewehr und stieg vom Hochsitz. Er warf sich die Waffe mit dem Riemen über den Rücken, so dass sie ihn beim Gehen nicht störte. Mit einem Handgriff überzeugte er sich davon, dass der geladene Revolver griffbereit im Gürtelholster steckte. Er hatte es sich zur Gewohnheit gemacht, an beschossene Wildschweine, selbst wenn sie regungslos am Boden lagen, nur mit gezogener Kurzwaffe heranzutreten. Es war schon mehr als einmal passiert, dass vermeintlich tote Schwarzkittel beim Anblick des Jägers plötzlich wieder zum Leben erwachten und angriffen. Bei diesem wehrhaften Wild eine höchst gefährliche Situation. Ein unhandliches Gewehr war da auf kurze Entfernungen eher hinderlich.

Die Taschenlampe in der Linken, den Revolver in der rechten Hand, näherte er sich vorsichtig der Stelle, wo er die erlegte Wildsau vermutete.

Der Anblick, der ihn erwartete, war so schrecklich, dass sein Verstand sich weigerte, es zu begreifen. Oberstaatsanwalt Kerner stand wie gelähmt und blickte in das schmerzverzerrte Gesicht eines Menschen, der sich nicht mehr rührte und ihn mit weit aufgerissenen, gebrochenen Augen anklagend anstarrte.

Wie in Zeitlupe sank Kerner vor dem blutüberströmten Menschen auf die Knie.

»Mein Gott!«, flüsterte er wieder und wieder. »Das kann doch nicht sein! Ich habe das Schwein doch deutlich gesehen!«

Für Minuten wirkte die Szene wie das Standbild eines drittklassigen Gruselschockers.

Langsam, ganz langsam gewann der analytische Verstand des Staatsanwalts die Oberhand über den lähmenden Schock. Makabererweise war der Grund dafür eine Art kalter Nässe, die sich durch das Knie seiner Jagdhose bemerkbar machte. Er leuchtete nach unten und bemerkte, dass er in einer Blutlache kniete, die durch das Gras verborgen war. Mit einem Sprung richtete er sich hastig wieder auf und starrte auf das Blut, das sich vom dunkelgrünen Stoff fast schwarz abhob. Langsam steckte er die Faustfeuerwaffe ins Holster zurück. Sein erster obskurer Gedanken war, dass diese Hose jetzt ein

Beweisstück war. Dieser rationale Gedanke war es, der die Krallen der Panik zurückdrängte.

Als zuständiger Staatsanwalt für Mord und Totschlag war Kerner an blutige Tatorte und Obduktionen von Leichen in allen Stadien des Verfalls gewohnt. Das hier aber war etwas völlig anderes. Der Anblick dessen, was eigentlich gar nicht sein konnte, wollte einfach nicht in sein Gehirn. Sein Verstand sagte ihm, dass der Mann tot war. Er weigerte sich aber anzuerkennen, dass er, Kerner, ihn erschossen hatte und damit ein Täter war.

Als Jäger kannte er die Auswirkung des Geschosses auf den Körper eines Wildtieres nur zu gut. Das Projektil war so aufgebaut, dass es die lebenswichtigen Organe des beschossenen Tieres massiv zerstörte. Es war seine Bestimmung, schnell zu töten, um dem Wild Leiden zu ersparen. Dazu gehörte auch, dass es einen Ausschuss und damit einen hohen Blutverlust erzeugte – neben einem Doppelschock, der beim Eindringen in den Körper und beim Verlassen auftrat. Auf einen menschlichen Körper war die Wirkung natürlich ebenso verheerend.

Vorsichtig, als könne der auf dem Bauch liegende Mann plötzlich aufspringen, näherte sich Kerner. Nach mehrmaligem Ansatz überwand er sich und tastete nach dem Handgelenk. Es war eigentlich eine völlig sinnlose Handlung, denn der Mann war definitiv tot. Kein Mensch konnte eine solche Verletzung überstehen.

Ohne zu überlegen, drehte Kerner, gegen alle Regeln des Verhaltens an einem Tatort, die Leiche auf den Rücken. An der Stelle des Ausschusses, dort wo das Projektil den Brustkorb wieder verlassen hatte, befand sich ein dunkles Loch von der Größe einer Männerfaust. Beim Umdrehen schwappte ein heftiger Schwall Blut heraus, der sich im

Brustkorb angesammelt hatte, und tränkte die sowieso schon total mit Blut vollgesogene Kleidung zusätzlich. Da war nichts mehr zu retten.

Neben dem Körper des Mannes registrierte Kerner jetzt eine Lache von Erbrochenem, die bisher von dem Liegenden verdeckt worden war. Jetzt roch er auch die heftige Alkoholausdünstung, die von dem Toten und der Lache ausging.

Es kostete Kerner einige Überwindung, den Strahl der Taschenlampe auf das Gesicht des Toten zu richten. Die Augen weit aufgerissen, gaben die Züge des Mannes Zeugnis von dem Schmerz, den er in den letzten Sekunden seines Lebens empfunden haben mochte. Je länger Kerner die Miene des Toten betrachtete, umso mehr hatte er den Eindruck, den Menschen schon einmal gesehen zu haben. Der Mann war noch jung, sicher nicht älter als 30. Auch wenn der Tod die Menschen meist älter aussehen ließ. Sein Haar war schwarz, sein Teint eher südländisch, die Augen dunkel. Kerner versuchte, sich zu erinnern. Plötzlich fiel es ihm wie Schuppen von den Augen: Er hatte das Gesicht auf mehreren Ermittlungsfotos gesehen, die ihm die Mitarbeiter der Sonderkommission *Spessartblues* gezeigt hatten. Auf diesen Überwachungsbildern waren häufig Francesco Emolino, Michelangelo Trospanini und Renato Mallepieri zu sehen gewesen. Auf einigen anderen Bildern war aber noch ein Gesicht abgelichtet: Ricardo Emolino, der Sohn des Paten. Es gab trotz der entstellenden Fratze, die der Todesschmerz in das Gesicht des Mannes gemeißelt hatte, keinen Zweifel: Das hier war eindeutig Ricardo Emolino! Der Schreck, der Kerner durch alle Knochen fuhr, vertrieb die Lethargie, die ihn noch bis vor wenigen Augenblicken gelähmt hatte.

Er löschte die Taschenlampe und starrte, neben der Leiche stehend, in die Nacht. Die Erkenntnis, dass er sich zumindest einer fahrlässigen Tötung, wenn nicht eines Totschlags schuldig gemacht hatte, traf ihn mit voller Wucht und legte sich tonnenschwer auf seine Schultern. Eine Last, die von Minute zu Minute schwerer wurde. Er, Oberstaatsanwalt Simon Kerner, mit einem der besten Staatsexamen im Land, einer der angesehensten Juristen im Bereich der Generalstaatsanwaltschaft Bamberg, geschätzt im Bayerischen Justizministerium, schon lange mit dem Marschallstab für höhere Weihen im Tornister, hatte einen Menschen erschossen. Noch dazu einen, gegen dessen Vater er ein Ermittlungsverfahren leitete.

Die zwangsläufigen, persönlichen Folgen seines Handelns standen glasklar vor Kerners geistigem Auge. Einleitung eines Ermittlungsverfahrens, Suspendierung vom Dienst. Wenn er Glück hatte, würde ihm vielleicht die Untersuchungshaft erspart bleiben. Die Kollegen und Freunde würden sich von ihm abwenden. Der berufliche Absturz würde so gewaltig sein, dass er ihn vermutlich weder psychisch noch physisch überleben würde. Für diesen Tod gab es keine Entschuldigung. Wie jeder andere Jäger war er allein für seinen Schuss verantwortlich. Im günstigsten Fall würde er wegen fahrlässiger Tötung verurteilt. Vielleicht würde man ihm sogar persönliche Motive unterstellen, dass er aus Hass gegen Emolino geschossen hatte. Rache gegen den Paten, weil es ihm nicht gelungen war, ihn hinter Schloss und Riegel zu bringen.

Kerner wusste mit nüchterner Klarheit, dass der Alte ausrasten würde, sobald er erfuhr, wie sein Sohn ums Leben gekommen war und wer daran Schuld hatte. Er würde Amok laufen und, auch das war Kerner klar, mit allen Mitteln versuchen, ihn zu töten. Bisher hatte er einen derartigen Angriff nicht gewagt, aber jetzt, wenn es nicht mehr allein um einen Angriff gegen den ermittelnden Oberstaatsanwalt ging, sondern gegen den Mörder seines Sohnes, würden bei Emolino alle Schranken brechen.

Simon Kerner war sich bewusst, dass er hier und jetzt, in der Nacht neben diesem Maisfeld, eine Entscheidung treffen musste, die sein gesamtes restliches Leben aus den Fugen heben konnte. Wenn er jetzt zum Mobiltelefon griff, um die Polizei zu verständigen, würde er zwar seine Pflicht tun, aber definitiv seine Zukunft zerstören. Vielleicht würde Steffi am Anfang zu ihm halten, ob sie aber mit den Folgen seiner Tat und der damit verbundenen gesellschaftlichen und beruflichen Ächtung klarkäme, wusste er nicht. Früher oder später würde seine Tat auch ihre Liebe zerstören.

Was war, wenn er den Anruf unterließ? Konnte er mit der erdrückenden Hypothek, einen Menschen getötet zu haben, überhaupt weiterleben? Die unausweichliche Folge war, dass er zukünftig alle seine Kollegen, Förderer, Freunde und vor allen Dingen Steffi, seine Liebe, permanent belügen musste. Diese Fragen konnte er sich nicht beantworten.

Es blieb ihm keine Zeit, um die Folgen der einen oder anderen Entscheidung in allen Facetten zu durchdenken. Er sah zum Himmel. Es blieb noch ungefähr drei Stunden dunkel, bis dahin musste, wenn er sich für die zweite Lösung entschied, alles gelaufen sein. Von der Anspannung bekam er schlagartig starke Kopfschmerzen. Er versuchte, sie zu ignorieren.

Wie die Sache für ihn ausging, wenn er jetzt die Polizei verständigte, bedurfte keiner großen Überlegungen. Das Prozedere war ihm vertraut. Deshalb zwang er sich dazu, sich analytisch mit den Möglichkeiten zu beschäftigen, wie er die Leiche beseitigen könnte.

Es war klar, dass der Emolino-Klan Ricardo irgendwann vermissen würde. Was hatte der Bursche eigentlich hier, am Rande eines Maisfelds, zu suchen? Dem Geruch nach und aus dem Erbrochenen ließ sich schließen, dass er hier in der Nähe auf irgendeiner Feier gewesen war, wo er reichlich Alkohol zu sich genommen hatte. Wenn er in Gesellschaft gewesen wäre, hätte man schon nach ihm gesucht. Vermutlich war er in seinem Auto unterwegs gewesen. Kerner wusste natürlich, dass der Weg, der hier durch sein Jagdrevier führte, von den Einheimischen genutzt wurde. Vielleicht war ihm übel geworden und er hatte sich hier am Maisfeld erbrochen. Wenn das zutraf, stand das Fahrzeug noch oben am Weg. Das musste unter allen Umständen weg.

Kerner drehte sich entschlossen um, lief zur Schmalseite des Feldes und von dort zum Weg. Der Mond hatte zwischenzeitlich den Kampf mit den Wolken gewonnen und leuchtete hell wie ein Scheinwerfer. Einige der Schottersteine glitzerten wie Edelsteine im Licht. Kerner suchte den Weg nach beiden Seiten ab. So weit er blicken konnte, war kein Fahrzeug zu sehen. Sollte der Bursche wirklich zu Fuß unterwegs gewesen sein? Kerner konnte sich das kaum vorstellen. Er hatte jedoch nicht die Zeit weiterzusuchen. Für ihn war die Hauptsache, dass der Wagen nicht direkt am Acker stand. Dort, wo das Fahrzeug abgestellt war, würde man sicher zuerst nach dem Jungen suchen.

Er eilte zurück zur Leiche. Wenn er sie beseitigen wollte, durfte er möglichst keine Spuren hinterlassen.

»Streng dich an! Bleib ruhig! Denke nach!«, forderte er sich im halblauten Selbstgespräch auf. »Du hast dich mit so vielen Verbrechen bis ins kleinste Detail auseinandergesetzt, du kennst doch die Tricks, wie man Spuren verwischt.«

Simon Kerner wurde sich bewusst, dass er sich bereits für

die zweite Lösung entschieden hatte. Keine Zeit mehr, um darüber nachzugrübeln!

Langsam entstand in seinem Kopf ein Plan. Zuerst musste er sein Auto holen. Im Kofferraum lagen alle Ausrüstungsgegenstände, um ein erlegtes Wildschwein zu transportieren, ohne das Wageninnere zu verschmutzen. So makaber es war, aber es machte keinen großen Unterschied, ob man ein Tier oder eine menschliche Leiche wegschaffte. Er eilte davon. Vorerst würde der Tote hier nicht gefunden werden.

Zwanzig Minuten später steuerte er den Defender neben das Maisfeld. Wegen des Mondscheins kam er problemlos ohne Licht aus. Der Kofferraum seines Wagens war für Zwecke des Wildtransports vollständig mit einer herausnehmbaren Kunststoffwanne ausgekleidet. Kerner räumte alle Gegenstände, die darin lagen, heraus und legte sie zusammen mit seiner Jagdausrüstung auf den Rücksitz des Fahrzeugs. Für die Jagd führte er auch immer eine flache Wildwanne mit sich, die wie eine Art Kunststoffschlitten zu nutzen war. Damit konnte auch ein einzelner Mann schweres Wild ein Stück weit schleppen. Zudem alles Geräte, die nach Gebrauch gut mit Wasser zu reinigen waren.

Er nahm das Schleppgerät und trug es zu dem Getöteten. Dabei trug er Gummihandschuhe, wie er sie auch sonst aus hygienischen Gründen bei der Bergung von erlegtem Wild benutzte.

Vorsichtig rollte er den Toten in die Bergewanne und achtete dabei darauf, dass er kein weiteres Blut auf seine Kleidung brachte. Eigentlich war diese Vorsicht überflüssig, weil er alles, was er trug, vernichten würde. Aber er konnte nicht aus seiner Haut. Die Kriminaltechnik war heutzutage auf einem Stand, der es ihr ermöglichte, auch geringste Mengen von Genmaterial nachzuweisen. Als er fertig war, zog er die Leiche zu seinem Fahrzeug und wuchtete sie in die Kunststoffwanne des Kofferraums. Die Leichenstarre hatte zum Glück noch nicht eingesetzt. Lange würde es aber nicht mehr dauern.

Was ihn irgendwie erstaunte, war die Tatsache, dass er durch seine Aktivitäten immer ruhiger wurde. Er arbeitete fast wie ein Automat.

Nachdem er Ricardo Emolino verstaut hatte, griff er sich einen Kanister mit Wasser, den er immer mit sich führte, um nach erfolgreicher Jagd die Körperhöhle des ausgenommenen Wildes einer groben Reinigung zu unterziehen. Jetzt benutzte er das Wasser dazu, die Stelle, an der Emolino gelegen hatte, zu übergießen. Das kalte Wasser wusch das Blut und das Erbrochene notdürftig von den Pflanzen in den Untergrund. Das Ergebnis überprüfte er kurz mit der Taschenlampe. Nicht perfekt, aber bei einer flüchtigen Betrachtung war an der Stelle nichts Auffälliges mehr zu sehen. Lediglich die Schleifspur des Bergeschlittens zum Wagen war sichtbar. Er goss auch noch das restliche Wasser darüber. Mit dem Morgentau würde sich das Gras wieder aufrichten. In einem Tag würde man wahrscheinlich nichts mehr sehen.

Anschließend verstaute er den Kanister, zog die blutigen Handschuhe aus und warf sie neben dem Toten in den Kofferraum. Dann entledigte er sich seiner Jacke und seiner Jagdhose, die er ebenfalls im Kofferraum verstaute. Er trug jetzt nur noch seine Unterwäsche. So hinterließ er kein Genmaterial Ricardos in seinem Wagen. Kerner setzte sich hinter das Steuer und wendete den Rover auf dem Weg, anschließend fuhr er den schmalen Feldweg, auf dem er gekommen war, wieder zurück. Das Mondlicht war hell genug, um problemlos die vertraute Umgebung erkennen zu können.

Einige Zeit später erreichte er eine schmale Pflegegasse

zwischen zwei Mischbaumkulturen. Die Schutzzäune waren erst vor einigen Wochen entfernt worden, sodass man die Dickung leicht betreten konnte. Kerner wusste, dass es in diesem Bereich immer wieder kleine, lichte Stellen gab, an denen keine Bäume gewachsen waren.

Er stieg aus und zog sich die abgelegte Oberbekleidung wieder an, dann holte er einen Klappspaten aus dem Wagen. Nachdem er sich frische Handschuhe übergezogen hatte, zerrte er Emolino wieder in die Schleppwanne. Da ihm hier zwischen den dicht stehenden Bäumen das Mondlicht nicht half, zog er eine Kopflampe auf, die er gewöhnlich nutzte, wenn er in der Nacht geschossenes Wild ausnahm. Kerner musste sich beeilen, den schwersten Teil der Arbeit hatte er noch vor sich. Die Stelle, die er sich vorgestellt hatte, lag ungefähr sechzig Meter in der Dickung. Er hatte Mühe, den Schlitten mit der Leiche über Wurzeln, Baumstümpfe und loses Astmaterial zu schleppen. Am Ziel angekommen, lief ihm der Schweiß in Strömen über das Gesicht. Seine Beine zitterten von der ungewohnten Anstrengung. Stechmücken, die in dieser feuchten Umgebung wunderbar gediehen, entdeckten ihn sofort und umschwirrten ihn mit blutgieriger Penetranz.

Der Platz, der Ricardo Emolinos Grab werden sollte, war mit Moos bewachsen. Quer darüber lag ein Stück eines alten, modrigen Eichenstamms, das vermutlich von den Rodungsarbeiten übrig war, die man vor Anpflanzung der Fichtenkultur durchgeführt hatte.

Kerner verlor keine Zeit und begann zu graben. Dabei stellte er mit zusammengebissenen Zähnen fest, dass ein Klappspaten nicht unbedingt geeignet war, ein Grab auszuheben. Der Stil war kurz, das Schaufelblatt klein. Trotzdem musste Kerner damit klarkommen.

Schon nach kurzer Zeit schmerzten seine Rückenmuskeln. Bis er unter dem Eichenstamm ein ausreichend tiefes Loch gegraben hatte, verging mehr als eine Stunde. Keuchend hielt er irgendwann inne. Er konnte nicht mehr. Das Loch war gut knietief, das musste reichen.

Er zog Emolino, der nun langsam steif wurde, in die Grube. In Seitenlage und in die Embryonalstellung gebracht, passte er gerade hinein.

Einen Moment hielt Kerner inne, um Atem zu schöpfen. Plötzlich fühlte er ein schwer beschreibbares Gefühl. War es Trauer oder Schuld? Er konnte es nicht sagen. Ein Zurück gab es für ihn aber jetzt nicht mehr. Zu viel hatte er bereits unternommen, um die Tat zu verschleiern.

Er fasste den Spaten und warf die Erde wieder in das Loch. Als er einen Grabhügel aufgehäuft hatte, zögerte er kurz. Was er jetzt tun musste, kostete ihn einige Überwindung, aber es war erforderlich. Kerner stieg auf den Hügel und trat die Erde mit den Schuhen fest. Das Gefühl, auf einem nachgiebigen Körper herumzutrampeln, war schrecklich. Er riss sich unter Aufbietung aller mentaler Kräfte zusammen. Schließlich wuchtete er den Eichenstamm direkt auf das frische Erdreich. Andernfalls würden die Füchse die Leiche wieder ausgraben. Mit dem Spaten verwischte er, so gut es ging, die Sohlenabdrücke seiner Schuhe, dann bedeckte er das eingeebnete Grab mit herumliegenden trockenen Blättern. Nach einer weiteren halben Stunde war die Stelle so präpariert, dass er einigermaßen zufrieden war. Trotz seiner Erschöpfung kontrollierte er den Platz nochmals akribisch, ob er etwas hinterlassen hatte, was auf ihn hinweisen könnte. Es war nichts zu entdecken. In ein paar Tagen, spätestens nach dem nächsten Regen, würde man nicht mehr erkennen, dass hier die Folgen einer Straftat beseitigt worden waren. Eigentlich gab es keinen Grund, warum eine andere Person diese Stelle aufsuchen sollte.

Als er fertig war, räumte er sorgfältig alle Ausrüstungsgegenstände in den Kofferraum und überzeugte sich nochmals davon, dass nichts fehlte. Dann zog er erneut seine Oberbekleidung und seine erdverschmierten Schuhe aus und machte sich auf den Heimweg. Zuhause besaß er einen Hochdruckreiniger, mit dem er gewöhnlich den Geländewagen reinigte. Damit ließen sich die Blutspuren aus der Kofferraumwanne und von der restlichen verschmutzten Ausrüstung abwaschen. Kerner wusste natürlich, dass es der Kripo möglich war, Blutspuren auch noch in feinster Verdünnung festzustellen. Aber dazu mussten sie erst einmal auf ihn als Täter und auf seinen Wagen als Tatfahrzeug kommen. Morgen würde er erneut auf die Jagd gehen und ein Reh erlegen. Er würde es in seinem Wagen transportieren und das Blut des Tieres würde alle anderen Blutspuren restlos überdecken.

Einige Zeit später erreichte Kerner sein Haus. Er war froh, dass es etwas abseits des Ortskerns lag. So würde sich niemand wundern, dass er mitten in der Nacht seinen Wagen reinigte.

Das Haus wurde im Winter von einem modernen Allbrandofen geheizt, den man mit den unterschiedlichsten Materialien füttern konnte. Kerner ging in den Keller und heizte an. Er musste das erledigen, bevor es hell wurde und sich etwaige Passanten wunderten, warum im Hochsommer Rauch aus seinem Kamin kam.

Als das Feuer richtig loderte, warf er alle Jagdklamotten, die er getragen hatte, in die Flammen. Durch das Sichtfenster der Ofenklappe vergewisserte er sich, dass alles richtig verbrannte.

Dann stellte er sich völlig erschöpft unter die Dusche. Doch so sehr er sich auch schrubbte – das Gefühl, besudelt zu sein, wurde er nicht los.

In dieser Nacht legte sich Simon Kerner nicht mehr ins Bett. Als die ersten Sonnenstrahlen durch das Fenster kamen, beschienen sie einen geleerten Bocksbeutel Domina und einen Oberstaatsanwalt, der mit dem Kopf auf der Tischplatte lag und schlief.

12

Um die Mittagszeit betraten zwei Streifenpolizisten das Eiscafé *Gelati* und sahen sich suchend um. Der Salon war gut besucht. Es handelte sich größtenteils um Fahrradtouristen, die Gemünden als Zwischenstopp auf ihren Touren entlang des Mains nutzten. Sie musterten die Polizeibeamten neugierig. Die Körpersprache der beiden Männer ließ keinen Zweifel daran, dass sie Vertreter der Staatsmacht waren und hier dienstlich zu tun hatten.

Sie traten an den Tresen und fragten den dort beschäftigten Kellner nach Ricardo Emolino. Gustavo, der schon seit Jahren für den Emolino-Klan tätig war und zur Familie gehörte, wurde beim Anblick der Beamten hellwach. Er musterte sie zurückhaltend, dann zuckte er mit den Schultern.

»Keine Ahnung, wo Ricardo ist. Da müssen sie schon Herrn Emolino fragen.« Er deutete mit dem Daumen hinter sich auf eine Türe, die mit einem Vorhang aus bunten Plastikbändern getarnt war.

Die Beamten verständigten sich mit einem kurzen Blick, dann gingen sie hinter den Tresen und klopften an. Ohne auf eine Antwort zu warten, traten sie ein.

Don Emolino saß im Hinterzimmer am Schreibtisch und studierte Papiere. Als er die Uniformierten eintreten sah, kniff er überrascht die Augen zusammen. Polizisten in jeglicher Ausführung waren ihm verständlicherweise zurzeit ein Gräuel.

»Ja?«, fragte er knapp.

Der Streifenführer zückte ein Notizbuch, dann erklärte

er: »Wir suchen den Halter des Kennzeichens MSP RE 010. Nach den Unterlagen handelt es sich dabei um Ricardo Emolino. In seiner Wohnung war er nicht anzutreffen. Man sagte uns, er wäre der Geschäftsführer dieses Ladens und wir könnten ihn hier antreffen.«

»Was wollen Sie von meinem Sohn?«, fragte Don Emolino misstrauisch.

»Wir haben einen Hinweis von einem Landwirt aus Partenstein erhalten. Er teilte uns mit, dass auf einem Verbindungsweg zwischen Wiesthal und Partenstein ein Ferrari liegen geblieben ist. Wir haben die Angelegenheit vor Ort überprüft und Ricardo Emolino als Halter ermittelt. Das Fahrzeug lag im Straßengraben. Mit der Frontpartie ist es gegen einen gefällten Baumstamm gefahren und war nicht mehr fahrtüchtig. Der Wagen war nicht abgeschlossen. Vom Fahrer weit und breit keine Spur. Wir müssen überprüfen, was da vorgefallen ist. Wissen Sie, wo sich Ihr Sohn aufhält?«

Durch Emolinos Gehirn rasten die Gedanken. Was hatte der verdammte Bursche jetzt schon wieder angestellt? Laut sagte er, wobei er sich um einen verbindlicheren Tonfall bemühte: »Es tut mir leid, aber ich habe ihn heute auch noch nicht gesehen.«

»Der Wagen muss dort auf jeden Fall weg«, fuhr der Streifenführer fort. »Werden Sie sich darum kümmern? Ansonsten müssten wir das Abschleppen anordnen.«

Don Emolino erhob sich. »Das müssen Sie nicht. Ich werde das erledigen lassen.« Dann quälte er sich noch ein »Vielen Dank für Ihre Mühe« ab.

»Wenn Ihr Sohn sich meldet, sagen Sie ihm bitte, dass er auf der Polizeidienststelle Gemünden vorsprechen soll. Wir müssen über den Vorfall ein Protokoll aufnehmen.« Der

Beamte griff sich an den Schirm seiner Uniformmütze, dann wandte er sich wieder zur Tür.

Emolino sah den beiden nach, wie sie draußen in ihren Streifenwagen stiegen und losfuhren.

Kaum waren sie außer Sichtweite, fiel die Beherrschung schlagartig von Emolino ab.

»Dieser verdammte Junge«, schimpfte er. Wahrscheinlich hatte er sich wieder auf irgendeinem Dorffest herumgetrieben und dabei zu viel getrunken. Vermutlich lag er noch im Bett irgendeiner Dorfschönen und schlief seinen Rausch aus.

Das musste unbedingt anders werden. Der Emolino-Klan stand im Augenblick im Fokus der Polizei. Jeder zusätzliche Kontakt mit Ermittlungsbehörden war absolut überflüssig. Er griff zum Telefon und rief Trospanini an. Diese Sache musste schleunigst bereinigt werden. Und das möglichst geräuschlos und ohne Aufsehen.

Trospanini versprach, umgehend den Ferrari abholen zu lassen und bei dieser Gelegenheit auch nach dem Aufenthalt von Ricardo zu forschen.

Am späten Nachmittag erschien der neu eingesetzte Consigliere bei seinem Paten. Don Emolino war mittlerweile in sein Haus zurückgekehrt. Trospaninis Miene war etwas angespannt.

»Don Emolino, den Wagen haben wir schnell gefunden. Er stand in einem Waldstück im Graben. Er ist vorne ziemlich schlimm ramponiert. Wir haben ihn gleich in eine Werkstatt schleppen lassen. Von Ricardo war da allerdings keine Spur. Zu Hause in seiner Wohnung in Gemünden ist er auch nicht, das habe ich zuerst überprüft. Fredo war allein eingesperrt und hat vor lauter Langeweile die halbe Wohnung zerlegt. Offenbar war er schon länger nicht mehr draußen gewesen, denn es war alles voller Hundekot. Ich habe ihn sicherheitshalber mitgenommen. Dann habe ich mich etwas umgehört. Auf einer Waldlichtung bei Partenstein hat der dortige Schützenverein gestern ein Fest gefeiert, gar nicht weit von der Unfallstelle entfernt. Ich habe am Festplatz ein paar Burschen gefunden, die gerade beim Abbau mithalfen. Sie bestätigten mir, dass Ricardo tatsächlich auf dem Fest war und dort versucht hat, ein Mädchen anzusprechen. Seine Bemühungen müssen aber auf keine Gegenliebe gestoßen sein. Die Kerle sagten, dass er ziemlich viel getrunken hat und irgendwann mit seinem Wagen über den Wirtschaftsweg, auf dem man den Ferrari dann gefunden hat, davongefahren ist. Dieser Weg wird offenbar gerne von Einheimischen benutzt, wenn sie zu viel getrunken haben und nicht von der Polizei erwischt werden wollen.

Den Spuren nach hat Ricardo wahrscheinlich die Kontrolle über den Wagen verloren und ist in den Straßengraben gefahren. Dabei muss er heftig gegen einen gefällten Baum geprallt sein. Wir haben das Innere des Fahrzeugs untersucht. Durch den Aufprall waren zwar die Airbags ausgelöst, es war aber keine Spur von Blut zu sehen, die darauf hätte schließen lassen, dass sich Ricardo verletzt hat. Anscheinend hat er sich dann zu Fuß auf den Heimweg gemacht. Wenn er tatsächlich so betrunken war, wie mir die jungen Männer sagten, war das sicher nicht ganz einfach. Möglicherweise hat er aber auch über sein Handy einen Freund angerufen, der ihn dann aufgelesen hat.«

Mit grimmiger Miene hatte Emolino den Bericht seines Vertrauten angehört.

»Der Junge geht mir langsam ganz schön auf die Nerven. Nur Weiber und Alkohol! Wir müssen für den Burschen einen Platz finden, wo er endlich lernt, Verantwortung zu übernehmen!« Der Don war richtig wütend. »Ich werde mit meinem Cousin, Don Roberto Sensantoni, in San Luca sprechen. Er soll den Jungen für ein paar Jahre unter seine Obhut nehmen und ihn ins Geschäft einführen. Don Roberto wird ihm schon die Flausen austreiben. Aber jetzt müssen wir erst mal zusehen, dass wir ihn wieder auftreiben. Inzwischen wird wohl auch der schlimmste Rausch überstanden sein.«

Als Trospanini am Abend noch immer keine Spur von Ricardo gefunden hatte, wurde Emolino langsam unruhig. So lange war der Junge noch nie verschwunden gewesen.

13

Eberhard Brunner betrachtete sein Gegenüber mit kritischem Blick. »Du siehst aus wie ausgespien«, stellte er nüchtern fest und meinte damit die auffallende Blässe und die tiefen Augenschatten von Simon Kerner. »Brütest du irgendeine Krankheit aus oder hast du gestern deinen Ärger ersäuft?«

Kerner winkte ab. »Ich habe heute Nacht verdammt schlecht geschlafen. Dieser Anschlag ist mir ganz schön an die Nieren gegangen. Zum ersten Mal wurde mir so richtig hautnah vor Augen geführt, zu welchen Verbrechen dieser Mafioso fähig ist.« Dann kam er übergangslos zur Sache. »Gibt es irgendwelche neuen Entwicklungen?«

»Neue Entwicklungen möchte ich nicht sagen. Wir haben ihn nicht aus den Augen gelassen. Don Emolino hat sich seit seiner Entlassung nicht mehr großartig aus seinem Bau bewegt. Er pendelte nur zwischen seinem Wohnhaus und dem Eiscafé. Heute Morgen ist dann überraschenderweise eine Polizeistreife ins Eiscafé gekommen. Nachdem dieser Besuch nichts mit uns zu tun hatte, haben wir gleich bei der Einsatzzentrale nachgefragt, was der Anlass war. Die Kollegen waren dort, weil man im Wald zwischen Wiesthal und Partenstein den Ferrari von Ricardo Emolino gefunden hat. Das teure Spielzeug lag beschädigt im Straßengraben, vom Fahrer keine Spur. Nachdem die Streifenpolizisten wieder abgezogen waren, beorderte Emolino gleich seinen Neuen, diesen Trospanini, zu sich. Wir vermuten, dass er den Auftrag erhalten hat, den Sohn zu suchen. Ich habe schon überlegt, ob wir das für uns irgendwie nützen können. Was meinst du dazu?«

Während Brunner sprach, hatte sich Kerner erhoben und war vors Fenster getreten. Dabei wandte er dem Kommissar den Rücken zu. Nur mit eiserner Beherrschung konnte er eine verräterische Reaktion auf diese Information Brunners unterdrücken. Der Kommissar war ein guter Beobachter und hätte eine Schwäche Kerners wahrscheinlich bemerkt.

Dem Oberstaatsanwalt war klar, dass die Polizei natürlich nach dem Jungen suchen würde, wenn sie zur Kenntnis bekam, dass er vermisst wurde. Er musste sich unbedingt besser im Griff haben, wenn der Name Ricardo Emolino fiel!

Der Kampf begann!

»Hallo, Simon, hast du mir zugehört?« Brunner betrachtete verwundert die Kehrseite des Oberstaatsanwalts. Ein solches Verhalten war er von seinem Freund nicht gewöhnt. Er schien völlig abwesend zu sein.

»Entschuldige«, gab Kerner zurück und drehte sich ihm wieder zu, »was hast du gesagt? Ich bin heute wirklich nicht in der besten Verfassung.«

Brunner wiederholte seine Frage.

»Der Junge ist bei unseren Ermittlungen doch nur eine Randfigur«, gab Kerner schließlich zurück. »Wir kennen ja seinen lockeren Lebenswandel. Der taucht schon wieder auf. Konzentrieren wir uns auf den Alten.«

Der Kommissar zuckte mit den Schultern. »Okay, wenn du meinst. Wenn es neue Informationen gibt, werde ich dich auf jeden Fall unterrichten.«

Er erhob sich. »Wenn ich dir einen Rat als Freund geben darf, geh nach Hause und leg dich ins Bett. Du siehst wirklich nicht gut aus.«

Kerner unternahm den Versuch eines Lächelns, dann setzte er sich an seinen Schreibtisch. »Danke für deine Fürsorge, aber diese roten Akten erledigen sich nicht von selbst.«

Brunner grüßte schulterzuckend und ging.

Kaum hatte er die Türe hinter sich geschlossen, verlor Kerner die mühsam aufrechterhaltene Fassung. Er lehnte sich in seinem Bürostuhl zurück und schloss die Augen. Wie sollte er diese ständige Anspannung auf die Dauer nur aushalten? Dieses Gespräch mit Brunner war ja nur der Anfang. Ein Kinderspiel, verglichen mit dem, was wahrscheinlich noch auf ihn zukommen würde. Wie im Zeitraffer rasten die Bilder der vergangenen Nacht an seinem geistigen Auge vorüber. Hatte er bei seiner nächtlichen Verschleierungsaktion wirklich an alles gedacht? Hatte er alle Spuren beseitigt, die auf ihn als Täter hinwiesen? Er zermarterte sich das Gehirn, kam aber auf keinen Fehler. Trotzdem wurde er das peinigende Gefühl nicht los, etwas Wesentliches übersehen zu haben. Aber das war vermutlich normal in einer solchen Situation. Wenn man in diesem Zusammenhang überhaupt den Begriff Normalität verwenden konnte. Er musste auf jeden Fall wieder zu seiner alten Nervenstärke zurückfinden. Irgendwann würde man ihm die Erschütterung wegen des Attentats und der toten Polizisten nicht mehr abnehmen.

Er griff über den Schreibtisch und holte den Kommentar zum Strafgesetzbuch zu sich heran. Mitten in der Bewegung verharrte er. Unwillkürlich umfasste er das dicke Gesetzbuch mit beiden Händen. Dieses Gesetz war seit vielen Jahren die Richtschnur seines beruflichen Handelns. Mit ihm verfolgte er den Strafanspruch des Staates gegen Bürger, die gegen die Regeln der Gesellschaft verstoßen hatten. Dieses Buch war ihm vertraut wie sonst keines, viele Textstellen kannte er auswendig. Auf fast jeder Seite befanden sich Randvermerke von ihm. Jetzt, in diesem Moment, fühlte er zwischen sich und dem Buch eine unsichtbare Mauer wachsen. Was war das? Vielleicht das Gefühl, dass er seit den gestrigen Ereignissen nicht mehr das Recht hatte, mit reiner Gesinnung anderen Menschen ihr Unrecht vorzuhalten? Seit heute Nacht gab es in dem Buch auch einige schwergewichtige Paragraphen, gegen die er verstoßen hatte. Er gehörte nicht mehr zu den Guten. Die Bewerbung kam ihm wieder in den Sinn. Wenn er sich nach Gemünden an ein relativ kleines Amtsgericht versetzen ließ, würde ein anderer seine Stelle hier einnehmen. Nach einigen Wochen wäre er wahrscheinlich aus dem Fokus, und es konnte Gras über die Angelegenheit wachsen.

In den nächsten Tagen musste er wohl eine Entscheidung treffen. Allerdings würden weder Rothemund noch Brunner ihn verstehen, wenn er tatsächlich ging.

Mit einer langsamen Handbewegung wischte er sich über das Gesicht, dann griff er entschlossen nach der ersten Akte. Die vor ihm aufgehäuften Alltäglichkeiten zwangen ihn zur Konzentration. Außerdem musste er sich auf die routinemäßige wöchentliche Dienstbesprechung mit seinen Staatsanwälten vorbereiten, die ihm als Abteilungsleiter unterstellt waren. Das normale Leben verlangte seine Aufmerksamkeit. Es würde ihn viel Energie kosten.

Während er im Gesetzbuch blätterte, fiel sein Blick auf den Terminkalender. In vier Tagen war Steffis Geburtstag, und er hatte noch kein Geschenk.

14

Am späten Nachmittag fuhr Trospanini zur Fundstelle, um den Abtransport des Ferraris zu überwachen. Der Consigliere blickte dem Abschleppfahrzeug nach, das den Wagen zur Vertragswerkstatt nach Würzburg brachte. Die Reparatur würde ein Vermögen kosten.

Trospanini machte sich so seine Gedanken. Er hatte Ricardo schon öfters aus schwierigen Situationen herausboxen müssen. Der Bursche war ein leichtsinniger, hormongesteuerter Tropf, der schwerpunktmäßig nur die Frauen im Kopf hatte. Dabei war der Junge nicht dumm. Er hatte ein ausgezeichnetes Abitur abgelegt. Nur das BWL-Studium, das er danach begonnen hatte, schleppte sich träge dahin. Die ewige Unvollendete. Der Alte schimpfte zwar immer über die Lebensweise seines einzigen Sohnes, hatte aber bisher keine wirklich wirksamen Konsequenzen gezogen. Bisher waren alle Schwierigkeiten, in die er sich gebracht hatte – und das waren einige –, irgendwie mit Geld zu regeln gewesen.

Die Tatsache, dass er jetzt nach diesem Unfall spurlos verschwunden war, bereitete Trospanini Kopfzerbrechen. Gut, es konnte natürlich noch immer möglich sein, dass er von einem anderen Fahrzeug mitgenommen worden war und bei irgendeiner Dorfschönen seinen Rausch ausschlief. Nachdem der Ferrari abtransportiert war, hatte er im Straßengraben Schuhabdrücke gesehen. Eine andere Spur konnte so gelesen werden, dass Ricardo dort gestürzt war. Im betrunkenen Zustand kein ungewöhnlicher Vorfall, trotzdem hatte der Consigliere ein unangenehmes Bauchgefühl.

Irgendetwas war diesmal anders. Besonders bedenklich war die Sache mit Ricardos Hund. So oberflächlich der junge Emolino in manchen Sachen war, so sehr hing er an dem frechen Dackel. Normalerweise ließ er Fredo nie lange allein. Und wenn es doch einmal notwendig war, verständigte er Trospanini, der sich dann um das Tier kümmerte. So wie er es jetzt auch getan hatte. Die Schlüssel zu Ricardos Wohnung hatte er schon seit geraumer Zeit. Für alle Fälle. Er hatte Fredo in seinem Auto mitgenommen, damit der Dackel nicht so lange alleine sein musste. Trospanini stand nachdenklich neben seinem Auto und betrachtete den Vierbeiner durch die Scheibe. Der Rüde trippelte, seinem Temperament entsprechend, nervös winselnd auf dem Rücksitz des Autos herum und drückte dabei immer wieder seine feuchte Nase gegen das Seitenfenster. Fredo spürte, dass etwas Aufregendes im Gange war.

Auf der Herfahrt war Trospanini ein Gedanke gekommen, dessen Realisierung ihm einen Versuch wert war. Der Dackel war zwar ein ausgesprochener Schoßhund, trotzdem besaß er sicher die ausgezeichnete Nase seiner Rasse. Vielleicht gelang es, unter Nutzung der Anhänglichkeit des Hundes, eine Spur von Ricardo zu finden. Es hatte in der Nacht nicht geregnet. Die Abdrücke im Schlamm waren noch frisch.

Trospanini öffnete den Wagenschlag und ließ den Dackel herausspringen. Fredo heulte freudig auf, dann wuselte er wie ein Wirbelwind mit tiefer Nase im näheren Umfeld der Unfallstelle herum. Es dauerte nur wenige Sekunden, dann war Fredo im Straßengraben verschwunden und untersuchte interessiert die Stelle, wo Ricardo nach Trospaninis Meinung gestürzt sein musste.

»Na, such«, ermunterte der Mann den Rüden. »Such schön dein Herrchen!« Er hatte keine Ahnung, ob der Hund ihn verstand.

Fredo studierte die Stelle sehr ausgiebig. Dabei hielt er seine Rute steil nach oben, die im Affekt aufgeregt zuckte. Wenig später verließ der Dackel den Straßengraben und erweiterte die Suche auf den Wirtschaftsweg. Dabei pendelte er kreuz und quer, die Nase immer dicht am Boden. Geräuschvoll sog er die Luft ein.

Trospanini hielt sich zurück. Er wollte das Tier nicht stören. Natürlich gab er sich nicht der Illusion hin, Fredo würde seinen Herrn finden. Aber vielleicht führte seine Suche zu einer weiteren Autospur. Damit wäre dann Trospaninis Verdacht erhärtet, dass Ricardo von einem anderen Fahrzeug mitgenommen worden war.

Ein Stück, nachdem sie den bewaldeten Teil des Weges verlassen und das freie Feld erreicht hatten, tauchte rechter Hand ein langgestreckter Maisacker auf. Plötzlich blieb der Dackel ruckartig stehen und untersuchte interessiert eine bestimmte Stelle im Straßengraben neben dem Mais. Der Graben war fast vollständig mit Gräsern und Unkräutern zugewachsen. Der Consigliere näherte sich vorsichtig, um den Rüden nicht zu stören. Er bückte sich und untersuchte eine Stelle, an der Fredo länger verharrt war. Es war nicht zu glauben, aber Fredo hatte tatsächlich einen Schuhabdruck gefunden, der dem im Straßengraben neben dem Ferrari glich. Vermutlich ein Abdruck von Ricardo! »Braver Fredo!«, versuchte Trospanini den Rüden zu motivieren.

Ohne auf Trospaninis Lob zu reagieren, suchte Fredo weiter und schlüpfte plötzlich ohne Zögern zwischen die Maisstängel des Ackers. Schon nach einem guten Meter war der Rüde nicht mehr zu sehen.

Der Consigliere runzelte die Stirn. Für derartige Expeditionen war er eigentlich nicht gekleidet, aber jetzt konnte er nicht mehr abbrechen. Ihm blieb nichts anderes übrig, als dem Hund ins Maisfeld zu folgen. Schon nach wenigen Metern wurden seine Schuhe schwer von der anhaftenden Erde. Trospanini zuckte mit den Schultern, dann schlängelte er sich weiter durch die Pflanzreihen, dem Hund hinterher. Er war jetzt wirklich neugierig, wohin Fredo ihn führen würde.

Trospaninis Hochachtung vor der Nase des Dackels stieg enorm, als der Rüde nach einigen Metern eine Stelle fand, an der die Maisstängel niedergedrückt waren. Im Erdreich waren deutlich die Handabdrücke eines Menschen zu erkennen, der sich hier offenbar abgestützt hatte. Gleich daneben befand sich eine Lache Erbrochenes. Diese Spuren waren selbsterklärend. Es sah tatsächlich ganz so aus, als wäre Ricardo hier im Maisfeld gewesen. Offenbar war ihm übel geworden, und er hatte sich übergeben müssen. Fredo nahm an der Lache kurz Witterung auf, dann zog er weiter. Kurze Zeit später zeigte er noch zwei weitere Stellen, an denen Ricardo anscheinend hingefallen war. Die umgedrückten Maisstängel sprachen eine eindeutige Sprache.

Trospanini hatte mittlerweile im Maisfeld völlig die Orientierung verloren. Wie musste es dann erst dem betrunkenen Ricardo ergangen sein? Noch dazu wahrscheinlich in der Nacht. Trospanini wischte sich den Schweiß von der Stirne. Zwischen den Pflanzen herrschte ein schwülfeuchtes Klima, das an einen Tropenwald erinnerte. Nachdem der Dackel nach wie vor interessiert weitersuchte, ging der Consigliere davon aus, bald wieder einen sichtbaren Hinweis zu finden. Womöglich lag der Junge irgendwo zwischen den Pflanzreihen und schlief seinen Rausch aus? Das sähe ihm durchaus ähnlich.

Irgendwann lichteten sich plötzlich die Maisstängel, und Fredo führte ihn ins Freie. Aufmerksam sah sich der Consigliere um. Er stand auf einer großen Wiese, die sich auf dieser Seite des Maisfeldes entlangzog. Von Ricardo war allerdings weit und breit nichts zu sehen. Er orientierte sich. Wenn er der Nase des Hundes trauen wollte, musste Ricardo das Maisfeld ebenfalls an dieser Stelle verlassen haben.

Erstaunlicherweise war Fredo immer noch nicht zufriedengestellt. Eifrig suchte er zwischen den Grasbüscheln herum. Plötzlich begann er leise zu winseln. Trospanini näherte sich langsam dem Rüden, der sich gar nicht mehr beruhigen wollte. Auf dem ersten Blick konnte der Consigliere nichts Außergewöhnliches entdecken. Er kniete nieder und untersuchte die Stelle intensiver, indem er das Gras mit den Händen zur Seite drückte. Da sah er an vereinzelten Grasstängeln rostrote Flecken. Alarmiert fuhr er mit den Fingern vorsichtig darüber. Die Anhaftungen waren zwar schon eingetrocknet, aber als er heftiger rieb, wurden seine Fingerkuppen rot! Es handelte sich eindeutig um Blut! Er suchte weiter und fand weitere Anhaftungen über eine Fläche von ungefähr vierzig Quadratzentimetern ungleichmäßig verteilt.

Trospanini erhob sich betroffen und starrte vor sich hin. Sein Gefühl hatte ihn also nicht getrogen. Die Spuren ließen sich nicht anders deuten. Trospanini hatte keinen Zweifel daran, dass Ricardo Emolino hier an dieser Stelle im Gras gelegen hatte … und er war offenbar verletzt gewesen. Damit stellte sich die Frage: Wo war Ricardo jetzt? Die Verletzung musste so bedeutend sein, dass Blut in größeren Mengen auf den Boden gelangt war. Stammte die Verletzung von dem Verkehrsunfall? Aber dann hätte man Blutspuren im oder am Auto finden müssen. Vielleicht war Ricardo gestolpert und hier aufs Gesicht gefallen. Aber für Nasenbluten war der Bereich, wo Blut sichtbar war, zu groß. Diese Spekulationen führten ihn nicht weiter. Jedenfalls war der junge Emolino nicht so stark beeinträchtigt gewesen, dass er nicht mehr hatte weiterlaufen können. Sonst würde er ja noch hier im Gras liegen.

»Fredo, bist ein braver Hund«, lobte Trospanini den Dackel und nahm ihn auf den Arm, was sich der Rüde nur widerstrebend gefallen ließ. Der Consigliere beschloss, an dieser Stelle mit der Suche aufzuhören. Die ganze Angelegenheit schien ein Ausmaß anzunehmen, das er nicht übersehen konnte. Er war ein Laie, und es bestand die Gefahr, dass er wertvolle Spuren vernichtete oder vorhandene übersah. Für derartige Dinge hatte der Emolino-Klan Spezialisten. Trospanini griff zum Mobiltelefon. Don Emolino musste verständigt werden.

Das Gespräch dauerte nicht lange. Wie erwartet war der Pate zuerst wütend, der Zorn wurde aber schnell von väterlicher Besorgnis verdrängt. Er hörte seinem Consigliere eine Weile zu, dann war er mit dem Vorschlag, den Trospanini ihm machte, einverstanden.

Trospanini unterbrach die Verbindung, um anschließend sofort eine neue Nummer zu wählen. Es war eine Nummer, die nur wenige Menschen kannten. Es war die Telefonnummer des Sprengers.

15

Franz-Josef Schmitt stellte seinen alten Fiat in die Garage seines Hauses in der kleinen Spessartgemeinde Adelsdorf. Außer dem Wagen war dort auch noch ein Geländemotorrad abgestellt, das Schmitt bei seinen Einsätzen schon gute Dienste geleistet hatte.

Das Anwesen, ein ehemaliges Forsthaus, lag am Rand des Ortes, ziemlich versteckt auf einem Waldgrundstück. Schmitt hatte es für günstiges Geld erworben und für seine Zwecke aufwändig umgebaut. Äußerlich kaum verändert, glich der innere Sicherheitsstandard fast dem einer Bank. Das Haus war so abgeschirmt, dass es von außen nicht abgehört werden konnte. Fenster und Türen bestanden aus schusssicherem Material. Im Außenbereich waren auf Bäumen Kameras versteckt, die jede Annäherung auf einem Monitor sichtbar machten. Gekoppelt waren diese Einrichtungen mit einer Alarmanlage, sodass es praktisch unmöglich war, das Haus für den Bewohner überraschend zu erstürmen. Die Firmen, die er hierfür beschäftigte, waren alle aus Frankfurt gekommen. Heimische Handwerker hätten sicher über diese speziellen Aufträge gesprochen. Er wollte nicht, dass diese Maßnahmen überall bekannt wurden. Die Menschen im Dorf, die Fremden sowieso mit einer gewissen Zurückhaltung begegneten, hatten ihn lange Zeit mit misstrauischen Blicken bedacht. Man wusste halt nichts über ihn. Offenbar ging er keiner geregelten Arbeit nach, schien aber vermögend zu sein. Er war ein absoluter Einzelgänger, der sich am dörflichen Gemeinschaftsleben praktisch nicht beteiligte. Schmitt war kein Mensch für Gesangs- oder Sportvereine. Irgendwann gewöhnten sich die Einwohner an ihn und seine offensichtlichen Marotten, und man kümmerte sich nicht mehr um ihn. Ein Zustand, den Schmitt sehr schätzte.

Schmitt öffnete das Eingangsschloss mithilfe des Sicherheitscodes, womit er automatisch auch die Alarmanlage ausschalte, und betrat die Eingangshalle. Das Haus war voll klimatisiert, sodass es trotz der fast hermetischen Abriegelung keine Lüftungsprobleme gab.

Schmitts erster routinierter Blick galt dem Monitor der Außenkameras. Mit wenigen Handgriffen spielte er die Aufzeichnungen, die diese während seiner Abwesenheit gemacht hatten, im Schnelldurchlauf ab. Kameras, die sein fast ein Hektar großes Grundstück rund um die Uhr nahtlos überwachten. Es gab keine Auffälligkeiten. Er schaltete die Alarmanlage im Außenbereich wieder ein, ging in die Küche und räumte die eingekauften Lebensmittel in den großen Kühlschrank.

Franz-Josef Schmitt war nicht mit diesem Namen geboren worden, auch wenn seine Ausweispapiere dies aussagten. Es handelte sich dabei aber keineswegs um Fälschungen. Es waren Originalurkunden, die man ihm zur Verfügung gestellt hatte, als er seinerzeit beschlossen hatte, aus dem Dienst des Staates auszuscheiden, dem er lange Zeit seine speziellen Fähigkeiten zur Verfügung gestellt hatte.

Mit diesen Papieren und der damit verknüpften Identität lebte er einige Zeit in Frankfurt und dann in München; schließlich hatte er sich vor ungefähr acht Jahren hier in Adelsdorf niedergelassen. Seinen richtigen Namen hatte er längst in den hintersten Winkel seines Gedächtnisses verdrängt.

Schmitt war laut Ausweis 51 Jahre alt. Sein biologisches Alter war jedoch aufgrund eines ständigen Trainings wesentlich jünger einzuschätzen. Hätte ein unbedarfter Betrachter F.-J. Schmitt beschreiben müssen, wären ihm wohl nur wenige Besonderheiten aufgefallen. Schmitt war ein Allerweltstyp. Ungefähr 1,72 m groß, hager, volles graues Haar, hin und wieder Brillenträger, leicht gebeugte Haltung, stets leger gekleidet. Wenn er sich außerhalb seines Hauses bewegte, vermittelte er den Eindruck eines vorzeitig gealterten Herrn, der sich bemühte, kleine gesundheitliche Einschränkungen des Bewegungsapparates beim Gehen zu kaschieren.

Hielt er sich in seiner häuslichen Umgebung auf, legte er dieses Verhalten ab wie eine Theaterrolle. Im Keller seines Hauses befand sich ein Fitnessraum, in dem er regelmäßig mit eiserner Disziplin trainierte. Gesundheitlich und hinsichtlich seiner Fitness konnte er es jederzeit mit einem wesentlich jüngeren Mann aufnehmen.

Im Umgang mit den Menschen im Dorf war er zurückhaltend, aber nicht unfreundlich. Gerade so, dass niemand ein Bedürfnis entwickelte, sich mit ihm eine nähere Bekanntschaft zu wünschen.

Keiner der braven Bürger in Adelsdorf wäre auf den Gedanken gekommen, dass es sich bei Schmitt um etwas anderes handelte als einen zwar betuchten, aber ziemlich schrulligen Frührentner, der hier in der Einsamkeit seines Waldgrundstücks seinen Lebensabend verbrachte.

Schmitt ging mit elastischen Schritten ins Wohnzimmer und kontrollierte dabei routinemäßig sein Mobiltelefon. Es handelte sich um ein nicht registriertes Kartentelefon, dessen Nummer nur wenige Personen kannten. Da die Wände seines Hauses die Funksignale des Mobilfunks störten, hatte er einen Verstärker einbauen lassen.

Als das Handy hochgefahren war, sah er auf dem Display, dass vor wenigen Minuten jemand versucht hatte, ihn zu erreichen. Er zog die Augenbrauen in die Höhe. Die Nummer kannte er. Schmitt betätigte die Rückruffunktion.

»Hallo, F.J.«, sagte eine männliche Stimme ohne Formalitäten, die er sofort erkannte. »Können wir uns um 23.00 Uhr treffen?«

»In Ordnung«, war die kurze Antwort, dann schaltete Schmitt das Telefon wieder aus.

Weitere Erklärungen des Gesprächspartners waren nicht nötig. Schmitt hatte zum einen die Stimme des Anrufers erkannt, zum anderen nannte ihn nur einer F.J., englisch ausgesprochen. Auch der Ort des Treffens war ihm klar.

Franz-Josef Schmitt hatte eine besondere Vita. Mit 21 Jahren war er in die Fremdenlegion eingetreten. Ihm wurde damals von der deutschen Justiz ein Kapitalverbrechen zur Last gelegt, dessen Konsequenzen er nicht auf sich nehmen wollte.

Als er die Legion verließ, war er ein hervorragend ausgebildeter Scharfschütze, ein Sniper, der an vielen Brennpunkten der Welt, an denen Frankreich seine Legion einsetzte, seine Fähigkeiten bewiesen hatte. Nebenbei lernte er auch noch, hinter der Front mit Sprengstoff gezielte Attentate durchzuführen, was ihm unter den Kameraden den Kriegsnamen »Sprenger« eingebracht hatte.

Sehr schnell war er nach seiner Entlassung dahinter gekommen, dass man in einschlägigen Kreisen seine speziellen Begabungen sehr zu schätzen wusste. Mehrere Jahre verbrachte er dann im Dienste der Staatssicherheit, ohne jemals in der DDR zu leben. Nach der Auflösung dieses Staates war er nur noch auf Bestellung tätig. Der Vorteil der Selbstständigkeit war, dass er sich seine Aufträge aussuchen konnte. Wegen des Geldes musste er diese Arbeit schon lange nicht mehr machen. Was ihn aber nach wie vor reizte, war der Nervenkitzel. Die Herausforderung, Probleme zu lösen, die außer ihm keiner aus der Welt schaffen konnte. Er bot einen Spezialservice an, über den man nicht sprach, der aber häufiger benötigt wurde, als man dachte. Emotionslos, zuverlässig, verschwiegen. Moralische Bedenken kannte er nicht. Er war ein Menschenjäger, der für Geld Beute machte. Mit einer kleinen Einschränkung: Er tötete weder Frauen noch Kinder. Wenn man ihn gefragt hätte, warum er diesen Job machte, dann hätte er geantwortet, weil er es konnte und weil er darin gut war.

Trospanini hatte ihn erst vor wenigen Tagen für das Attentat in Würzburg »gebucht«. Er wunderte sich ein wenig, dass der Consigliere der Emolino-Familie schon wieder Kontakt zu ihm aufnahm. Vielleicht hatte es nach der Erledigung des Auftrags mit dem Gefangenentransporter Komplikationen gegeben? Was er sich aber eigentlich gar nicht vorstellen konnte. Der Sprenger machte keine Fehler.

Schmitt warf einen Blick auf seine Armbanduhr. Bis zum Treffpunkt würde er etwa eine Stunde benötigen. Es war also noch reichlich Zeit, um sich einen Kaffee zu genehmigen.

Der Parkplatz im Wald an der Bundesstraße 26 zwischen Lohr und Gemünden, beide am Main gelegen, wurde tagsüber in erster Linie von Wanderern benutzt, die von hier aus ihre Touren in den Spessart hinein starteten. Um diese Stunde war er allerdings leer.

Entsprechend seiner Gewohnheit, nichts dem Zufall zu überlassen, war der Sprenger eine Stunde vor dem Treffen vor Ort. Er lenkte seinen alten Fiat über den Platz ein Stück in einen Waldweg hinein, sodass man ihn weder vom Parkplatz noch von der Straße sehen konnte. Dann stieg er aus und stellte sich hinter eine dicke Buche, die ihm gute Deckung gab. Er schätzte es, das Umfeld eines Treffpunkts rechtzeitig beobachten zu können. In seinem Job waren Vorsicht und Misstrauen überlebensnotwendige Tugenden.

Das Fahrzeug des Consigliere kam eine halbe Stunde später. Trospanini stieg aus und schlenderte über den Platz. Er sah von Schmitt zwar keine Spur, war sich aber sicher, dass der Mann bereits in der Nähe war und ihn beobachtete. Schon oft war er mit dem exzessiven Misstrauen des Sprengers konfrontiert worden.

Es verging fast eine weitere Viertelstunde, ehe der Sprenger seine Deckung verließ und plötzlich, lautlos wie ein Schatten, aus der Nacht neben dem Consigliere auftauchte. Trospanini musste sich zusammennehmen, um sich sein Erschrecken nicht anmerken zu lassen. Der Mann war ihm wirklich unheimlich.

»Was gibt es?«, fragte Schmitt ohne Einleitung. Sein Gruß bestand aus einem knappen Nicken, das Trospanini in der Dunkelheit nur erahnen konnte.

Der Consigliere erklärte dem Mann kurz das Problem. Als er von der Blutspur am Maisacker berichtete, zog Schmitt die Augenbrauen in die Höhe.

»Das können aber auch Spuren einer Jagd sein«, gab er zu Bedenken. »In den Dörfern im Spessart ist die Wildschweinplage ständiges Thema. Überall werden welche geschossen.«

»Denkbar«, gab Trospanini zurück, »aber das Verhalten des Hundes ist schon sehr auffällig gewesen.«

»Um feststellen zu können, ob das Blut von Ricardo Emolino stammt, müsste ein Gentest durchgeführt werden. Alles andere macht nicht wirklich Sinn. Ich habe da ein paar

Verbindungen, die ich nützen kann. Hierzu benötige ich aber Vergleichsmaterial, Haare oder dergleichen.«

»Kann ich schnell besorgen«, gab Trospanini zurück. »Wann, meinen Sie, dass Sie ein Ergebnis bekommen können?«

»Zeigen Sie mir die Fundstelle, besorgen Sie mir das Vergleichsmaterial, und ich werde das morgen sofort in Angriff nehmen. Zwei bis drei Tage muss man aber rechnen.«

Der Consigliere nickte. »Wollen Sie die Stelle heute noch sehen?«

Schmitt nickte. »Zeigen Sie mir den Ort, damit ich ihn finde. Ich werde dann morgen allein hingehen und alles überprüfen.«

Wenig später fuhren die beiden Pkws in weitem Abstand voneinander über die Landstraße mit Ziel Maisfeld.

Nachdem Trospanini Schmitt das Maisfeld gezeigt und den Fundort beschrieben hatte, verabschiedeten sich die beiden voneinander. Der Consigliere versprach, bis morgen das Vergleichsmaterial zu beschaffen.

Der Sprenger fuhr in die entgegengesetzte Richtung davon.

Am nächsten Morgen, kurz nach Sonnenaufgang, war Schmitt wieder am Maisfeld. Er hatte diese frühe Stunde gewählt, weil er ziemlich sicher war, dass er dann niemandem begegnen würde.

Er wartete im Auto, bis der Tag so weit fortgeschritten war, dass das Licht ausreichte, um ohne Lampe arbeiten zu können. Dann zog er sich Gummihandschuhe über und suchte die Fundstelle. Trospaninis Beschreibung war gut gewesen. Es dauerte nicht lange, dann hatte er sie gefunden. Langsam ging er in die Hocke und begann, die Stelle akribisch zu untersuchen. Er benutzte dabei eine lange Pinzette, um keine Spuren zu vernichten. Schließlich gab er mehrere kleine Brocken geronnenen Blutes in einen Plastikbehälter. Plötzlich stutzte er. Vorsichtig bog er ein Grasbüschel zur Seite und hielt wenig später mit der Pinzette einen hellen Knochensplitter hoch. Er studierte ihn eingehend, dabei sprach er vor sich hin: »Wenn mich nicht alles täuscht, haben wir es hier mit dem Fragment einer Rippe zu tun.« Was aber noch nichts darüber aussagte, ob das Stück Knochen menschlichen oder tierischen Ursprungs war. Auch diesen Fund tütete er ein. Gewohnheitsmäßig untersuchte er dann auch noch das Umfeld der Fundstelle. Plötzlich runzelte er die Stirn. Ein Stück von der Fundstelle des Knochens entfernt lag ein etwa handflächengroßer, flacher Kalkstein, der in der Mitte auf auffällige Weise zertrümmert war. Es sah ganz so aus, als wäre hier genau in der Mitte der Fläche eine starke, punktmäßige Gewalteinwirkung erfolgt, die den Stein hatte bersten lassen. Schmitt konnte sich durchaus vorstellen, dass ein Geschoss hierfür die Ursache war. Er schob die Steinpartikel zur Seite und grub mit der Pinzette vorsichtig im erdigen Untergrund. Plötzlich blinkte es in etwa fünf Zentimeter Tiefe neben der Spitze der Pinzette messingfarben auf. Der Sprenger stieß einen leisen Pfiff aus und griff zu. Zwischen den Backen der Pinzette hielt er ein stark deformiertes Projektil. Man konnte es sicher keiner Waffe mehr zuordnen, dazu war es, nachdem es den Stein getroffen hatte, zu sehr gestaucht, aber man konnte ja nie wissen, wozu es gut war. Nach seiner Einschätzung handelte es sich dabei um ein großkalibriges Jagdgeschoss. Zufrieden steckte er diesen Beweis in eine leere Plastiktüte. Langsam richtete er sich wieder auf. Für ihn gab es keinen Zweifel, dass hier mit Jagdmunition auf ein Säugetier geschossen worden war

– was nach seinem Verständnis einen Menschen nicht ausschloss.

Er ließ den Blick schweifen. Mit zusammengekniffenen Augen musterte er einen Hochsitz am Waldrand, der in günstiger Schussentfernung zur Fundstelle lag.

Der Sprenger war ein sehr penibler und gründlicher Mensch. Er steckte die Behältnisse mit dem Untersuchungsmaterial ein, dann schlenderte er den Grasweg hinab zum Jägersitz hinüber. Dabei fiel ihm auf, dass man im Gras noch ganz schwach die Abdrücke einer Fahrspur erkennen konnte. Irgendwann gestern musste hier ein Fahrzeug entlanggefahren sein. Ein Traktor hatte breitere Reifen, womöglich ein Geländewagen.

Mit einem kurzen Rundblick überzeugt er sich davon, dass er nicht beobachtet wurde, dann stieg er zügig die Leiter hinauf. Oben ließ er sich auf dem Sitzbrett nieder und taxierte die Entfernung zur Fundstelle. Maximal sechzig Meter. Selbst für einen mittelmäßigen Schützen ein Kinderspiel. Es war durchaus denkbar, dass der Schuss von hier abgegeben worden war.

Als er sich anschickte, den Hochsitz wieder zu verlassen, stieß er mit dem Schuh gegen einen kleinen, gelbfarbenen Gegenstand, der ihm nun entgegenrollte. Er hatte etwas versteckt unter dem Sitzbrett in einem toten Winkel auf dem Boden des Hochsitzes gelegen. Schmitt stieß einen kleinen Überraschungspfiff aus, dann bückte er sich. Wie er vermutet hatte! Es handelte sich um eine abgeschossene Patronenhülse. Das Messing der Hülse war noch nicht angelaufen, sie konnte also noch nicht lange hier liegen.

Schmitt schob einen Kugelschreiber in die Öffnung, in der im geladenen Zustand das Projektil steckte, hob sie hoch und betrachtete den Boden der Hülse genauer. Dort war das

Kaliber eingeprägt. »Kaliber 35. Whelen«, murmelte er leise. »Schau an, da hat einer eine Vorliebe für Exoten.« Diese Patrone war, soweit er wusste, bei Jägern in Deutschland nur sehr wenig verbreitet, in Amerika aber ein durchaus häufig vorkommendes Kaliber.

Am Hülsenmund hatte das Metall eine merkwürdige unrunde Einbuchtung, so als wäre es beim Repetiervorgang irgendwie gestaucht worden. Schmitt ließ die Patronenhülse ebenfalls in einer Tüte verschwinden. Zusammen mit dem gefundenen Projektil war das ein hervorragender Beweis, falls man einen solchen irgendwann einmal benötigte. Mit dieser markanten Veränderung, die möglicherweise beim Ladevorgang oder beim Abschuss entstanden war, sollte es möglich sein, die Patrone ziemlich leicht einem bestimmten Gewehr zuzuordnen. Nach seinen Erfahrungen verursachten vor allen Dingen automatische Waffen derartige Verformungen an Patronenhülsen. Da in Deutschland automatische Waffen für die Jagd verboten waren, konnte es sich nur um ein Selbstladegewehr handeln.

Wenig später verließ der Sprenger das Gebiet wieder. Was er gefunden hatte, war aufschlussreich.

Am Abend verabredete er sich nochmals mit Trospanini an derselben Stelle. Er berichtete dem Consigliere über das Ergebnis seiner Nachforschungen. Als er erwähnte, dass er am Mais ein Projektil und auf dem Hochsitz eine Patronenhülse gefunden hatte, stellte Trospanini nüchtern fest: »Das bedeutet doch, dass Ricardo, falls das Blut von ihm stammt, mit hoher Wahrscheinlichkeit dort am Maisfeld erschossen wurde.«

»Zumindest schwer verletzt«, stimmte Schmitt zu, »das ist nicht von der Hand zu weisen. Absolute Sicherheit bekommen wir aber erst, wenn wir die DNA überprüft haben.

An das Vergleichsmaterial haben sie gedacht?«

Trospanini griff in die Tasche und holte einen Briefumschlag heraus, den er seinem Gegenüber aushändigte.

»Es sind Haare aus seiner Bürste. Ich nehme an, das Material genügt.«

Schmitt nahm den Umschlag entgegen und erklärte, dass er sich melden würde, sobald er das Untersuchungsergebnis habe.

In dieser Nacht brach eine große Wildschweinrotte in das Maisfeld ein und verwüstete eine große Fläche. Dazu gehörten auch Teile der Wiese, auf der die Schwarzkittel nach Würmern und Engerlingen wühlten. Triebfeder war ihr dringendes Bedürfnis nach Proteinen. Alle Spuren des Aufenthalts von Ricardo Emolino wurden durch die Aktivitäten der Schweine völlig vernichtet. Nach dem Festmahl zogen sich die Schwarzkittel in die Dickung hinter dem Hochsitz zurück und ruhten.

16

Trospanini erhielt den Anruf von F.-J. Schmitt vier Tage später, am frühen Morgen. Der Sprenger hielt sich wie immer mit seinen Ausführungen knapp.

»Das Ergebnis des DNA-Tests ist eindeutig: Das Untersuchungsmaterial und das Vergleichsmaterial stammt von der gleichen männlichen Person.«

Der Consigliere, der den Anruf in seinem Haus im Arbeitszimmer entgegengenommen hatte, musste sich setzen.

»Das heißt, dass Ricardo Emolino dort draußen auf dem Feld erschossen wurde.« Die Endgültigkeit des Untersuchungsergebnisses traf ihn ziemlich hart. Er hatte den Jungen gemocht.

»Ob erschossen, kann man nicht mit absoluter Sicherheit sagen, obwohl es höchst wahrscheinlich ist. Zumindest muss er so schwer verletzt worden sein, dass er sich nach meiner Meinung nicht mehr ohne fremde Hilfe fortbewegen konnte. Der Treffer dürfte im Bereich des Brustkorbs liegen. Der Blutverlust war sicher erheblich.«

»Um alle Eventualitäten auszuschließen, werde ich jetzt noch alle Krankenhäuser in der Umgebung abtelefonieren. Es könnte ja sein, dass er eingeliefert wurde, im Koma liegt und seine Identität nicht festgestellt werden konnte. Der Junge war ein absoluter Chaot und hatte meist keine Papiere bei sich. Sollte er allerdings wirklich tot sein, frage ich mich, wo seine Leiche ist. Die muss der Mörder beseitigt haben.« Er atmete tief durch. »Ich weiß nicht, wie ich das Don Emolino beibringen soll.«

Das war allerdings nicht Schmitts Problem. Für ihn war der Auftrag damit erledigt. Er beendete das Gespräch und legte auf.

Trospanini zog seinen Laptop heran und ging ins Internet. Er brauchte die Telefonnummern aller Krankenhäuser in der Umgebung. Hoffnung hatte er allerdings kaum. Es war nur eine letzte Möglichkeit, um alle Eventualitäten auszuschließen.

Während seine Finger über die Tastatur glitten und die Angaben in die Suchmaschine eingaben, dachte er daran, welche Mittel und Wege es gab, um eine Leiche für immer verschwinden zu lassen. Dem Consigliere waren da aus eigener Erfahrung einige Methoden bekannt.

Wie erwartet, blieb seine Anrufaktion bei den Krankenhäusern in Lohr, Marktheidenfeld und Karlstadt ohne Erfolg. Jetzt konnte er es nicht länger hinauszögern, er musste zu Don Emolino gehen und ihm die grausame Wahrheit sagen.

Michelangelo Trospanini traf Don Emolino beim Frühstück im Eiscafé. Er saß an einem der hinteren Tische und tauchte ein Croissant in seinen Caffè latte. Seine dunklen Augen beobachteten dabei durch die großflächigen Fensterscheiben den dunkelblauen Audi, der knapp siebzig Meter vom Eingang des Eiscafés entfernt parkte. Unschwer konnte man darin durch die Windschutzscheibe zwei männliche Gesichter erkennen, die das Café nicht aus den Augen ließen.

Als der Alte den Consigliere zur Türe hereinkommen sah, versteifte er sich und starrte ihn an. Nachdem er die ernste Miene seines Vertrauten gemustert hatte, legte er das Gebäckstück langsam zur Seite. Sein Gesicht wurde ausdruckslos, lediglich die Wangenmuskeln traten reliefartig hervor. Don Emolino wusste sofort, dass Schlimmes auf ihn zukam. »Du hast Nachrichten von Ricardo?«, stieß er gepresst hervor.

Trospanini nickte. Er konnte Emolino dabei nicht in die Augen sehen.

»Setz dich«, forderte der seinen Vertrauten mit heiserer Stimme auf. »Sprich!«

Trospanini suchte nach Worten.

»Sag, was zu sagen ist!«, fuhr ihn der Alte unwirsch an und fixierte ihn mit stechendem Blick.

»Wir haben am Rande eines Maisfelds in der Nähe von Partenstein, dort, wo wir auch ein Stück entfernt seinen Wagen gefunden haben, Blutspuren entdeckt. Wir haben das Blut untersuchen lassen und einen DNA-Vergleich durchgeführt. Es stammt definitiv von Ricardo. Nach den Spuren, die wir gefunden haben, deutet vieles darauf hin, dass Ricardo dort mit hoher Wahrscheinlichkeit zumindest schwer angeschossen wurde, wenn nicht Schlimmeres. Ich habe alle Krankenhäuser angerufen. Er wurde nirgendwo eingeliefert. Ricardo ist wie vom Erdboden verschluckt.«

Don Emolino saß wie versteinert. Alles Blut war aus seinen Wangen gewichen. Der Consigliere hatte Angst, dass den Alten gleich der Schlag traf.

»Wo ist mein Junge?« Die Frage kam leise über seine blutleeren Lippen.

Trospanini zuckte mit den Schultern. »Wir wissen es noch nicht. Der Sprenger ist sich allerdings sicher, dass er mit dieser schweren Verletzung nicht überleben konnte.«

»Es muss also jemand seine Leiche beiseite geschafft haben«, flüsterte Emolino heiser. »Wer tut so etwas? Wenn ich das Schwein in die Finger bekomme, wird er sich wünschen, nicht geboren worden zu sein!«

Zu der Frage der Beseitigung einer Leiche hätte Trospanini einiges sagen können. Don Emolino selbst hatte schon mehrfach dafür gesorgt, dass unliebsame Menschen plötzlich spurlos von der Bildfläche verschwanden.

Der Alte hatte nur wenige Freunde, dafür aber eine ordentliche Schar Feinde, von denen einige durchaus zu derartigen Taten in der Lage waren. Er hütete sich aber wohlweislich davor, eine diesbezügliche Bemerkung zu machen.

Don Emolino starrte einige Zeit in seine Kaffeetasse, schließlich hob er den Kopf und sah seinen Consigliere mit brennenden Augen an. Ein Blick, der Trospanini einen kalten Schauer über den Rücken jagte. Emolinos Stimme war kaum mehr als ein Flüstern.

»Schaff mir irgendwie die Leiche des Jungen herbei. Du tust nichts anderes, bis er gefunden ist. Ich möchte, dass er eine anständige Beerdigung erhält. Außerdem will ich wissen, wer das getan hat. Es ist mir egal, was das kostet. Sagt mir, wer meinen Jungen getötet hat, und bringt dieses Schwein zu mir!«

Seine Stimme war immer lauter geworden. Den letzten Satz schrie er fast hinaus. Einige Gäste, die das Eiscafé gerade betreten wollten und die wütende Stimme des Mannes mitbekommen hatten, zogen sich fluchtartig wieder zurück.

»Si.«

Trospanini nickte knapp, dann erhob er sich und verließ das Eiscafé. Er kannte Don Emolino. Der Don hatte soeben ein unwiderrufliches Todesurteil ausgesprochen. Auch wenn der Verurteilte im Augenblick noch unbekannt war.

Als Trospanini zu seinem Auto eilte, das er unten am Main geparkt hatte, warf er dem Zivilfahrzeug der Polizei einen Blick zu. Man konnte sehen, dass einer der Insassen gerade telefonierte. Die Verfolger waren noch immer gegenwärtig. Trospanini fragte sich, wann sie endlich aufgaben.

Der Consigliere ging in seine Wohnung und bereitete sich einen Espresso zu. Dann setzte er sich auf seinen Balkon, von dem aus er einen schönen Blick auf die Fränkische Saale hatte. Es war wichtig, sich gründlich zu überlegen, wo er mit seinen Nachforschungen ansetzen sollte, denn er musste möglichst bald ein Ergebnis erzielen. Don Emolino würde sich bestimmt nicht lange gedulden. Schließlich entschied er sich, dort zu beginnen, wo Ricardo nachweislich das letzte Mal gesehen wurde. Das war auf dem Schützenfest in Partenstein gewesen. Er trank seinen Espresso aus, dann setzte er sich in seinen Wagen und fuhr wieder in das Spessartdorf.

In kleineren Dörfern werden fremde Fahrzeuge von den Bürgern oft misstrauisch beäugt. So erging es auch Trospanini. Er hielt schließlich neben einem Mann, der ein Fahrrad über den Bürgersteig schob.

»Entschuldigung, ich suche den Bauernhof von Ludwig Pautner. Können Sie mir bitte weiterhelfen?«

Der Mann musterte erst Trospanini, dann seinen Wagen. Schließlich bequemte er sich zu einer kurzen Antwort, die der Consigliere aufgrund des Dialekts nur schwer verstand.

»Die Straß nunner, dann die zwätte Gasse rachts.«

Trospanini, für den die Maulfaulheit der Spessartbewohner keine neue Erfahrung war, bedankte sich und fuhr weiter.

Es war ein reiner Glücksfall, dass er sich den Namen eines der jungen Burschen bei seinem ersten Besuch gemerkt hatte. Aufgrund der Beschreibung fand er den Hof auf Anhieb. Der Junge, den er sofort wiedererkannte, war gerade damit beschäftigt, einen Traktor mit einem Hochdruckreiniger abzuspritzen. Er blickte erstaunt auf, als er Trospaninis Wagen auf das Anwesen fahren sah. Mit einem Griff schaltete er das Gerät ab und musterte den Besucher, der ausstieg und sich dem Jungen näherte. Trotz des kritischen Blicks des Burschen bemühte sich Trospanini um Freundlichkeit.

Er erklärte dem Jungen, dass er gerne gewusst hätte, wer die junge Frau war, mit der sich Ricardo beim Schützenfest beschäftigt hatte. Er begründete das damit, dass er im Auftrag des Jungen Nachforschungen betreiben sollte, weil Ricardo die Frau gerne wiedersehen möchte.

Der junge Mann schaute ausgesprochen skeptisch drein. Üblicherweise kümmerten sich die jungen Männer im Spessart um ihre Liebesangelegenheiten selbst und schickten nicht irgendwelche Dritte vor. Er zuckte mit den Schultern. Warum sollte er dem Kerl nicht sagen, was Sache war? Etwas barsch erwiderte er: »Steffi ist die Tochter vom Bürgermeister und schon einige Zeit mit einem aus dem Dorf zusammen. Da wird sich dieser Ricardo die Zähne dran ausbeißen. Das kann er definitiv vergessen!«

Trospanini nickte sinnend, dann fragte er: »Na, so ein Supermann scheint er dann doch nicht zu sein, sonst wäre er nicht so eifersüchtig.«

Der junge Mann lachte herzhaft. »Der und eifersüchtig? Das hat der wirklich nicht nötig!«

Der Consigliere hob die Augenbrauen und sah ihn fragend an.

Munter plauderte der junge Mann weiter: »Na, dieser Kerner ist doch ein hohes Tier bei der Staatsanwaltschaft in Würzburg. Eine bessere Partie könnte die Steffi gar nicht machen. Die schaut sich bestimmt nach keinem anderen um. Ich kann das auch verstehen. Er ist echt ein feiner Kerl. Die Bauern haben ihm hoch angerechnet, dass er sogar nach Partenstein gezogen ist, nachdem er die Jagd hier gepachtet hat.«

Bei dem Namen Kerner schrillten bei Trospanini schlagartig sämtliche Alarmglocken.

»So, er ist der Jagdpächter?«, gab er etwas geistesabwesend zurück, nur um etwas zu sagen. Diese Erkenntnis musste er erst einmal verdauen. In seinem Kopf überschlugen sich die Gedanken.

»Ja, schon seit mehreren Jahren.«

»Aha, interessant«, gab der Consigliere zurück. Für den Augenblick hatte er genug erfahren. »Na, dann scheint das wirklich keinen Sinn zu haben. Trotzdem schönen Dank für die Auskunft.« Er winkte kurz, dann stieg er in sein Auto und fuhr vom Hof.

Der Jungbauer sah ihm etwas verwundert hinterher. Was hatte der Kerl jetzt eigentlich wirklich gewollt? Schließlich zuckte er mit den Schultern und schaltete den Hochdruckreiniger wieder ein. Man musste nicht alles verstehen.

Diese Neuigkeiten musste Trospanini erst einmal sortieren. Das Zusammentreffen verschiedener Fakten, die alle irgendwie zusammenpassten und auch wieder nicht, war ziemlich verwirrend.

Nach einigen Kilometern fuhr er auf einen Parkplatz, um in Ruhe nachdenken zu können. Ricardo Emolino verschwand, kurz nachdem er mit der Frau geflirtet hatte, die mit dem Oberstaatsanwalt befreundet war, der gegen den Emolino-Klan ermittelte. Noch dazu war die letzte Spur von dem Jungen in dem Gebiet gefunden worden, in dem dieser Kerner jagte, wie er soeben erfahren hatte. Schmitt hatte Hinweise gefunden, die darauf hindeuteten, dass Ricardo mit einem großkalibrigen Jagdgewehr angeschossen oder getötet worden war. Sofort korrigierte er sich: definitiv getötet worden war. Lediglich eine bloße Verletzung war nach den Fakten auszuschließen.

Trospanini schüttelte den Kopf. So viele Zufälle konnte es nicht geben. Allerdings konnte er sich auch nicht vorstellen, dass Kerner persönlich etwas mit dem Tod des jungen Emolino zu tun hatte. Nur weil der Junge seine Freundin angemacht hatte, schoss ein Oberstaatsanwalt nicht auf einen Menschen! Das war einfach undenkbar. Damit würde Kerner doch seine ganze Existenz aufs Spiel setzen!

Was war da also wirklich passiert? Es wurde alles immer rätselhafter. Den Verbleib des jungen Emolino aufzuklären, war er damit keinen Schritt näher gekommen. Trospanini entschloss sich, nochmals den Sprenger einzuschalten. Er griff zum Telefon.

Der Treffpunkt war derselbe.

F.-J. Schmitt hörte sich in Ruhe das weitere Anliegen des Consigliere an. Der Kunde war König. Nachdem Trospanini ihm erzählte hatte, was er über Kerner in Partenstein in Erfahrung gebracht hatte, fuhr er fort: »Wir wollen unter allen Umständen herausfinden, wo Ricardos Leiche ist und wer ihn getötet hat. Don Emolino ist außer sich vor Trauer und vor Wut! Er will seinen Sohn beerdigen können und ... er will Rache. Beides sehr elementare Emotionen, die der alte Mann unter allen Umständen befriedigt haben möchte. Ich denke, das ist wohl nicht schwer zu verstehen.«

Schmitt schwieg.

»Die Suche nach dem Jungen werden wir, meine Männer und ich, fortsetzen. Finden Sie heraus, ob dieser Oberstaatsanwalt Ricardo getötet hat. Wenn Sie ein Ergebnis haben, teilen Sie es mir mit. Lassen Sie sich aber bitte nicht allzu viel Zeit. Wenn zutrifft, was wir vermuten, werden Sie einen lukrativen Folgeauftrag erhalten.«

Schmitt war klar, was er meinte. Es galt jedoch noch eine geschäftliche Frage zu klären. »Wenn ich im Umfeld eines Oberstaatsanwalts Nachforschungen betreiben soll, wird das ziemlich riskant. Wahrscheinlich kann man davon ausgehen, dass der Mann nach meinem Einsatz gegen den Kronzeugen Personenschutz hat.«

Trospanini verstand sofort. »Geld spielt in diesem Fall wirklich keinerlei Rolle.«

»Das Doppelte wie beim letzten Auftrag«, erklärte Schmitt.

Der Consigliere nickte. »Einverstanden. Die Hälfte morgen auf das bekannte Konto, den Rest bei Erfolg.«

Schmitt hatte es nicht anders erwartet. »Ich werde mich um schnelle Erledigung bemühen.«

Die Besprechung war beendet.

Auf der Heimfahrt machte sich Schmitt Gedanken. Schon früher hatte er Aufträge erhalten, bei denen er beispielsweise im politischen Bereich agieren musste. Hochriskante Einsätze, da die betreffenden Zielpersonen umfangreichen Personenschutz genossen. Für ihn war das allerdings nie ein unüberwindbares Hindernis gewesen. Er musste sich selbst eingestehen, dass dieser Auftrag ihn immer mehr reizte. Dieser Job forderte ihn intellektuell und versprach einigen Nervenkitzel.

Ähnlich wie Trospanini zuvor unternahm er den Versuch einer Analyse. In seinem Metier musste man sich in seine Beute hineinversetzen wie ein Jäger.

Dieser Oberstaatsanwalt verfolgte Emolino seit geraumer Zeit. Kurz vor dem Erfolg war ihm der Mafioso durch die Tötung des Hauptzeugen durch die Netze geschlüpft. Das hieß, Kerner war sicher frustriert und wütend. Aber bedeutete das auch, dass ein Mann seines Kalibers hinging und den Sohn des strafverfolgten Vaters erschoss? Gewiss, Kerner war der Jagdpächter in dem Revier, in dem er das Blut und das Knochenstück Ricardos gefunden hatte. Der Schluss, den man daraus ziehen konnte, lag offensichtlich auf der

Hand. Vielleicht zu offensichtlich? Warum sollte sich ein Mann der Justiz dazu hinreißen lassen, den geraden Pfad des Gesetzes zu verlassen und Ricardo Emolino zu erschießen? Aus Eifersucht, weil dieser seine Freundin angebaggert hat? Er schüttelte den Kopf. Kein rational denkender Mensch in der Lage Kerners würde das tun. Allerdings hatte Schmitt auch seine Lebenserfahrung, die ihm sagte, dass es nichts gab, was es nicht gab. Schmitt würde die Dinge wie immer systematisch angehen.

Zu Hause angekommen, fuhr der Sprenger seinen Computer hoch. Es dauerte eine Weile, bis sich der Desktop zeigte, weil er eine zuverlässige Firewall installiert hatte, die den Verkehr mit dem offenen Netz filterte und ihn vor allen Dingen vor Ausforschung von außerhalb schützte.

Er recherchierte zunächst auf einer der bekannten Waffenseiten. Nach Eingabe des Begriffs ».35 Whelen«, der auf dem Patronenboden der gefundenen Hülse eingeprägt war, kamen nur wenige Treffer aus Deutschland. Amerikanische Webseiten waren da schon informativer. Wie erwartet, handelte es sich um ein amerikanisches Geschoss, das hier in Deutschland offenbar nicht so verbreitet war. Es taugte für die Jagd auf mittlere bis schwere Wildtiere und zeichnete sich, je nach verwendetem Geschosstyp, durch schnelle Tötungswirkung und hohe Durchschlagskraft aus. Was er am Feld gefunden hatte, war ein Teilmantelgeschoss, das nach einem Treffer bis zum doppelten Kaliberdurchmesser aufpilzte und dadurch starke Zerstörungen im Körper des Wildtieres anrichtete, wodurch es schnell verendete. Bei einem Menschen, der nicht die Widerstandsfähigkeit beispielsweise eines Wildschweins hatte, war diese Wirkung sicher noch erheblich stärker.

Schmitt schaltete den Rechner wieder aus. Jetzt musste er

nur noch herausfinden, ob dieser Kerner eine solche Jagdwaffe im Besitz hatte. Diese Information konnte er sich auf zweierlei Wegen beschaffen. Einmal über das Landratsamt, das die Waffengenehmigungen erteilte. Dazu müsste er einen der Bediensteten dort bestechen, was bedeuten würde, dass es einen Mitwisser gab, was wiederum ein vermeidbares Sicherheitsrisiko darstellte. Außerdem wäre diese Lösung nicht in der gewünschten Eile zu realisieren.

Der andere Weg war zwar riskant, weil er ihn direkt in die Höhle des Löwen, sprich in die Wohnung Kerners, führen würde. Die Gefahr war aber bei entsprechender Vorsicht kalkulierbar und die Information schnell zu beschaffen. Der Sprenger entschied sich für die zweite Lösung.

17

Leitender Oberstaatsanwalt Armin Rothemund sah Kerner prüfend an. Man konnte ihm anmerken, dass er sichtlich beunruhigt war. Er hatte Kerner in seinem Dienstzimmer aufgesucht und sich auf dem Rand des Schreibtisches niedergelassen.

»Simon, du machst mir Sorgen«, stellte er fest, während der Angesprochene an seinem Besprechungstisch saß und unruhig mit dem Fuß wippte.

»Ich spreche jetzt nicht als dein Vorgesetzter zu dir, sondern als dein Freund. Die Sache mit der Tötung der Polizeibeamten scheint dich mehr mitzunehmen, als vertretbar ist. Wir alle trauern um diese Männer, aber letztlich muss man mit einer gewissen Professionalität mit der Sache umgehen. Du scheinst seit Tagen nicht mehr richtig geschlafen zu haben. Außerdem, es tut mir leid, dass ich dir das sagen muss, hast du eine deutlich erkennbare Alkoholfahne. Bei allem Verständnis, aber das geht überhaupt nicht. Wenn du etwas Abstand benötigst, nimm dir meinetwegen ein paar Tage frei. Geh auf die Jagd und lass dich von deiner Steffi verwöhnen. Dann sollte es aber auch gut sein. Du brauchst deine gesamte Kraft für den Kampf gegen Emolino.«

»Mein Gott, Armin«, erwiderte Kerner, »ich habe gestern ein paar Cognacs getrunken, weil ich nicht einschlafen konnte. Das wird doch mal gestattet sein.«

»Einmal, sicher. Meinetwegen auch zweimal, aber dann musst du dich wieder im Griff haben. Das organisierte Verbrechen gestattet uns keine Schwächen.«

Kerner hatte sich erhoben und setzte sich hinter seinen Schreibtisch. »Mach dir keine Gedanken. Das vergeht schon wieder.« Er griff sich eine Akte mit rotem Aktendeckel und schlug sie auf, dann sah er seinen Vorgesetzten fragend an.

»Okay, Simon«, sagte Rothemund, der den kleinen Wink verstanden hatte und sich erhob. »Dann frohes Schaffen.«

An der Türe zögerte er kurz. »Vergiss bitte nicht, mir zu sagen, wie du dich in dieser Bewerbungsangelegenheit für Gemünden entschieden hast. Wir müssen das Ministerium rechtzeitig informieren, damit sie einen anderen Kandidaten zum Zuge kommen lassen. Glaub mir, wir haben alle unsere Krisen durchlebt. Das bleibt, wenn man an der Front gegen das Kapitalverbrechen kämpft, nicht aus. Man überwindet das, und dann geht es mit frischen Kräften weiter.« Er winkte und verließ den Raum.

Kerner ließ sich mit einem Stöhnen in den Bürosessel zurückfallen. Rothemund hatte keine Ahnung, was in ihm vorging. Das Bombenattentat war schon lange von dem anderen traumatischen Ereignis verdrängt worden. Immer wieder stand vor seinem geistigen Auge das Bild des blutüberströmten Körpers auf, der vor ihm im Gras lag.

Steffi hatte ihn gestern Abend besucht und eigentlich vorgehabt, bei ihm zu übernachten. Selbstverständlich hatte sie sofort gemerkt, dass ihr Freund ungewöhnlich nervös und gereizt war. Als ihre vorsichtigen Versuche, mit ihm ein Gespräch zu beginnen, an seiner Wortkargheit scheiterten, war sie irgendwann wieder gegangen. Sie spürte, dass er allein sein wollte. Es bedrückte sie zwar, dass er sich ihr nicht anvertrauen wollte, aber sie wusste, sich zu öffnen war noch nie seine Stärke gewesen. Sie war verständnisvoll genug, um das im Augenblick so hinzunehmen. Irgendwann würde er schon mit ihr sprechen.

Lange hatte Kerner in der Nacht kein Auge zugemacht, bis er schließlich zur Flasche gegriffen und sich mehrere doppelte Cognacs genehmigt hatte. Seine Hoffnung, damit die schlimmen Bilder vertreiben zu können, die ihm den Schlaf raubten, ging aber leider nicht in Erfüllung. Irgendwann war er dann schließlich doch auf der Couch vor dem flimmernden Fernseher in einen unruhigen Schlaf gefallen, der von quälenden Träumen durchsetzt war.

Später als gewohnt war Kerner mit einem schrecklichen Brummschädel aufgewacht. Statt des Frühstücks hatte er sich zwei Kopfschmerztabletten eingeworfen. Nach einer Dusche und einem starken Kaffee war er dann ins Büro gefahren.

Der Oberstaatsanwalt zwang sich zur Konzentration auf seine Arbeit. Die Beschäftigung mit den zahlreichen Ermittlungsverfahren, die sich in Form roter Akten auf seinem Schreibtisch häuften, lenkte ihn etwas ab. Ihm war klar, dass er die Sache mit der Bewerbung nach Gemünden nicht länger hinauszögern konnte. Er musste jetzt eine Entscheidung treffen.

Da läutete das Telefon. Brunner war am Apparat.

»Hallo Simon. Ich wollte dich nur über die neuesten Entwicklungen im Hause Emolino informieren. Irgendetwas scheint da im Busch zu sein. Wir lassen auch Emolinos neue rechte Hand, diesen Michelangelo Trospanini, sporadisch überwachen. Er war mehrmals bei Emolinos Sohn Ricardo in der Wohnung. Das ist insofern merkwürdig, weil auch zwei Streifenbeamte der Verkehrspolizei bei Ricardo Emolino waren, ihn in seiner Wohnung aber nicht angetroffen haben. Sie wollten ihn wegen des Unfalls sprechen. Die beiden haben es dann im Eiscafé versucht. Dort war er auch nicht, nur der Don. Sie haben den Alten aufgefordert, dafür zu sorgen, dass Ricardo auf die Wache kommt, damit er eine Aussage zum Unfallhergang macht. Er ist aber bis jetzt nicht aufgetaucht. Ich vermute, dass der Bursche den Unfall im betrunkenen Zustand gebaut hat und jetzt um seinen Führerschein bangt. Wie mir die Kollegen sagten, ist die Stelle, wo er in den Graben fuhr, nicht besonders gefährlich. Vermutlich wollte er verhindern, dass man bei ihm Alkohol feststellt, und ist deshalb irgendwo untergetaucht.«

»Das ist natürlich denkbar«, gab Kerner knapp zurück, um zumindest irgendetwas zu sagen. »Aber für unsere Ermittlungen gegen den Paten bringt das ja nichts.«

»Das stimmt natürlich«, gab der Kriminalbeamte zurück. »Ich dachte halt, es würde dich etwas erheitern, vor allen Dingen, wenn man daran denkt, was der Alte ausgeben muss, um den teuren Flitzer vom Junior wieder flott zu bekommen. – Sag mal, was ist denn los mit dir? Du bist heute so kurz angebunden?«

»Ach, nichts Besonderes«, erwiderte Kerner und bemühte sich, seine Stimme nicht so angespannt klingen zu lassen, »nur der übliche Stress.«

Dafür hatte Brunner natürlich Verständnis und verabschiedete sich.

Nachdem er aufgelegt hatte, entwickelte sich in Kerners Kopf ein Horrorszenario: Brunner fand aus irgendwelchen Gründen die Leiche Ricardos und musste gegen ihn wegen Mordes ermitteln.

Kerner wischte seine plötzlich feuchten Handflächen an seiner Hose ab.

18

Schmitt überlegte, wie er am besten vorging, um Informationen darüber zu erhalten, wann Kerner zuverlässig nicht zu Hause war.

Am nächsten Morgen stieg Schmitt in seinen Keller hinunter, in dem ein Raum mit einer schweren Tresortüre gesichert war. Der Firma aus Norddeutschland, die diesen Kellerraum gebaut hatte, hatte er sein Sicherheitsbedürfnis mit der Tatsache erklärt, dass er über eine größere Waffensammlung verfüge, die dadurch entsprechend geschützt werden sollte. Dieser Raum verfügte über eine eigene separate Alarmanlage, die eine spezielle Sicherheitsfunktion hatte, die Schmitt selbst konstruiert und installiert hatte. Sollte jemand versuchen, die Türe gewaltsam zu öffnen, was praktisch nur mit Sprengstoff möglich war, oder mit Hilfe technischer Geräte versuchen, den Code herauszufinden, würde sich ein Selbstvernichtungsmechanismus einschalten. Innerhalb weniger Sekunden würde der Tresor und damit der ganze Keller in die Luft fliegen. Brandsätze würden dafür sorgen, dass das Haus in Flammen aufging. Alles, was man gegen ihn als Beweis verwenden könnte, würde dabei untergehen. Schmitt ging davon aus, dass er im Falle X das Haus nicht mehr benötigen würde.

Tatsächlich befanden sich in dem Tresor einige spezielle Schusswaffen, aber auch andere Utensilien, die Schmitt für seine Aufträge verwendete. Unter anderem auch ein Schrank, in dem sich eine Auswahl verschiedenster Kleidungsstücke, Perücken und Bärte befand, die ihm zur Tarnung dienten.

Der Sprenger traf nach kurzem Überlegen eine Auswahl und setzte sich vor einen großen Schminktisch mit Spiegel. In den nächsten Minuten verwandelte er sich mittels einer schwarzen Perücke, eines schmalen Oberlippenbartes und blauer Kontaktlinsen von einem reiferen Herrn in einen mindestens fünfzehn Jahre jüngeren Geschäftsmann, der einen grauen Anzug mit dezent roter Krawatte und glänzende, schwarze Schuhe trug. Eine randlose Brille mit Fensterglas vervollständigte sein seriöses Erscheinungsbild.

Er schnappte sich eine schwarze Aktentasche und öffnete den Waffenschrank, in dem neben den Schusswaffen auch ein Sortiment Messer untergebracht war. Nach kurzer Überlegung wählte er ein Keramikmesser aus, das er mittels eines Wadenholsters an seinem linken Unterschenkel befestigte. Bei seinem Vorhaben konnte er keine Schusswaffe gebrauchen. Schmitt schloss den Tresorraum, und die Alarmanlage schaltete sich automatisch wieder scharf.

Eine gute Stunde später passierte er mit seinem Fiat die Schranke des öffentlichen Parkplatzes an der Würzburger Residenz. Die enorme Diskrepanz zwischen dem Erscheinungsbild des Mannes und seinem eher heruntergekommenen Wagen interessierte auf diesem stark frequentierten Parkplatz keinen Menschen. Schmitt schloss das Auto ab, dann eilte er zielstrebig über die Balthasar-Neumann-Promenade in Richtung Strafjustizzentrum.

Das Justizgebäude war mit einer Sicherheitsschleuse ausgestattet, die jeder, der das Haus betreten wollte, passieren musste. Zwei Justizwachtmeister standen abwartend neben der Schleuse, ein weiterer saß in der Pforte hinter schusssicherem Glas, wie Schmitt vermutete. Der Beamte warf dem Besucher einen gelangweilten Blick zu. Als Schmitt sich dem Sprechgitter näherte, betätigte er die Sprechanlage.

»Ja, bitte?«, kam es quäkend aus dem Lautsprecher.

»Guten Tag«, sagte Schmitt, »ich bin Rechtsanwalt Dr. Rohrbach. Können Sie bitte mal nachsehen, an welchen Tagen Herr Oberstaatsanwalt Kerner diese Woche keine Strafsitzung hat. Ich müsste ihn mal dringend sprechen.«

Der Mann hinter der Scheibe griff sich einen kleinen Stapel Papiere und blätterte sie durch.

»Herr Kerner hat diese Woche nur am Donnerstag, also morgen, ab 8.30 Uhr Sitzung. Der Termin ist aber für den ganzen Tag angesetzt. – Er müsste also jetzt erreichbar sein. Soll ich Sie anmelden?« Er griff zum Hörer.

Der vermeintliche Dr. Rohrbach schüttelte den Kopf. »Nein danke, ich habe jetzt noch einen Termin außer Haus. Ich rufe Herrn Kerner später selbst an.« Er winkte knapp und verließ das Gebäude wieder durch den neben dem Eingang liegenden gesonderten Ausgang. Die beiden Wachen nickten ihm freundlich zu.

Der Sprenger setzte sich in seinen Wagen und fuhr über die B 27 in Richtung Spessart. Nachdem er davon ausgehen konnte, dass Kerner in der nächsten Zeit in der Staatsanwaltschaft sein würde, konnte er sich jetzt mal in aller Ruhe in der Nähe von Kerners Grundstück umsehen.

Das Anwesen des Oberstaatsanwalts mit der Nummer 14 lag am Ende einer schmalen Einbahnstraße, die in einem Wendehammer direkt am Hauseingang des Oberstaatsanwalts endete. Ruhige Lage, kein Durchgangsverkehr. Schmitt rollte mit seinem Fiat langsam am Eingang des Anwesens vorbei, so als würde er etwas suchen. Am Ende der Straße angekommen, wendete er sein Fahrzeug wieder. So erweckte er den Anschein eines Menschen, der nach einer Adresse Ausschau hielt und sich offenbar verfahren hatte. Völlig unauffällig. Auf dem Nachbargrundstück, das ein ganzes Stück von Kerners Anwesen entfernt lag, war kein Mensch zu sehen. Die Jalousien des Nachbargebäudes waren mitten am Tag heruntergelassen. Offenbar waren die Bewohner längere Zeit abwesend.

Dieser Ausflug genügte Schmitt, um sich ein paar wesentliche Informationen zu beschaffen. Kerners Grundstück war auf allen Seiten mit zahlreichen Zierbüschen bewachsen, die, inselartig verstreut, teilweise bis dicht ans Haus heranreichten. Dazwischen Rasen.

An der Ostseite des Anwesens schloss sich direkt am Gartenzaun der Hochwald an. Man hatte also insbesondere von Osten gute Deckung, wenn man sich dem Haus ungesehen nähern wollte. Auf der anderen Seite, direkt angebaut, befand sich eine Garage, deren Tor zur Straße hin zeigte und im Augenblick offen stand. Bis auf ein Motorrad, einer Geländemaschine ähnlich der seinen, war die Garage leer. Eine Information, die er automatisch abspeicherte. Man wusste nie, ob man sie einmal brauchen konnte.

Schmitt hatte jetzt hier genug gesehen. Er nahm sich noch etwas Zeit, um zu Fuß die nähere Umgebung des Waldes zu erforschen. Damit war er für seinen morgigen Einsatz ausreichend präpariert. Er setzte sich wieder in sein Auto und gab Gas. Kurze Zeit später lag Partenstein wieder hinter ihm.

Am nächsten Morgen um kurz vor halb sieben fuhr Schmitt mit seinem Fahrzeug in einen Forstweg, der parallel zur Stichstraße bei Kerners Haus verlief. Er parkte den Wagen auf einer Holzrückegasse und stieg aus. Zur Tarnung trug er diesmal die robuste Kleidung eines Waldarbeiters. Damit würde er hier kaum auffallen. Mit einem Handgriff prüfte er die Erreichbarkeit der unter der Kleidung im Schulterholster sitzenden Pistole. Dann näherte er sich, aus dem Wald kommend, dem Wendehammer. In dessen Umgebung war dichter Unterwuchs, so dass er von dort kaum gesehen werden konnte. Ein Haselnussstrauch bot ihm Deckung. Er war so früh erschienen, weil er sich persönlich davon überzeugen wollte, dass Kerner tatsächlich das Haus verließ und nach Würzburg fuhr.

Schmitt musste nicht lange warten. Kurz nach sieben bewegte sich plötzlich das Garagentor nach oben. Wenig später rollte der auffällige Defender langsam auf die Stichstraße. Es gab offenbar im Haus einen direkten Zugang zur Garage. Mit zusammengekniffenen Augen musterte Schmitt den Mann, der hinter dem Steuer saß. Er prägte sich das Gesicht ein. Während Kerner davonfuhr, schloss sich das Garagentor lautlos hinter ihm. Anscheinend konnte es mit einer Fernbedienung vom Auto aus gesteuert werden. Demnach musste das Haus jetzt leer sein.

Der Sprenger wartete noch zehn Minuten, dann umrundete er das Anwesen ein Stück in der Deckung des Waldes und näherte sich wieder von der Ostseite. Selbst wenn der Nachbar Kerners anwesend gewesen wäre, hätte er Schmitt nicht sehen können, da Kerners Haus dazwischenlag.

Nach wenigen Metern hatte er die Umzäunung von Kerners Grundstück vor sich. Es handelte sich um einen hüfthohen Jägerzaun, den Schmitt mit einer Flanke ohne Probleme überwand. Sofort kauerte er sich im Schutze eines Busches nieder und fasste die nähere Umgebung ins Auge. Geduldig harrte er einen Moment aus und wartete, ob sich um das Haus herum etwas regte. Nach einer angemessenen Zeitspanne erhob er sich und bewegte sich langsam vorwärts. Jetzt galt es, einen geeigneten Zugang zu finden. Gewaltanwendung kam natürlich nicht in Frage. Sein Besuch sollte spurlos erfolgen. Langsam ging er an der Hauswand entlang und inspizierte die Fenster. Sie waren alle verschlossen.

»Ein vorsichtiger Zeitgenosse, der Herr Oberstaatsanwalt«, murmelte Schmitt und schlich weiter. Kurz vor der Hausecke zur rückwärtigen Gebäudeseite befand sich ein vergitterter Kellerschacht. Schmitt kniete nieder und untersuchte das Gitter. Es hatte auf der einen Seite Scharniere, war aber nicht abgeschlossen. Im Schacht war ein Kellerfenster zu erkennen, das sich in Kippstellung befand.

»Doch nicht so vorsichtig, der Herr Oberstaatsanwalt«, stellte Schmitt zufrieden fest, dann griff er in seine Hosentasche und zog ein Paar reißfeste Gummihandschuhe heraus. Aus der anderen Tasche fischte er zwei Schutzüberzüge für seine Schuhe, wie sie aus hygienischen Gründen in Kliniken Verwendung fanden. Nachdem er sich präpariert hatte, klappte er das Gitter hoch und glitt in den Fensterschacht. Ohne große Mühe öffnete er das gekippte Fenster. Einen Augenblick später stand er in einem Kellerraum, der offenbar als Fahrradkeller diente. Außer zwei hochwertigen Rädern an der Wand war der Raum leer. Schmitt schloss das Fenster, dann bewegte er sich in den angrenzenden Flur. Es roch leicht nach Feuchtigkeit, die aus einer angelehnten Tür kam. Beim kurzen Blick in den Raum entdeckte er eine komfortable Sauna, eine Dusche und ein Solarium. Anerkennend pfiff er durch die Zähne. Die übrigen Räume wurden als Lagerräume für die verschiedensten Utensilien genutzt und enthielten nicht das, was er suchte.

Ein Stück weiter führte eine Treppe ins Erdgeschoss. Während er langsam emporstieg, zog er für alle Fälle seine Waffe. Er hasste Überraschungen. Ganz vorsichtig öffnete er die Türe, die den Kellerbereich von der übrigen Wohnung trennte. Schmitt hatte außerhalb des Hauses keinerlei Hinweise auf eine eventuell vorhandene Alarmanlage gesehen. Auch das Kellerfenster, durch das er eingestiegen war, hatte keine diesbezügliche Sicherung gehabt. Trotzdem sah er sich erst einmal um. Von seinem Standort aus hatte er gute Sicht auf den Flur und die Hauseingangstüre. An der Wand im Hausgang konnte er kein Terminal erkennen, mit dem man eine Alarmanlage hätte ein- oder ausschalten können. Nur dort hätte es Sinn gemacht. Offenbar war das Haus ungeschützt.

»Der Herr Oberstaatsanwalt ist sehr leichtsinnig«, stellte er fest.

Langsam schlenderte Schmitt durch die Räume des Erdgeschosses. Die Wohnung war eher konservativ eingerichtet. Eiche hell rustikal. Im dritten Raum fand Schmitt, was er suchte, das Arbeitszimmer. Schreibtisch, Computer, eine Couch und gut bestückte Bücherregale mit überwiegend juristischer Literatur. In der Ecke neben dem Fenster stand ein fast mannshoher, wuchtig wirkender Tresor: der Waffenschrank. Er verfügte über ein Schloss, das mittels einer Kombination zu öffnen war. Schmitt schenkte dem Tresor nur einen flüchtigen Blick. Davon würde er die Finger lassen. Dieses Ding zu öffnen, ohne Spuren zu hinterlassen, war aussichtslos. Neben dem Tresor stand ein geräumiger Holzschrank, den der Eindringling vorsichtig öffnete. Als er den Inhalt kurz überflogen hatte, schnaubte er zufrieden. Hier verwahrte der Hausherr seine Jagdklamotten und diverse Utensilien. In einem abgeteilten Fach standen mehrere Leitzordner, die ihrer Aufschrift nach Revierunterlagen enthielten. Daneben lag eine Lederbrieftasche. Schmitt nahm sie heraus und öffnete sie. Sie enthielt, was er suchte: Kerners Jagdschein und zwei grüne Waffenbesitzkarten. Schmitt schlug sie auf und studierte die Angaben zu Kerners Waffenbesitz. In der zweiten Karte wurde er fündig. Er nickte zufrieden. Simon Kerner nannte ein halbautomatisches Gewehr Marke Remington, Kaliber .35 Whelen, sein Eigentum.

»Mein lieber Herr Oberstaatsanwalt«, murmelte Schmitt, während er die Papiere wieder sorgfältig verstaute und ordentlich an ihren Platz zurücklegte, »ich fürchte, sie haben ein finsteres Geheimnis und damit jetzt ein großes Problem.«

Der Eindringling verließ das Haus, wie er es betreten hatte. Lediglich das ursprünglich gekippte Fenster im Keller war nun nicht mehr gekippt, sondern beigezogen, weil es ihm von außen nicht möglich war, es wieder in die Kippstellung zu bringen. Ansonsten verschwand Schmitt so spurlos, wie er gekommen war.

Eine Stunde später erhielt Michelangelo Trospanini von Schmitt einen Anruf, der ihn äußerst betroffen machte. Kaum hatte er das Gespräch beendet, warf er sich in seinen Wagen und raste unter Missachtung jeglicher Geschwindigkeitsbegrenzung zu Don Emolino.

19

Steffi verließ die Praxis für Physiotherapie, in der sie arbeitete, kurz nach zwölf Uhr. Sie hatte sich umgezogen, weil sie in der Mittagspause auf der anderen Mainseite joggen wollte. Sie setzte sich in ihr Auto, das sie in der Nähe geparkt hatte, und fuhr über die Mainbrücke auf die andere Seite des Flusses. Dort stellte sie ihren Wagen ab und stieg aus. Nachdem sie mit geübten Griffen ihre Haare mit einem Zopfgummi zu einem Pferdeschwanz zusammengefasst hatte, machte sie einige Dehnübungen, setzte sich anschließend den Kopfhörer ihres MP3-Players auf und lief flussaufwärts los. Es war zwar ziemlich warm, aber sie trug nur leichte Shorts und ein luftiges T-Shirt, sodass die Hitze ganz gut zu ertragen war. Als geübte Läuferin hatte Steffi nicht vor, es zu übertreiben. Sehr schnell fand sie ihren Laufrhythmus, was durch die Musik von *Genesis* gefördert wurde.

Nach ungefähr dreihundert Metern fiel ihr durch Zufall ein schwarzer Geländewagen auf, der gute hundert Meter entfernt auf der parallel zum Mainweg verlaufenden Verbindungsstraße auf ihrer Höhe fuhr. Die MSP11 zwischen Hofstetten und Kleinwernfeld war eine relativ wenig befahrene Nebenstraße, die sich zwischen Main und Wald entlangschlängelte. Für einen Augenblick kam es ihr so vor, als würde sie aus dem Fahrzeug heraus beobachtet. Sie verwarf diesen Gedanken aber wieder, da das Fahrzeug wenige Augenblicke später beschleunigte und kurz darauf außer Sicht war.

Steffi lief ein lockeres Tempo, das sie kaum anstrengte. Auf einer Pferdekoppel standen drei Haflinger und sahen ihr neugierig hinterher. Sie hatte sich vorgenommen, zwei Kilometer in Richtung Kleinwernfeld zu laufen und dann wieder umzukehren. Das genügte, um ihren Kreislauf in Schwung zu bringen. Die Praxis, in der sie arbeitete, verfügte neben einem Aufenthaltsraum auch über ein Bad mit Dusche, sodass sie sich nach dem Lauf wieder frisch machen konnte.

Bald näherte sie sich einem dichten, breiten Heckenstreifen, der sich quer über das Feld fast rechtwinkelig vom Weg zum Wald hinzog. Ihr MP3-Player spielte gerade den rhythmischen Song »We can't dance«. Automatisch passte sie ihren Laufstil dem Takt des Liedes an.

Gerade wollte sie beschwingt die Hecke passieren, da bemerkte sie dahinter einen großen schwarzen Schatten. Verwundert stellte sie fest, dass es sich vermutlich um den Geländewagen handelte, der vorhin auf der Straße fuhr. Ehe sie näher darüber nachdenken konnte, wurde sie von hinten gepackt. Zwei kräftige Arme schlangen sich um ihren Oberkörper. Sie fühlte sich, als wäre sie in einen Schraubstock geraten. Steffi stieß einen Schrei aus und begann, um sich zu treten. Da stieg ein maskierter Mann aus dem Fahrzeug und eilte auf sie zu. Im gleichen Moment, als sie sich losgelassen fühlte, berührte er sie mit einem Gegenstand, und ein schrecklicher Schmerz fuhr durch ihre Muskeln. Halb betäubt und völlig gelähmt, wurde sie von ihrem Überwältiger aufgefangen und rückwärts zum Fahrzeug gezerrt. Bevor sie auf die Rücksitzbank gesetzt wurde, fesselte der zweite Kerl ihre Arme an den Oberkörper und ihre Füße mit widerstandsfähigem Kunststoffklebeband und klebe ihr auch einen Streifen über den Mund. Zu guter Letzt zog er ihr einen lichtundurchlässigen Stoffsack über den Kopf und verfrachtete sie ins Fahrzeug.

Die ganze Aktion, bei der die zwei Männer kein Wort gesprochen hatten, dauerte keine drei Minuten. Nachdem sich die beiden Entführer davon überzeugt hatten, dass sie unbeobachtet geblieben waren, setzte sich einer neben Steffi und der andere hinters Steuer. Sekunden später rollte das Geländefahrzeug auf die Straße.

Steffis Lähmung ließ nach wenigen Minuten nach. Jetzt erst nahm sie richtig zur Kenntnis, in welchem Zustand sie sich befand. Trotz ihrer Schmerzen begann sie, an ihren Fesseln zu zerren und mit den Beinen zu strampeln. Da sie wegen des Knebels nicht sprechen konnte, stieß sie, so gut es mit verschlossenem Mund möglich war, spitze Töne aus, die eigentlich Schreie sein sollten.

Ohne Vorwarnung erhielt sie erneut einen schmerzhaften Stromstoß, der sie schlagartig wieder verstummen ließ. Diesmal dauerte es länger, bis sie die Betäubung überwinden konnte. Aufgrund der soeben gemachten Erfahrung verhielt sie sich jetzt ruhig. Mit klopfendem Herzen verfolgte sie das Fahrgeräusch, das durch den Sack an ihr Ohr drang. War es zuerst ein gleichmäßig, singendes Reifengeräusch, wechselte es später in ein hartes Rumpeln. Das Fahrzeug wurde von einem unebenen Untergrund erschüttert, und gegen den Unterboden wurden kleinere Steine geschleudert. Sie hatten offenbar die asphaltierte Straße verlassen, und es ging relativ steil bergauf.

Nach ihrem Zeitgefühl musste eine gute Viertelstunde vergangen sein, als der Wagen kurz stoppte und dann langsam weiterfuhr. Nach dem Reifengeräusch war der Untergrund nun wieder glatt. Der Wagen wurde angehalten, der Motor verstummte. Steffis Herzschlag beschleunigte sich erneut. Sie empfand Furcht. Was geschah da mit ihr? Entführung, schoss ihr durch den Kopf. Was konnte es für einen Grund geben, sie zu entführen? Weder ihr Vater noch sie waren vermögend. Als Geisel war sie sicher nicht lukrativ genug. Auch Simon war kein reicher Mann. Als sie den Namen ihres Freundes dachte, durchfuhr es sie wie ein Blitzstrahl! Vielleicht ging es gar nicht um Geld!

Ehe sie ihre Überlegungen zu Ende führen konnte, hörte sie, wie der Wagenschlag geöffnet wurde. Zwei harte Hände griffen nach ihrem Oberkörper und zerrten sie aus dem Auto heraus. Zuerst wurde sie kurz auf die Füße gestellt, dann hochgehoben und von einem einzelnen Mann auf den Armen weggetragen. Da sie so dicht bei ihm war, konnte sie den Duft eines herben Aftershaves erkennen. Sie prägte ihn sich ein.

Die junge Frau spürte, dass plötzlich kühle Luft um ihren Körper strich und sie eine Treppe hinunter getragen wurde. Es roch plötzlich muffig, wie im alten Rübenkeller ihres Großvaters. Nach ungefähr zehn Stufen wurde sie wieder auf die Füße gestellt. Steffi fror. Dann wurde sie unvermittelt hochgehoben und auf einer Art Liege oder Matratze abgelegt. Sie spürte den rauen Stoff. Ihre Protestgeräusche klangen erstickt, und das Strampeln ihrer Beine wurde von den Fesseln unterbunden.

Plötzlich riss man ihr der Sack vom Kopf, und sie blinzelte in das schummrige Licht einer Deckenlampe. Es handelte sich dabei um eine typische, mit Drahtgittern geschützte Leuchte, wie sie in Kellern üblich war. Nach kurzer Zeit konnte sie wieder normal sehen und stellte fest, dass sie mit ihrer Vermutung richtig gelegen hatte. Sie lag auf einem eisernen Bettgestell, auf einer alten Matratze, in einem nicht sehr großen Gewölbekeller mit gestampftem Boden aus Erdreich. Wo die eine Seitenwand an die Decke stieß, befand sich eine kleine Fensterluke, die aber offenbar verdeckt war, sodass kein Licht hereinkam. Das Bett stand gegenüber der

Treppe. Oberhalb der Stufen war eine dunkle Holztür zu erkennen. In der Nähe des Bettes bemerkte sie einen einzelnen Holzstuhl.

Mit ihr waren drei Männer anwesend. Zwei maskierte kräftige Typen in schwarzen, eng anliegenden Sportanzügen. Wahrscheinlich ihre Entführer. Etwas im Hintergrund, vom dürftigen Licht der Kellerleuchte kaum erhellt, waren die Konturen eines weiteren Mannes auszumachen, der einen breitkrempigen Hut trug, der sein Gesicht beschattete. Er schien deutlich kleiner zu sein als die anderen. Sie konnte von ihm nicht viel erkennen, weil er außerhalb des Lichtscheins stand.

Wie auf ein unsichtbares Kommando hin wurde sie von den beiden Entführern gepackt. Einer zog ein Messer und durchtrennte ihre Fußfesseln. Rücksichtslos riss er das Klebeband von ihrer nackten Haut, die dadurch aufgerissen wurde und an einzelnen Stellen leicht zu bluten begann. Sie biss die Zähne zusammen, damit ihr kein Schmerzenslaut entwich. Noch bevor sie reagieren konnte, legte ihr der Typ metallene Fußfesseln an. Sie sahen wie Handschellen aus, waren aber durch eine ca. 50 cm lange Kette verbunden, die durch die Metallgitterstäbe des Betts geführt war. Ähnlich verfuhr der andere Entführer mit ihrem Oberkörper. Hier tat es nicht so weh, da die Haut durch das T-Shirt etwas geschützt war. Auch ihre Hände wurden mit Metallhandschellen fixiert, die mit den Metallstäben am Kopfteil des Bettes verbunden wurden. Das Klebeband über dem Mund ließen sie an Ort und Stelle. Steffi fror unerträglich. Klappernd schlugen ihre Zähne aufeinander. Sie konnte nicht sagen, ob der Auslöser die Kühle des Raumes oder ihre immer stärker werdende Angst war.

Als sie ihr Werk vollendet hatten, traten die beiden Entführer einen Schritt zurück. Sie warfen dem dritten Mann fragende Blicke zu. Offenbar warteten sie auf einen Befehl. Dieser rührte sich längere Zeit nicht. Er schien Steffi wie ein Tier im Käfig zu mustern. Schließlich flüsterte er kaum verständlich: »Macht sie glücklich!«

Die Angst trieb ihr trotz der Kühle schlagartig den kalten Schweiß auf die Stirn. Unwillkürlich presste sie ihre Beine zusammen.

Einer der Männer griff in seine Jackentasche und holte eine längliche, aus Stoff bestehende kleine Tasche heraus. Er legte sie auf die Sitzfläche des Stuhles und wickelte den Inhalt langsam aus. Mit weit aufgerissenen Augen verfolgte Steffi jede seiner Bewegungen. Als sie die fertig aufgezogene Spritze sah, begann sie zu wimmern.

Er drehte sich zu ihr. Seine Stimme kam zum ersten Mal, seit er sie entführt hatte, dumpf unter der Maske hervor.

»Du wirst dich wie im siebten Himmel fühlen, Schätzchen. Und du bekommst diese Göttergabe auch noch gratis.« Dann setzte er mit harter Stimme hinzu: »Bleib ruhig, sonst müssen wir wieder den Elektroschocker einsetzen.«

Er gab seinem Kumpel einen Wink. Dieser trat ans Bett und drückte Steffis Schultern auf die Matratze. Dem Gewicht des Mannes hatte sie nichts entgegenzusetzen.

Der Typ mit der Spritze zog ein Stauband aus der Tasche und trat ans Bett. Mit gekonnten Griffen schlang er ihr das Band über den Oberarm und zog es zusammen. Dann nahm er den Arm und betastete ihre Armbeuge.

Steffi brüllte hinter dem Knebel wie ein Tier und begann, soweit es ging zu zappeln. Der Typ holte aus und gab ihr eine klatschende Ohrfeige.

»Halt still!«, zischte er sie an, dann kniete er sich auf ihre Hand, sodass sie den Arm nicht mehr bewegen konnte.

Ohne Probleme stach er die Nadel in ihre Vene und zog etwas Blut an, dann presste er den Kolben langsam hinunter.

Es dauerte nur Sekunden, bis sich Steffi entspannte. Die Verkrampfungen ihres Körpers verschwanden, und sie ließ den Kopf auf die Matratze zurücksinken. Aus ihrem verschlossenen Mund kam ein wohliges Seufzen.

Die beiden Männer ließen von ihr ab und traten zurück.

»Nehmt ihr den Knebel ab, damit sie nicht erstickt, falls sie sich übergeben muss, und schmeißt eine Decke über sie.« Der dritte Mann steckte sein Handy ein, mit dem er die ganze Szene gefilmt hatte, und stieg die Treppe hinauf.

Die beiden anderen führten seine Anweisung aus, löschten das Licht und verließen ebenfalls den Keller. Ihr Opfer würde für die nächsten fünf, sechs Stunden glücklich im Heroinhimmel schweben.

20

Die Gesprächsrunde, die sich zwei Tage später im Dienstzimmer des Leitenden Oberstaatsanwalts Rothemund traf, bestand aus dem Leiter der Staatsanwaltschaft, Simon Kerner, Eberhard Brunner und Monika Rettig. Außerdem saß ein Kriminaldirektor Bernhard Huber vom Landeskriminalamt in München mit am Tisch. Die übergeordnete Behörde hatte sich eingeschaltet, da die Ermittlungen im Fall Emolino zwischenzeitlich die Landesgrenze überschritten hatten und eine Koordinierung der verschiedenen Ermittlungsbehörden erforderlich wurde. Huber sollte die Oberleitung der Sonderkommission übernehmen, worüber natürlich Brunner ziemlich verschnupft war, was er sich aber nicht anmerken ließ.

»Nach Prüfung des gesamten Sachverhalts sind wir der Meinung, dass uns nur die Einschleusung eines verdeckten Ermittlers in die Organisation weiterhilft. Mit dieser Methode ist es uns schon häufig gelungen, derartige Verbrecherorganisationen zu unterwandern und aufzubrechen. Wir haben entsprechend geschultes Personal, das diese schwierige Aufgabe übernehmen könnte.«

Huber nahm einen Schluck von seinem Kaffee, der mittlerweile fast kalt war.

»Das hätte zudem den Vorteil, dass der Beamte hier nicht bekannt wäre. Emolino kennt doch mittlerweile alle Ermittler aus der Sonderkommission, die sich mit dem Fall beschäftigt haben«, unterstützte Rothemund die Ausführungen des Münchners. Dabei warf er Kerner verstohlen einen prüfenden Blick zu. Der machte heute einen etwas stabileren Eindruck auf ihn. Jedenfalls hatte er keine Alkoholfahne und schien sich auf das Gespräch zu konzentrieren.

»Das kann doch ewig dauern, bis wir von dem Mann erste Ergebnisse erwarten können«, warf Kerner ein. »Bis dahin bin ich alt und grau!«

»Was haben wir für Alternativen?« Huber zuckte mit den Schultern.

Nach einer weiteren halben Stunde ging die Runde auseinander. Man hatte vereinbart, dass der Vertreter des Landeskriminalamts und der Leiter der Sonderkommission *Spessartblues* ein Konzept für das weitere Vorgehen der Sonderkommission erarbeiten sollten. Nach Fertigstellung sollte ein neuerliches Treffen stattfinden.

Als Brunner und Kerner hinterher noch in Kerners Dienstzimmer zusammensaßen und eine Tasse Kaffee tranken, meinte Brunner mit einem prüfenden Seitenblick auf seinen Freund: »Sag mal, Simon, hast du den Tod der Polizisten noch immer nicht überwunden? Ich meine, ich bin auch sehr betroffen, aber das ist halt mal das berufliche Risiko, das man bei einem Sondereinsatzkommando eingeht. Du warst doch früher beim Militär auch in einer Sondereinheit. Da musst du doch ähnliche Dinge erlebt haben.«

Kerner winkte ab. »Das ist schon richtig, und das wird auch wieder. Mich quält eigentlich mehr die Ohnmacht, mit der wir diesen Verbrechern ausgesetzt sind. Manchmal ist der Preis, den wir für unseren Rechtsstaat zahlen müssen, einfach zu hoch.«

»Man braucht halt in unserem Geschäft einen langen Atem. Du wirst sehen, wenn die Geschichte mit dem verdeckten Ermittler klappt, kriegen wir Emolino.«

Das Telefon auf Kerners Schreibtisch läutete. Kerner erhob sich, nahm den Hörer ab und meldete sich.

»Hier Müller, Poststelle. Herr Kerner, es wurde von einem Boten ein Päckchen für Sie persönlich abgegeben. Wir haben es durchleuchtet, der Inhalt scheint harmlos zu sein. Erwarten Sie Post?«

»Nein«, gab Kerner zurück.

»Sollen wir es öffnen?«

Kerner zögerte einen Augenblick, dann sagte ihm ein unbestimmtes Gefühl, dass er das besser lassen sollte.

»Nein, danke. Bringen Sie es mir bitte hoch, ich öffne es selbst.«

Brunner hatte sich mittlerweile erhoben. »Ich gehe dann mal. Dieses Konzept wird uns in den nächsten Tagen noch einiges Kopfzerbrechen machen. Es freut mich, deinem Verhalten entnehmen zu können, dass du hier weitermachen willst. Ich habe es auch nicht anders erwartet.«

Kerner nickte knapp.

Brunner verabschiedete sich. Als er die Türe öffnete, kam ihm ein Justizwachtmeister in Uniform entgegen, der in der Hand ein kleines Päckchen trug. Es hatte ungefähr die Größe eines dickeren Buches. Kerner bedankte sich und nahm es entgegen. Er wunderte sich, wie leicht es war. Der Beamte ging wieder.

Während Kerner das Behältnis zum Schreibtisch trug, betrachtete er es. Die Beschriftung des Adressfeldes war offenbar mittels Computer erfolgt. *Herrn Oberstaatsanwalt Simon Kerner – persönlich – Staatsanwaltschaft Würzburg* stand da. Ein Absender war nicht vorhanden.

Mit seinem Taschenmesser schlitzte er vorsichtig das Packband auf, dann hob er mit der Spitze der Klinge die beiden Verschlussklappen hoch. Obenauf lag eine undurchsichtige, offene Plastiktüte, die leicht aufgebauscht war. Vorsichtig schob er die Tüte mit Messer und Brieföffner so zurecht, dass er in die Öffnung hineinsehen konnte. Eine Sekunde betrachtete er den Inhalt völlig verständnislos. Dann fiel bei ihm der Groschen. Der Schrecken fuhr ihm so in die Glieder, dass er sich auf seinen Bürosessel fallen ließ. Aus der Tüte quoll ein Büschel langer, blonder Haare. Seinem Mund entwich ein leises Stöhnen. Es gab dafür nur eine Erklärung. Mit zitternden Fingern führte Kerner die Tüte zur Nase und roch daran. Kein Zweifel. Der frische Geruch von Lemongras, Steffis Haarwaschmittel, das er so mochte, berührte seine Nasenschleimhäute. Diese Haare stammten ganz eindeutig von Steffis Kopf! Was hatte das zu bedeuten? Niemals hätte sich seine Freundin das Haar freiwillig abschneiden lassen. Sie musste sich also in den Händen des Absenders befinden. Die Haare waren ihr zweifelsfrei mit Gewalt abgeschnitten worden. Das konnte nur eins bedeuten: Steffi befand sich in den Händen von Entführern. Sein Blick streifte wieder das Innere des Päckchens. Dort lag ein wattierter Umschlag, der fast die gleiche Farbe wie die umgebende Verpackung hatte, weshalb er ihm nicht gleich aufgefallen war. Er legte die Tüte zur Seite und drehte den unverschlossenen Umschlag herum. Es fiel ihm ein USB-Stick in die Hand. Außerdem befanden sich, wie er erkennen konnte, mehrere Fotos darin. Geistesgegenwärtig nahm er den Brieföffner und schob damit die Bilder auf seine Schreibtischunterlage. Er wollte verhindern, dass er irgendwelche Spuren verwischte bzw. seine Fingerabdrücke hinterließ.

Schon bei der Betrachtung des ersten Bildes wich ihm schlagartig alles Blut aus dem Gesicht. Das Foto zeigte die scharfe Makroaufnahme einer Gewehrhülse. An der Hülsenöffnung war eine markante Eindellung zu erkennen. Sofort hetzte sein Blick zum nächsten Foto: Es zeigte den Boden derselben Hülse in Nahaufnahme. Gestochen scharf konnte er die dort eingeprägte Bezeichnung lesen: .35 Whelen. Das dritte Foto präsentierte das Portrait eines jungen Mannes, der provokant in die Kamera grinste: Ricardo Emolino. Er drehte die Fotos herum. Auf dem Bild von Ricardo stand ein einziger Satz: »Wo ist er?« Völlig am Ende ließ er sich in seinen Bürosessel zurückfallen. Am liebsten hätte er laut losgebrüllt. Das war eindeutig eine Hülse, die aus seinem Gewehr abgefeuert wurde! Er kannte die typische Eindellung, die, wie er wusste, der Patronenauszieher seines Jagdgewehrs hinterließ. Wie kamen der oder die Absender an die Patronenhülse? Kalter Schweiß trat ihm auf die Stirn. Mühsam beherrschte er sich und zwang sich zum Nachdenken. Die Botschaft kam ohne Frage von Francesco Emolino und konnte nur lauten: Wir haben deine Freundin Steffi in unserer Gewalt und wir wissen, was sich dort draußen an dem Maisfeld abgespielt hat. Sag uns, wo der Junge ist! Die Drohung war eindeutig und brutal.

Langsam nahm er den Stick in die Hand und führte ihn in den USB-Anschluss seines Dienstrechners ein. Nachdem der Computer den Datenträger erkannt und akzeptiert hatte, konnte er das Inhaltsverzeichnis lesen. Es befand sich nur eine Datei darauf.

Kerner kostete es einige Überwindung, sie mit einem Doppelklick zu öffnen, weil er bereits ahnte, dass das, was er nun zu sehen bekam, ziemlich hart sein würde.

Die Qualität des Filmes war schlecht. Er war offenbar mit einem Handy aufgenommen worden. Trotz der leicht verwackelten Aufnahme konnte er jedoch ohne Mühe Steffi erkennen, die in einem Raum auf einer blanken Matratze auf einem Metallbett lag. Sie trug nur Shorts und ein T-Shirt.

Wie es aussah, war sie mit Handschellen an Händen und Füßen an das Bettgestell gefesselt. Ihr Mund war mit Klebeband verschlossen. Mit einer gewissen Erleichterung nahm er zur Kenntnis, dass sie wenigstens am Leben war, denn in dieser Einstellung zerrte sie heftig an den Fesseln.

Plötzlich traten zwei schwarz vermummte Männer ins Bild. Atemlos verfolgte er die Szene, in der seine Freundin geschlagen wurde und anschließend eine Injektion in den Arm bekam. Er hatte keinen Zweifel, was sich in der Spritze befand. Solche Bilder hatte er schon mehrfach in Aufnahmen gesehen, die Drogenermittler im Milieu gemacht hatten.

Abrupt brach der Film ab.

Wie versteinert saß Kerner da und starrte auf das Standbild der letzten Bildsequenz. Das unvermittelt nach der Spritze so unnatürlich friedliche, ja glücklich wirkende Gesicht seiner Freundin und ihre plötzliche, völlige Widerstandslosigkeit brannten sich ihm ein. Sie hatten Steffi in ihre Gewalt gebracht und ihr eine Droge, vermutlich Heroin, gespritzt. In Simon Kerners Gehirn überschlugen sich die Gedanken. Was konnte er tun, um Steffi zu retten? Es war ihm ein Rätsel, wie Emolino – an seiner Urheberschaft hatte er keinen Zweifel mehr – von diesem tragischen Vorfall am Maisfeld erfahren hatte. Mühsam zwang er sich, noch einmal den Ablauf dieser Unglücksnacht Schritt für Schritt durchzugehen. Das Bild der Patrone trug dazu bei, dass es ihm plötzlich wie Schuppen von den Augen fiel und er seinen schlimmen Fehler erkannte: Er hatte nach seinem Schuss vergessen, die von seinem Gewehr automatisch ausgeworfene Hülse aufzuheben. Bestimmt war sie auf den Boden des Hochsitzes gefallen oder gar hinunter auf die Erde geschleudert worden. Kerner konnte sich jedoch nicht vorstellen, wie sie in die Hände Emolinos gekommen sein konnte. Vermutlich hatte der Pate nach dem Verbleib seines Jungen forschen lassen, als er vermisst wurde. Warum er allerdings auf die Idee gekommen war, an dem Hochsitz nachsehen zu lassen, war ihm ein Rätsel. Das deutete darauf hin, dass Emolino einen Spezialisten eingeschaltet hatte. Wahrscheinlich hatte man noch andere Spuren gefunden, die auf ihn hindeuteten und zusammen mit der Patronenhülse einen Verdacht in seine Richtung begründeten. Nur so gab es für Emolino einen Grund, Steffi zu entführen und ihn zu bedrohen. Der Mafioso konnte sich an fünf Fingern ausrechnen, dass er nicht zur Polizei gehen konnte, wenn er Ricardo tatsächlich erschossen hatte. Wenn er die Drohung also für sich behielt, war es gleichzeitig für Emolino der Beweis, dass er mit seinem Verdacht richtig lag. Die Leiche hatten sie offenbar noch nicht gefunden, sonst hätten sie ihm sicher gleich einen Killer geschickt.

Mitten in seine schweren Gedanken platzte das Läuten seines Mobiltelefons. Er wollte den Anrufer schon wegdrücken, als er erschrocken auf das Display starrte. Wie konnte das sein? Es war ein Anruf von Steffi! Für eine Sekunde schöpfte er Hoffnung, dass der Film nur ein Fake gewesen war; hastig nahm er das Gespräch an. Aber sofort platzte seine Hoffnung wie eine Seifenblase. Es meldete sich ein Mann. Die Stimme des Mannes klang ruhig, fast gelassen. Sie war ihm unbekannt. Kerners Puls schlug ihm bis zum Hals.

»Wir wollen wissen, wo du Ricardo gelassen hast«, erklärte der Anrufer übergangslos. »Wenn du uns nicht bis heute um Mitternacht eine entsprechende Nachricht auf dieses Handy geschickt hast, wird deine Freundin eines grausamen Todes sterben. Töten werden wir sie zwar so oder so, allerdings kannst du dafür sorgen, dass sie glücklich hinübergehen wird und nichts davon merkt.

Und lass die Polizei aus dem Spiel, sonst bekommst du sie in Einzelteilen geschickt.«

Das Gespräch wurde unterbrochen.

Mit schweißnassen Händen legte er das Handy zur Seite. Wut und Verzweiflung ergriff ihn. Weil er die Anspannung nicht mehr aushielt, erhob er sich und lief wie ein gefangener Tiger im Käfig in seinem Zimmer hin und her. Er zermarterte sich das Gehirn, wie er Steffi retten konnte. Selbst wenn er jetzt zu Brunner ging und seine Schuld offenbarte, würde kein Ermittlerteam in der kurzen Frist den Aufenthalt der Frau herausfinden können. Handys konnte man zwar orten, aber dazu mussten sie eingeschaltet sein. Diesen Gefallen würde Emolino ihm sicher nicht tun. Er zweifelte keine Sekunde daran, dass Emolino seine Drohung wahr machen würde. Im Laufe des Ermittlungsverfahrens gegen den Mafioso hatte er die Mentalität des Paten bestens kennengelernt. Emolino würde seinen Sohn rächen, egal was er unternahm. Das Ziel dabei war er. Keiner wusste besser als Kerner, wie skrupellos der Alte sein konnte. Simon Kerner hatte sich noch nie so verzweifelt gefühlt. Er musste es irgendwie schaffen, dass Emolino sich nur auf ihn konzentrierte und Steffi verschonte.

Entschlossen griff er zum Mobiltelefon und wählte Steffis Nummer. Erwartungsgemäß war das Gerät nicht eingeschaltet. Als sich die Mailbox meldete, sprach er mit stockender Stimme eine Nachricht darauf.

»Emolino, lassen Sie Steffi laufen, und ich werde mich Ihnen bedingungslos ausliefern. Ich werde Ihnen sagen, wo Sie Ihren Sohn finden, und Sie können mit mir machen, was sie wollen. Wenn Sie Steffi auch nur ein Haar krümmen, werden Sie Ricardo nie finden.« Kerner zögerte kurz, dann unterbrach er die Verbindung. Durch diese Nachricht hatte er praktisch zugegeben, mit dem Verschwinden Ricardos zu tun zu haben. Jetzt gab es kein Zurück mehr.

Er wartete einige Zeit und starrte wie hypnotisiert auf das Display. Doch das Handy blieb stumm.

Der Oberstaatsanwalt nahm wieder den Rundgang durch sein Zimmer auf. Er suchte verzweifelt nach einem Plan, wie er Steffi retten konnte. Tatenlos herumzusitzen machte ihn wahnsinnig, er musste etwas unternehmen! Sein Blick fiel auf den Kleiderschrank, der an der Längsseite seines Büros stand. Mit wenigen Schritten war er an der Tür und öffnete sie. Es handelte sich um einen massiven Schrank aus Kernbuche, der in ein Abteil für Kleider und einen Bücherschrank aufgeteilt war. Im oberen Bereich des Bücherabteils war ein kleiner, aber massiver Tresor eingebaut, der durch die Rückwand des Schrankes mit der Zimmerwand verschraubt war. Er tippte die Zahlenkombination ein und öffnete die schwere Tür. Der Tresor war leer bis auf einen Revolver, der in einem Lederholster steckte, und eine Packung Munition. Zögernd starrte der Oberstaatsanwalt die Waffe an. Er besaß die Berechtigung, eine Schusswaffe zu seinem eigenen Schutz zu tragen. Seit er Emolino verfolgte, galt er als persönlich gefährdet, und man hatte ihm geraten, sich zu bewaffnen. Er nahm den Revolver heraus und öffnete die Trommel. Die Waffe war geladen. Es handelte sich um eine kurzläufige, fünfschüssige Verteidigungswaffe im Kaliber .357 Magnum, die auf kurze Entfernungen bis zu acht Metern äußerst wirksam war und auf diese Distanz auch über genügend Treffgenauigkeit verfügte. Bis vor ein paar Wochen war er regelmäßig zu Übungen ins Schießkino der Polizei gegangen, um die ausgezeichnete Treffsicherheit, die er in seiner Militärzeit besessen hatte, wieder aufzufrischen.

Kerner hatte das unbestimmte Gefühl, dass er den Revolver in der nächsten Zeit brauchen könnte. Er steckte die Waffe in das Holster zurück und befestigte es an seinem Gürtel. Dann zog er sein Jackett an. Seine Mitarbeiter mussten nicht sehen, dass er sich bewaffnet hatte.

Da er die Skrupellosigkeit seines Gegners kannte, war er sich sehr sicher, dass es sich bei den Botschaften nicht um eine bloße Drohung handelte. Emolino war zu allem fähig. Er warf einen Blick auf seine Armbanduhr: Bis zum Ablauf des Ultimatums hatte er noch knapp zwölf Stunden Zeit. Zeit, die er nutzen musste, um Steffi zu retten.

Die Auswirkungen seines Fehlers nahmen Formen an, die er nicht mehr verantworten konnte. Wenn er sich jetzt gegenüber seinen Vorgesetzten und Brunner offenbarte, würde ein enormer Apparat in Bewegung gesetzt, um Steffi zu befreien. Emolino ließ ihn mit Sicherheit überwachen. Er würde das also unweigerlich mitbekommen. Dann war Steffis Leben keinen Pfifferling mehr wert.

Er fasste in dieser Stunde einen schweren Entschluss. Solange Emolino lebte, blieb er erpressbar. Damit er frühmorgens sein Spiegelbild noch irgendwie ertragen konnte, musste er alles unternehmen, um dies zu unterbinden. Das hieß, er würde jetzt alles versuchen, um Steffi zu befreien. Wenn ihm Emolino dabei in die Quere kam, würde Kerner den harten Weg gehen. Für ihn und Emolino war diese Welt zu klein geworden. Einer von ihnen beiden war zu viel!

Nach intensiven Überlegungen beschloss er, sich in einem ersten Schritt aus dem Verfahren gegen den Mafioso zurückziehen und nun doch nach Gemünden zu gehen. Emolino würde davon aus der Presse erfahren, da der Wechsel im Amt eines Behördenleiters natürlich publiziert wurde.

Kerner nahm das Telefon ab und rief seine Geschäftsstelle an. Er teilte seinen Mitarbeitern kurz mit, dass er heute

Nachmittag im Außendienst unterwegs sein würde. Wichtige Vorgänge sollten sie seinem Vertreter vorlegen.

Nun hatte er noch einen schweren Gang vor sich. Er verließ sein Dienstzimmer und betrat das Sekretariat des Leitenden Oberstaatsanwalts.

»Ist er drinnen?«, fragte er und deutete auf Rothemunds Bürotür.

»Sie können rein«, erklärte die Sekretärin.

Kerner klopfte und betrat das Dienstzimmer des Behördenleiters.

Rothemund, der gerade eine dicke Akte studierte, sah seinen Vertreter erstaunt an, dann erhob er sich. »Grüß dich, Simon. Was gibt's?«

Kerner sah ihm gerade in die Augen. »Armin, ich will es kurz machen. Es wird dich sicher hart treffen, aber ich habe mich entschieden, die Direktorenstelle in Gemünden anzunehmen.«

Rothemund sah ihn betroffen an.

»Es tut mir leid, aber ich befinde mich zurzeit in einem psychischen Zustand, der es mir unmöglich macht, länger am Fall Emolino zu arbeiten. Ich bin persönlich so stark involviert, habe auf diesen Abschaum eine solche Wut, dass ich zu einer objektiven Ermittlungstätigkeit nicht mehr fähig bin. Bitte versteh das. Im Interesse der Sache muss da jetzt ein anderer Mann ran. Ich denke, es entsteht durch meinen Weggang auch kein Rückschlag bei den Ermittlungen. Wir befinden uns im Augenblick doch sowieso in einer Art Konsolidierungsphase, in der unsere Ermittlungen neu strukturiert werden müssen. Ein neuer Mann könnte sich da gleich mit einbringen. Außerdem bleibt Brunner als polizeilicher Ermittler erhalten, sodass kein Wissen verloren geht.«

Rothemund erhob sich und kam hinter seinem Schreibtisch hervor.

»Ich nehme an, du hast dir das reiflich überlegt. Wir kennen uns so gut, dass ich weiß, du hast dir die Entscheidung nicht leicht gemacht. Du hast sicher deine Gründe.« Er atmete tief durch. »Ich habe erst kürzlich mit dem Ministerium telefoniert. Das kann ich dir jetzt sagen: Du stehst nach wie vor als Kandidat für diesen Posten an erster Stelle. Nachdem du dich nun entschieden hast zu gehen, werde ich dort anrufen und den Herrschaften deine Entscheidung mitteilen. Du kannst davon ausgehen, dass du dann ab ersten August in Gemünden bist.« Er gab Kerner die Hand. Man konnte sehen, wie schwer ihm das fiel.

Kerner bedankte sich und verließ das Dienstzimmer seines Vorgesetzten. Er kam sich wie ein Verräter an der Sache vor. Wie gerne hätte er ihm reinen Wein eingeschenkt, aber das war unmöglich.

Noch knapp zwei Wochen, dann würde er die Behörde verlassen. Ihm stand noch fast sein ganzer Jahresurlaub zu. Er würde in den nächsten beiden Tagen sein Referat aufräumen und sich die restliche Zeit bis zum Dienstantritt in Gemünden Urlaub nehmen. Bis dahin würde das Schicksal Steffis entschieden sein – und seines auch. Vielleicht musste sich das Justizministerium schon bald einen anderen Direktor für Gemünden suchen.

Wenig später verließ Kerner eilig das Strafjustizzentrum und fuhr nach Partenstein.

21

Michelangelo Trospanini saß neben Emolino im Kaminzimmer seines Hauses und ließ den Paten die Nachricht abhören, die Kerner auf die Mailbox des Handys gesprochen hatte. Seit sie durch Schmitt erfahren hatten, dass der Junge mit hoher Wahrscheinlichkeit nicht mehr lebte, war der Alte in seinem Hass fast nicht mehr zu halten. Nur die Ungewissheit über den Verbleib der Leiche seines Sohnes hielt ihn davor zurück, Kerner und seine Freundin sofort töten zu lassen.

»Was sollen wir machen?« Trospanini sah ihn fragend an. Ihm war eigentlich klar, was jetzt kommen würde.

»Diese Nachricht ist ein klares Eingeständnis, dass er Ricardo umgebracht hat und weiß, wo sich die Leiche meines Jungen befindet«, stieß Emolino zwischen schmalen Lippen hervor. Seit der schockierenden Nachricht saß er mit verschlossener Miene in seinem Haus und brütete vor sich hin. Nur Stunden später hatte er in einer spontan geplanten Aktion die Freundin seines Feindes entführen lassen. Das war eigentlich untypisch für ihn, weil Emolino sonst ein vorsichtiger Planer war. Die Frau war an einem Ort untergebracht, der nur dem Paten, dem Consigliere und zwei seiner besten Männer bekannt war.

»Ich will, dass ihr euch das Schwein greift. Bringt ihn in den Keller zu seiner Schlampe. Der mächtige Herr Oberstaatsanwalt wird nicht tatenlos zusehen, wie sie wegen ihm stirbt. Er wird uns die Wahrheit sagen. Wenn die Leiche gefunden ist, werdet ihr beide spurlos beseitigen!«

Die letzten Worte waren nur noch ein schwer verständliches Flüstern.

Trospanini nickte zwar zustimmend, überlegte dabei aber fieberhaft, wie er Emolino daran hintern konnte, dermaßen Amok zu laufen. Das spurlose Verschwinden eines Oberstaatsanwalts und seiner Geliebten würde in ganz Deutschland einen riesigen Wirbel auslösen, der sich bis in Regierungskreise auswirkte. Der sonst so clevere Emolino ließ durch den Schmerz über den Verlust seines Jungen jegliche Vorsicht vermissen. Nachdem Kerner gegen Emolino ermittelte, würde der Pate in der vordersten Reihe der Verdächtigen stehen. Insbesondere nach der Sache mit dem Kronzeugen.

»Gibt es noch etwas?«, grollte Emolino, als er das Zögern seines Verwalters bemerkt. »Tu, was ich dir gesagt habe!«

Trospanini nickte wortlos und verließ den Raum. Momentan war mit dem Paten nicht vernünftig zu sprechen.

Emolino starrte eine Weile finster vor sich hin, dann griff er sich ein unregistriertes Handy, das er für derartige Anrufe im Schreibtisch hatte, und wählte eine Nummer. Als auf der Gegenseite das Gespräch angenommen wurde, fragte er nur knapp: »Come stai?«

Die Antwort schien zufriedenstellend zu sein, denn er nickte und fuhr fort: »Ich habe dem Consigliere befohlen, Kerner zu holen und in den Keller zu bringen. Wie mir scheint, hat er mit dieser Aufgabe ein wenig Probleme. Ihr werdet dafür sorgen, dass dieser Mörder meines Sohnes bis heute Mitternacht dort ist und uns sagt, was wir wissen wollen. Wenn ihr Ricardo gefunden habt, könnt ihr mit den beiden machen, was ihr wollt. Hauptsache, sie überleben es nicht.« Er wartete die Antwort nicht ab.

Kerner setzte sich in seinen Wagen und fuhr nach Partenstein. In der Nähe seines Hauses fuhr er langsamer. Er vermutete, dass es überwacht wurde. Da es am Waldrand lag, gab es zahlreiche Möglichkeiten für einen Beobachter, sich zu verstecken. Von Würzburg aus war ihm niemand gefolgt, da war er sich ziemlich sicher. Auf der langen Strecke wäre ihm ein Verfolger aufgefallen.

Er konnte allerdings nichts Verdächtiges erkennen und fuhr den Wagen in die Garage. In der Küche bereitete er sich mit der Kaffeemaschine einen doppelten Espresso. Während er das starke Getränk zu sich nahm, zwang er sich zu rationalem Denken. Wo konnten diese Verbrecher Steffi versteckt halten? Wahrscheinlich hatten sie sie nicht weit weg gebracht. Keller, wie auf dem Film zu sehen, gab es in Unterfranken zu Hunderten. Früher lagerten die Bauern ihre gesamten Wintervorräte an Rüben, Kartoffeln und teilweise auch Gemüse in solchen Kellern ein. Kerner musste sich den Film noch einmal ansehen. Möglicherweise war ihm etwas entgangen.

Er ging in sein Arbeitszimmer und schaltete den PC ein. Wenig später lief das Geschehen erneut vor ihm ab. Mit eisernem Willen zwang er sich dazu, nur auf die Umgebung des Bettes zu achten, auf dem Steffi lag. So sehr er sich aber auch anstrengte, er konnte keinen spezifischen Hinweis erkennen, der ihm die Identifizierung des Kellers ermöglicht hätte. Auch das einfache Bettgestell war völlig neutral. Ein klappriges Eisenteil, das eigentlich mehr wie Schrott aussah. Mit zusammengekniffenen Augen verfolgte er angestrengt jede Bewegung des Verbrechers, während dieser Steffi die Spritze setzte. Als der Film abbrach, lehnte er sich erschöpft in seinen Bürosessel zurück und schloss die Augen. Irgendeine Stimme ganz hinten in seinem Gehirn flüsterte ihm zu, dass er etwas übersehen hatte. Aber was? Erneut klickte er das Icon an, das den Film startete.

Bei der dritten Wiederholung brannten seine Augen vom intensiven Hinstarren. Plötzlich zuckte er zusammen. Blitzschnell betätigte er die Maustaste und hielt das Video an. Vorsichtig spulte er eine Sequenz zurück. Deutlich war in Nahaufnahme der Stuhl zu sehen, auf dem der eine Maskierte gerade seine Tasche öffnete, um die Spritze herauszuholen. Irgendetwas an dem Stuhl kam ihm bekannt vor. Ein kleines Detail, das er in einem ganz anderen Zusammenhang schon einmal gesehen hatte. Kerner zermarterte sich das Gehirn. Langsam zoomte er das Standbild heran, bis die Maserung des Holzes den ganzen Bildschirm ausfüllte. Er verschob das Bild, damit die Stelle, die ihn interessierte, mittig zu sehen war. Ja! Da war ein ins Holz eingeschnitztes, verschnörkeltes K. Wo hatte er so einen Stuhl schon einmal gesehen? Mit geschlossenen Augen konzentrierte er sich. Die Erkenntnis traf ihn wie ein kleiner Schock. Natürlich, das war ein Wirtshausstuhl! Kerner hatte auf einem solchen Exemplar gesessen, als er vor einigen Monaten mit Steffi die Klingenmühle in Massenbuch besucht hatte. Massenbuch war eine kleine Ortschaft, sie lag auf einem Hochplateau des Spessarts oberhalb von Kleinwernfeld. Bei der Klingenmühle handelte es sich um ein bekanntes Ausflugslokal, in dem man gut bürgerlich essen konnte.

Kerner lehnte sich zurück. Was konnte er mit dieser Erkenntnis anfangen? Es war wohl nicht zu erwarten, dass seine Freundin in einem Keller der Klingenmühle gefangen gehalten wurde. Viel wahrscheinlicher war, dass die Gastwirtschaft den Stuhl irgendwann entsorgt hatte und er in diesem Keller gelandet war, wo er jetzt stand. Kerner vermutete, dass der Stuhl in der Nähe seines Ursprungortes geblieben war. Das konnte ein Hinweis sein, aber sicher kein Beweis.

Er zog den Stick ab und legte ihn zur Seite. Er würde bei seinem vorgefassten Plan bleiben und Emolino direkt angehen. Mit einem persönlichen Angriff würde der Alte wohl nicht rechnen. Damit war das Überraschungsmoment auf seiner Seite. Dass er dabei Kopf und Kragen riskierte, war Kerner egal. Für Steffi würde er alles tun. Das, was sie jetzt erleiden musste, hatte sie schließlich ihm zu verdanken. Emolino hatte ihn gnadenlos an seiner empfindlichsten Stelle getroffen.

Kerner erhob sich und stieg in den Keller seines Hauses hinunter. In einem der Räume, den Schmitt bei seinem heimlichen Besuch als uninteressant eingestuft hatte, stand in einer Ecke, teilweise verdeckt von irgendwelchen Gegenständen, eine unscheinbare Metalltruhe. Die auf ihr lagernden gebündelten Zeitungen zeugten davon, dass das Behältnis schon lange nicht mehr geöffnet worden war. Kerner räumte die Bündel zur Seite und stellte an einem Vorhängeschloss eine Zahlenkombination ein. Nachdem er eine Kunststofffolie abgehoben hatte, kamen, ordentlich zusammengelegt, militärische Kleidungsstücke zum Vorschein. Obenauf lagen ein Tarnanzug und eine Feldmütze. Etwas tiefer, in eine alte Militärdecke eingehüllt, ein paar Kampfstiefel. Kerner legte alles zur Seite und holte eine Plastiktüte mit einem schwereren Gegenstand heraus. Darin befand sich eine schwarze ballistische Schutzweste. Mit ausgestreckten Armen hielt er sie vor sich und musterte sie eingehend. Diese Schutzweste hatte ihm einmal das Leben gerettet. Während des Einsatzes in Kuwait gerieten sie in ein kurzes Feuergefecht mit den Geiselnehmern, wobei er einen Treffer aus einer Pistole abbekam. Die Weste hielt. Er hatte zwar ein heftiges Schusstrauma im Schulterbereich davongetragen, das ihm noch wochenlang zu schaffen machte, aber er war am Leben – was man von den Geiselnehmern nicht sagen konnte!

Bei dem, was er vorhatte, würde er sich mit dieser Weste sicherer fühlen. Sie war nach dem Schusswechsel mit neuen Protektoren ausgestattet worden und bot wieder vollen Schutz. Kerner legte sie zur Seite, griff erneut in die Kiste und entnahm ihr einen Kampfdolch. Er steckte in einer Wadenscheide, die man offen oder verdeckt am Unterschenkel tragen konnte. Vorsichtig öffnete Kerner die Arretierung und zog das etwa 25 cm lange, nadelspitze Messer heraus. Es war leicht eingefettet, damit es gegen Rost geschützt war. Die beidseitigen Schneiden waren scharf geschliffen. Der vordere Teil der Klinge war etwas schwerer, sodass man es auch als Wurfmesser einsetzen konnte. Kerner überlegte einen Augenblick, dann legte er es zur Schutzweste dazu. In seiner aktiven Zeit war er mit diesem Messer absolut fit gewesen. Ganz verlernt hatte er es sicher nicht. Er würde auch die Hose des Kampfanzugs mitnehmen. Sie hatte ausreichend Taschen, in denen er seine Ausrüstung verstauen konnte. Die Hände musste er bei seinem Vorhaben frei haben.

Nachdem er seine Auswahl getroffen hatte, legte er alle anderen Ausrüstungsgegenstände wieder sorgfältig in die Kiste zurück und schloss sie ab. Er war wild entschlossen, Steffi zu retten. Mit allen Konsequenzen, wenn es sein musste.

Kerner nahm die ausgewählten Gegenstände und ging hinauf in die Wohnung. Eine ganze Weile stand er vor seinem Waffenschrank und überlegte, ob er auch ein Gewehr mitnehmen sollte. Dann nahm er davon Abstand. Der Revolver musste genügen. Ein Gewehr würde ihn zu sehr behindern. Er hatte schließlich nicht vor, ein Feuergefecht zu führen. Allerdings würde er sich zur Sicherheit für die Faustfeuerwaffe noch eine Handvoll Patronen einstecken.

Für seinen Plan war es von Vorteil, dass die Entführer das Ultimatum bis Mitternacht ausgedehnt hatten. Die Nacht würde sein Vorhaben begünstigen.

Kerner musste noch ein paar Vorbereitungen treffen. Da er damit rechnete, dass die Verbrecher sein Haus beobachteten, musste er versuchen, sie auszutricksen. Er betrat die Garage vom Haus aus und öffnete den großen Wagenschlag des Defenders. Mit einem Brett schuf er eine provisorische Laderampe, über die er sein geländegängiges Motorrad in den Laderaum schob. Da er es auf die Seite legte, war es von draußen nicht zu sehen. Dann setzte er sich hinter das Steuer, öffnete das Garagentor und fuhr hinaus. Kerner schlug den Weg in Richtung Dorf ein. Es fiel ihm zwar wieder kein Fahrzeug auf, das nicht hierher gehörte, trotzdem war er vorsichtig. Im Wald konnte man sich gut verstecken. Für einen Beobachter sollte es so aussehen, als würde er nur kurz in den Ort fahren, um etwas zu besorgen. Deshalb ließ er das Garagentor auch offen.

Ein Stück von seinem Haus entfernt bog er in einen Waldweg ein, wo, wie er wusste, ein Waldarbeiterwagen stand. Im Sommer wurde kein Holz geschlagen, sodass der Wagen im Augenblick nicht benutzt wurde. Er hielt an, lud das Motorrad aus und rollte es hinter den Wagen. Den mitgebrachten Helm hängte er an den Lenker. Bis zum Abend war es hier sicher.

Als er fertig war, drehte er wieder um und fuhr ohne Eile wieder nach Hause.

Den Rest des Nachmittags nutzte er, um sich auszuruhen. Die Fähigkeit, die er sich als Soldat angeeignet hatte, wann immer es ging zu schlafen, besaß er leider nicht mehr. Trotzdem legte er sich angezogen auf seine Wohnzimmercouch und versuchte zu entspannen.

Sobald er die Augen schloss, zogen die Bilder des Films vor seinem geistigen Auge vorüber. Es gab zwar keine Garantie, aber mittlerweile war er sich ziemlich sicher, dass sie Steffi nicht töten würden, bevor sie nicht die gewünschte Information von ihm hatten. Er musste versuchen, ein stärkeres Pfand in die Hände zu bekommen, das diese Verbrecher an ihrem Vorhaben hinderte. Während er grübelte, lauschte sein Unterbewusstsein ständig nach seinem Handy, ob nicht eine Kurznachricht einging.

Als er erwachte, erhellte der schwache Schein der Straßenlampe das ansonsten dunkle Zimmer. Erschrocken fuhr er hoch und sah auf das Leuchtziffernblatt seiner Armbanduhr. Es war kurz nach zweiundzwanzig Uhr. Er war offensichtlich irgendwann doch eingeschlafen. Jetzt musste er sich beeilen.

Kerner ließ die Jalousien herunter und schaltete die Raumbeleuchtung ein. So konnte man ihn von draußen nicht beobachten, es entstand aber der Eindruck, als würde er sich im Haus aufhalten. Schnell zog er die vorbereiteten Kleidungsstücke an. Die Schutzweste trug er unter einem schwarzen Rollkragenpullover. Das Messer schnallte er sich mit dem Griff nach unten an die Wade, und das Holster mit dem Revolver befestigte er an seinem Gürtel. Es folgte eine kleine leistungsfähige Halogentaschenlampe. In die Beintaschen steckte er enge Lederhandschuhe, ein Bündel Kabelbinder und ein stabiles Klebeband. Eine Skimaske, die nur Schlitze für die Augen frei ließ, vervollständigte seine Ausrüstung.

Nachdem er noch einmal alles überprüft hatte, ging er in eines der hinteren Zimmer im Parterre, das zur Rückseite des Hauses hinausging. Kerner öffnete das Fenster und sprang mit einem elastischen Satz ins Freie. Die Fensterflügel zog er nur leicht zu, sodass er bei Bedarf schnell wieder ins Haus einsteigen konnte. Entschlossen marschierte er in Richtung Wald. Dabei nahm er, ohne es zu wissen, fast genau den gleichen Weg, den Schmitt bei seinem Besuch eingeschlagen hatte. Nachdem er den Zaun überwunden hatte, bewegte er sich in Richtung Süden. Da der Wald schon zu seinem Jagdrevier gehörte und er häufig hier joggte, kannte er sich bestens aus. Eine halbe Stunde später langte er beim Motorrad an. Wie erwartet fand er es so vor, wie er es verlassen hatte. Er zog den Helm über und startete den Motor. Das kraftvolle Grollen der Maschine brach sich als Echo zwischen den Bäumen. Fast geräuschlos kuppelte er ein und fuhr los. Erst auf der Dorfstraße gab er richtig Gas. Es war mittlerweile kurz vor dreiundzwanzig Uhr.

22

Etwa zur gleichen Zeit zog eine zahlenmäßig starke Wildschweinrotte durch die Forstkultur im Wald auf der Suche nach Nahrung. Irgendwann brachen sie in die Dickung ein, in der Ricardos Grab lag. Die Leitbache war zunächst äußerst misstrauisch, denn die zwischen den Bäumen herumspringende nächtliche Brise trug ihr immer wieder eine gemischte Witterung zu. Einerseits verhieß sie ihr Nahrung, andererseits wehte sie ihr aber auch – schwach zwar, aber trotzdem noch erkennbar – den Geruch des zweibeinigen Erzfeindes zu. Seit Tagen hatte sich die Rotte in erster Linie von pflanzlicher Kost ernährt. Das nahe Maisfeld war mehrfach ihr Ziel gewesen. Die Maiskolben dort waren jetzt in der Milchreife. Für die Schwarzkittel wie Kaviar. Sie hatten mittlerweile schon auf einer Größe von der Fläche eines Tennisplatzes die Maisstängel umgebrochen und sich an den Kolben gütlich getan, aber als Allesfresser benötigten Wildschweine zwischendurch auch proteinhaltige Nahrung.

Diese decken sie in erster Linie durch das Ausgraben von Würmern, Engerlingen und Mausnestern. Sie verschmähen aber auch Aas nicht, wenn es zur Verfügung steht. Eine der Schwestern des Leittieres näherte sich vorsichtig dem anregenden Duft, den die Erde an einer bestimmten Stelle verströmte. Mit dem harten Nasenrücken drückte sie kraftvoll einen modernden Baumstamm zur Seite, dann begann sie, im weichen Erdreich zu wühlen. Ein lockender Laut verhieß Gefahrlosigkeit und holte die übrigen achtzehn Familienmitglieder der Rotte heran. Gemeinsam gruben sie den verwesenden Kadaver aus der Erde und begannen zu fressen. Immer wieder brachen Streitereien aus, die mit heftigem Blasen und Quieken bereinigt wurden.

Als sie genug hatten, war der Leichnam stark angefressen. Die Kleidung des Toten war zerrissen und weit verstreut. Sie hatten einen Arm abgerissen und ein Stück entfernt liegen lassen. Zwei gleichrangige Bachen hatten sich um ihn gestritten. Schließlich blieb er achtlos liegen.

Gesättigt zogen sie sich wieder tiefer in die Dickung zurück, legten sich eng zusammen und verschliefen den Rest der Nacht.

Eine ganze Weile, nachdem die Wildschweine verschwunden waren, kam ein Fuchs, vom Aasgeruch angelockt, herbeigeschnürt und fraß sich ebenfalls an dem unerwartet gedeckten Tisch voll. Für ihn war es immer noch reichlich. Als auch er nichts mehr in sich hineinschlingen konnte, packte er den Arm, den die Sauen abgerissen hatten, und schleppte ihn davon. Ein Stück weiter entfernt vergrub er ihn am Rand einer Rückegasse, die Forstarbeiter für den Transport von gefällten Baumstämmen quer durch den Wald geschlagen hatten. Fraßvorrat für einen der nächsten Tage. Jetzt war er erst einmal satt, zog sich in seinen Bau zurück und verdaute.

23

Auf der MSP 11 war praktisch kein Verkehr, sodass Kerner seine Maschine ordentlich aufdrehen konnte. Dadurch legte er die rund zwanzig Kilometer zwischen Partenstein und Hofstetten in der Rekordzeit von einer Viertelstunde zurück. Von seinen Ermittlungen kannte er natürlich den genauen Standort von Emolinos Haus. Auch die Umgebung hatte die Sonderkommission *Spessartblues* in allen Einzelheiten auf Karten erfasst, um für eventuelle Einsätze präpariert zu sein. Kerner wusste auch, dass das Haus wegen der Hanglage nur nach vorne in Richtung Maintal über eine Alarmanlage verfügte. Von hinten war das Areal durch wildes Dornengestrüpp und den Hang geschützt.

Kerner versteckte sein Motorrad oberhalb des Grundstücks in einer Fichtengruppe, wo es in der Nacht praktisch unsichtbar war. Den Helm ließ er auf, dann korrigierte er den Sitz seiner Handschuhe. Er näherte sich Emolinos Anwesen über den Hang, was in der Dunkelheit eine halsbrecherische Angelegenheit war. Trotz seiner Handschuhe drangen einige der langen Dornen bis zu seinen Händen durch. Sein Gesicht war durch den Helm und seine Beine durch die widerstandsfähige Militärkleidung geschützt. Bevor er über die mit einbetonierten Glasscherben bewehrte Mauerkrone sprang, verharrte er einige Minuten. Es war damit zu rechnen, dass Emolino Wächter bei sich hatte, die auch auf dem Grundstück patrouillierten. Nachdem er nichts Verdächtiges feststellen konnte, ließ er sich die zwei Meter in die Tiefe auf den Rasen des Grundstücks fallen.

Wegen des Gefälles musste er sich wie ein Fallschirmspringer abrollen, kam aber sofort wieder auf die Füße. Langsam bewegte er sich an der Hausmauer entlang. Kerner rief sich in Erinnerung, dass alle drei Überwachungskameras das vordere, zum Tor weisende Gelände überwachten. Wenn er im Hausschatten blieb, war er im toten Winkel der Objektive.

Kerner war bekannt, dass Emolino tagsüber eine Haushälterin hatte, die im Ort wohnte. Um diese Zeit durfte die Frau vermutlich schon zu Hause sein.

Vorsichtig schob er sich um die Hausecke. Jetzt konnte er die Vorderfront des Hauses einsehen. Der Lichtstrahl mehrerer beleuchteter Fenster fiel auf den Rasen vor dem Haus. Der Eindringling blieb stehen und beobachtete. Wenn sich dort ein Aufpasser befand, würde er sich früher oder später bemerkbar machen.

Kerner ließ erneut geraume Zeit verstreichen, ohne dass sich ein Hinweis auf das Vorhandensein eines Wächters ergab. Länger konnte er nicht warten, die Zeit lief ihm davon. Gerade wollte er seinen Beobachtungsposten aufgeben, als sich die Haustüre öffnete und ein mittelalter, schlanker Mann heraustrat. Anscheinend hatte er einen Bewegungsmelder in Funktion gesetzt, da sich nun mehrere Scheinwerfer einschalteten und den Vorplatz hell ausleuchteten. Der Mann blieb kurz stehen und zündete sich eine Zigarette an.

Nachdem er hastig einige tiefe Züge gemacht hatte, bückte er sich und drückte den nur angerauchten Glimmstängel am Boden aus. Anschließend lief er von Kerner weg am Haus entlang. Kurze Zeit später sah der heimliche Beobachter, wie sich an der Hausfront eine Garagentüre öffnete. Kurz darauf startete ein Motor, und ein schwarzer Mercedes fuhr auf die betonierte Fläche vor dem Hauseingang. Offenbar durfte der Fahrer im Wagen nicht rauchen. Folglich war es nicht sein Auto, sondern vermutlich das von Emolino. Wie Kerner aus den Akten wusste, war der Pate Nichtraucher.

Der Fahrer stoppte den Motor, stieg wieder aus und wartete.

Spannung machte sich bei Kerner breit. So wie es aussah, war der Mann erstaunlicherweise der einzige Leibwächter und zugleich der Fahrer. Der Pate war nicht sonderlich vorsichtig. Wahrscheinlich würde der Mann Emolino jetzt zu Steffis Aufenthaltsort fahren. Die Uhr ging auf Mitternacht, und der Mafioso erwartete Kerners Antwort.

Kerner blieb keine Zeit, um großartige Pläne zu schmieden. Er musste irgendwie improvisieren. Einen Augenblick später kam Emolino aus dem Haus.

»Giovanni, avanti, avanti!«, rief er dem Fahrer zu, der daraufhin zum Wagen eilte und seinem Chef die hintere Türe aufhielt.

Jetzt sah Kerner seine Zeit gekommen. Blitzschnell verließ er seine Warteposition und hastete, dicht an die Hauswand gedrückt, auf das Fahrzeug zu. Im Laufen zog er seinen Revolver. Er setzte auf Überrumpelungstaktik.

»Hände nach vorne ausstrecken, sodass ich sie sehen kann, und keine schnellen Bewegungen!«, schrie Kerner die beiden an, die erschrocken herumfuhren. Die Hand des Fahrers zuckte zur Hüfte.

»Denk nicht mal dran!«, brüllte Kerner. »Los, runter auf den Boden, auf den Bauch! Arme und Beine abspreizen!«

Der Mann warf Emolino einen fragenden Blick zu. Der Alte hatte sich erstaunlich schnell wieder gefasst und nickte ihm zu. Mit glühenden Augen musterte er den Angreifer.

»Treten Sie vom Wagen weg, damit ich Sie sehen kann«, befahl Kerner dem Mafioso, während er sich dem am Boden liegenden Mann von hinten näherte. Dann drückte er ihm ein Knie zwischen die Schulterblätter und hielt ihm seinen Revolver ins Genick. Trotz dieser Aktion ließ er Emolino nicht aus den Augen. Mit einer schnellen Bewegung fand er die Pistole, die der Fahrer im Gürtel trug, riss sie heraus und warf sie ein ganzes Stück weit weg auf den Rasen.

Emolino hielt seine Arme ruhig in Schulterhöhe. Er machte keinen Versuch, irgendetwas zu unternehmen.

Jetzt kam der gefährlichste Moment, denn Kerner musste kurz seinen Revolver zur Seite legen, um den Mann mit Kabelbindern zu fesseln. Während er noch darüber nachdachte, versuchte der am Boden Liegende, sich plötzlich aufzubäumen, um seinen Bezwinger abzuschütteln. Kerners Reaktion kam schnell und instinktiv. Er schlug dem Fahrer den Revolver über den Hinterkopf, sodass der Mann ruckartig zusammenbrach und still liegen blieb. Sofort richtete Kerner die Waffe auf Emolino. Der hatte sich aber nicht gerührt. Jetzt bewegte er die Lippen.

»Du weißt es noch nicht, aber du bist bereits tot«, presste er halblaut hervor.

Kerner kümmerte sich nicht um ihn. Er legte den Revolver griffbereit ins Gras und fesselte den ohnmächtigen Mann an Händen und Füßen. Der blutete aus einer kleinen Platzwunde, die ihn aber nicht umbringen würde. Allerdings musste er einige Tage mit heftigen Kopfschmerzen rechnen.

Sobald Kerner mit dem Fahrer fertig war, trat er zu Emolino. »Los, Hände aufs Autodach!«

Als sich der Alte nicht bewegte, stieß er ihm den Revolver in die Seite. »Los jetzt! Oder wollen Sie auch den Scheitel nachgezogen bekommen?«

»Du bist tot«, flüsterte der Alte mit vor Wut erstickter Stimme und legte seine Hände aufs Autodach.

»Sie wiederholen sich«, gab Kerner zurück, während er den Mann abtastete. Erstaunlicherweise trug Emolino keine Waffe bei sich. Kerner fand allerdings ein Mobiltelefon, das er einsteckte.

»Hände auf den Rücken.« Kerner zog einen weiteren Kabelbinder aus der Beintasche seiner Hose.

Knurrend ergab sich Emolino in sein Schicksal und ließ sich die Hände fesseln.

Kerner setzte ihn auf die Rückbank, dann band er ihm auch die Füße zusammen.

»Du bist …«

»… tot. Ich weiß. Aber bis dahin muss ich noch ein paar Dinge erledigen. Im Übrigen würde ich an Ihrer Stelle jetzt den Mund halten, sonst muss ich ihn zukleben.«

Er ließ die Wagentür offen, damit er Emolino weiterhin im Auge behalten konnte, dann trat er zu dem noch immer besinnungslosen Fahrer, zog die Rolle mit dem Klebeband heraus und klebte ihm den Mund zu. Dabei achtete er darauf, dass der Mann noch genügend Luft bekam. Dann fasste er ihn am Gürtel und zerrte ihn in die Garage. Er setzte ihn in eine Ecke und kontrollierte nochmals seine Fesseln. Alleine konnte er sich bestimmt nicht befreien. Beim Verlassen der Garage zog er das Tor hinter sich herunter, das sich, einmal angestoßen, von allein schloss und verriegelte. Auf dem Weg zum Auto bückte er sich, hob die Pistole des Fahrers auf und schob sie hinter seinen Gürtel.

Kerner warf schnell einen Blick auf seine Armbanduhr. Die Zeit wurde verdammt knapp.

»Was willst du? Wer schickt dich?«, wollte Emolino wissen, während sich Kerner neben ihm auf die Rückbank setzte. Der Alte schien sich jetzt etwas besser im Griff zu haben.

»Sie wollen etwas von mir«, entgegnete Kerner und hob den Helm vom Kopf. Dann zog er die Kopfhaube herunter und drehte sich dem Alten zu. »Und das werden wir jetzt erledigen.«

Dem alten Mafioso hatte es offenbar die Sprache verschlagen. Mit weit aufgerissenen Augen starrte er Kerner an.

»Du verdammtes Schwein!«, geiferte er dann los. »Du elender Mistkerl! Du bist tot, tot, tot!« Speichel stand ihm in den Mundwinkeln.

Kerner zuckte mit den Schultern. »Sie wiederholen sich schon wieder. Vergessen Sie nicht, Sie haben diesen Krieg angefangen. Sie dachten, Sie haben es mit einem verdammten Sesselfurzer zu tun, den Sie fertigmachen können. Doch da haben Sie sich getäuscht. Jetzt haben Sie keinen Killer bei sich, der mit einer Rakete unschuldige Familienväter zu Tode bombt. Sie wollten wissen, wo Ihr Sohn Ricardo abgeblieben ist. Das kann ich verstehen. Aber Sie hätten es dabei belassen sollen, dass diese Angelegenheit eine Sache zwischen uns beiden ist. Steffi ist völlig unschuldig, genauso unschuldig wie diese Polizeibeamten, die nur ihren Job gemacht haben. Sie sind nicht unschuldig, und ich leider auch nicht mehr. Jetzt ist es wirklich eine Sache zwischen uns beiden. Bevor wir Ihren Sohn besuchen, haben Sie noch etwas zu erledigen.«

Kerner holte Emolinos Handy aus der Hosentasche und klappte es auf.

»Ich denke, wir sollten kein Risiko eingehen, das unsere nette Beziehung negativ beeinflussen könnte. Es ist gleich Mitternacht. Sie rufen jetzt Ihre Schergen an und sagen Ihnen, dass Sie die Finger von Steffi lassen sollen, bis Sie wieder von sich hören lassen. Und damit beenden Sie das Gespräch. Keine dummen Bemerkungen. Keine versteckten

Hinweise. Sollten Sie sich nicht daran halten, ergeht es Ihnen wie Ihrem Fahrer.«

»Den Teufel werde ich tun!«, fauchte Emolino. »Die Jungs haben die Anweisung, deinem Flittchen den Goldenen Schuss zu verpassen, wenn die Frist verstrichen ist und wir von dir nichts gehört haben.«

Kerner musste sich mühsam beherrschen, dass er dem Mann nicht mitten ins Gesicht schlug. Nach außen zwang er sich zur Gelassenheit.

»Na, na, na, Seniore Emolino. Wir haben hier doch keine Märchenstunde. Ich glaube Ihnen kein Wort. Sie sind durch und durch schlecht. Niemals würden Sie sich den Genuss entgehen lassen, dabei zu sein, wenn Steffi sterben muss. Sie sind ein widerlicher, perverser Bastard. Ich hoffe, ich habe Sie damit nicht beleidigt. Sie werden jetzt schön das machen, was ich Ihnen gesagt habe, sonst können Sie Ihren Sohn vergessen. Ach, noch etwas. Sprechen sie deutsch. Ein italienisches Wort, und Sie haben Ihre Chance vertan.«

»Nichts werde ich machen, verdammter Hund. Meinen Sohn hast du umgebracht, und ich soll deine kleine Nutte retten? Im Land meiner Väter, in Sizilien, gibt es heute noch die Blutrache. Auge um Auge, Zahn um Zahn.«

Kerner ließ das Mobiltelefon sinken. Lange sah er Emolino an, dann sagte er mit gesenkter Stimme: »Sie denken, Sie haben es mit einem Staatsanwalt zu tun, einem Diener des Rechts, der Ihnen niemals etwas antun würde? Glauben Sie mir, Francesco Edoardo Emolino, diese Schwelle habe ich schon lange überschritten. Wenn Sie nicht machen, was ich Ihnen sage, werde ich mit Ihnen in den Wald gehen. Dort, wo er einsam und still ist, wo uns keine Menschenseele stören wird. Dort werden Sie dann verschiedene Methoden kennenlernen, wie man Menschen zum Reden bringen kann.

Einige sind Ihnen vielleicht vertraut, andere werden Ihnen neu sein. Auf jeden Fall wird es für Sie eine interessante Erfahrung, herauszufinden, wie lange Sie es durchhalten, ehe Sie wie eine Nachtigall singen.«

Er hob das Telefon und hielt es ihm auffordernd hin.

»Wahlwiederholung«, stieß Emolino hervor. Er hielt Kerner seine gefesselten Hände hin, doch der schüttelte nur den Kopf und wählte die letzte angerufene Nummer an. Er wartete bis sich auf der Gegenseite eine Männerstimme meldete, dann sagte er: »Hier ist Kerner. Ich bin mit eurem Paten gerade in interessanten Verhandlungen. Er will euch etwas sagen.«

Er drückte Emolino das Handy ans Ohr.

»Hier ist Don Emolino«, stieß der hervor, »ihr unternehmt nichts, ehe ich euch wieder anrufe.«

Ehe er noch etwas sagen konnte, nahm Kerner das Telefon weg und schaltete es aus.

»So, nun haben wir noch eine kleine Fahrt vor uns.« Er ging nach vorne, setzte sich hinter das Steuer und drehte den Zündschlüssel. Im Vergleich zu seinem Geländewagen schnurrte der Motor des Sechszylinders fast lautlos. Als sich das Fahrzeug der Ausfahrt näherte, öffnete sich das Tor automatisch. Anscheinend war im Fahrweg eine Induktionsschleife verlegt, die es steuerte.

Von Emolino hörte Kerner keinen Ton. Mit einem Blick in den Rückspiegel konnte er sich von der starren, hasserfüllten Miene des Alten überzeugen.

Als Kerner das Tor fast vollständig passiert hatte, musste er abrupt auf die Bremse treten. Im Scheinwerferlicht erkannte er mehrere stärkere Äste, die quer auf der Fahrbahn lagen. Verdammt, was hatte das zu bedeuten? Seine Rechte griff zum Revolver. Ehe er noch irgendwie reagieren konnte, hörte er hinter sich ein lautes, klatschendes Geräusch. Instinktiv warf sich Kerner seitwärts auf den Beifahrersitz, öffnete die Beifahrertüre und schlängelte sich keuchend aus dem Wagen. Im flachen Straßengraben liegend, versuchte er mit vorgehaltener Waffe, die Dunkelheit außerhalb des Scheinwerferlichts zu durchdringen.

Hatte Emolino doch mehr Männer in der Nähe? Kerner verwarf diesen Gedanken aber sofort wieder. Das ergab keinen Sinn, denn die hätten ihn bereits auf dem Grundstück angegriffen und nicht erst beim Wegfahren eine primitive Straßenfalle errichtet.

Nach geraumer Zeit, in der nichts geschah, erhob er sich langsam und näherte sich mit schussbereiter Waffe dem Wagen. Der Anblick, der ihn erwartete, war hässlich. Ein Geschoss hatte die hintere Seitenscheibe des Wagens durchschlagen, in ihr ein kleines, rundes Loch hinterlassen und Emolino von der Seite direkt in den Schädel getroffen. Der Alte war tot. So wie es aussah, steckte das Geschoss noch im Schädel, da Kerner keine Austrittswunde erkennen konnte. Durch die Sicherheitsgurte gehalten, saß Emolino noch immer aufrecht in seinem Sitz.

Kerner versuchte, analytisch zu denken. Es war kein Schuss zu hören gewesen. Folglich hatte der Schütze mit einem Schalldämpfer geschossen. Wahrscheinlich war er auch mit einem Nachtsichtgerät ausgerüstet. Das bedeutete aber auch, dass der Anschlag nicht ihm galt, sondern dass der Killer gezielt auf Emolino geschossen hatte.

Nach einer Weile gab Kerner seine angespannte Haltung auf. In seinem Kopf überschlugen sich die Gedanken. Was sollte er jetzt tun? Ein Anruf bei der Polizei kam aus naheliegenden Gründen nach wie vor nicht in Frage. Kerner zog seine Taschenlampe heraus und leuchtete den Boden neben dem Wagen ab. Der Mercedes hatte offenbar Sicherheitsglas, denn es waren keine Glassplitter zu sehen. Von dem Einschuss im Fenster gingen spinnwebenartig strukturierte Risse aus, mehr nicht. Falls kleine Splitter vorhanden waren, dann lagen sie im Inneren des Wagens.

Kerner fasste einen Entschluss. Er setzte sich wieder hinters Steuer und lenkte das Fahrzeug mit durchdrehenden Reifen rückwärts auf das Grundstück zurück. Da er mit dem Heck noch im Bereich der Sensoren stand, hatte sich das Tor noch nicht geschlossen. Kerner lenkte den Wagen so vor die Garage, dass es aussah, als wäre er startbereit. Den Motor machte er aus. Dann ging er um den Wagen herum und durchtrennte die Kabelbinder Emolinos. Schließlich zog er wieder seine Maske über und eilte zur Garage.

Verdammt, sie war ja verschlossen. Er hastete zum Wagen zurück. Irgendwo musste sich doch eine Fernbedienung befinden. Im Handschuhfach wurde er fündig. Ein kurzer Knopfdruck, und das Tor glitt nach oben.

Kerner atmete auf. Mit gezogener Waffe betrat er die Garage, aber seine Vorsicht war überflüssig. Der Fahrer war noch immer ohnmächtig.

Kerner beugte sich zu ihm herab, riss ihm mit einer schnellen Bewegung das Klebeband vom Mund und gab ihm links und rechts eine Ohrfeige. Dieser Mann war jetzt, nachdem Emolino tot war, die einzige Möglichkeit herauszufinden, wo Steffi gefangen gehalten wurde. Er musste die Prozedur noch einmal wiederholen, ehe der Bursche stöhnend das Bewusstsein wiedererlangte.

Kerner zog sein Messer und legte es neben sich. Er wartete einen Augenblick, bis der Fahrer einigermaßen klar war, dann packte er ihn vorne an der Hemdenbrust.

»Hör gut zu! Dein Boss hat gerade das Zeitliche gesegnet. Als ich ihn etwas unsanft um eine Auskunft gebeten habe, ist er einfach umgekippt. Jetzt bist du dran.«

Der Mann hatte offensichtlich heftige Kopfschmerzen, denn er stöhnte, als Kerner ihn leicht schüttelte.

»Wenn du mir sagst, wo ihr diese Steffi versteckt habt, lass ich dich laufen. Andernfalls ...« Kerner nahm das Messer in die Hand und führte die Klinge dicht vor die Augen des Mannes.

Die Miene des Fahrers bekam einen trotzigen Zug.

»Leck mich!«

»Das ist aber kein sehr erstrebenswertes Angebot«, erwiderte Kerner sarkastisch und klopfte dem Mann mit der flachen Klinge nachdrücklich auf die Stelle, wo ihn der Revolver getroffen hatte.

Er brüllte laut auf.

»Du solltest dir solche Behandlungen ersparen, sonst geht das bisschen Hirn, das dir der Herrgott in seinem Großmut zugedacht hat, auch noch flöten. Also, raus mit der Sprache, sonst muss ich unangenehm werden!« Er setzte die Spitze des Kampfmessers spürbar an die Kehle des Mannes. »Dein Boss kann dir nichts mehr tun, er ist bereits in der Hölle.«

»Ich glaub dir kein Wort«, presste der Mann hervor.

Wortlos erhob sich Kerner und steckte das Messer in die Scheide. Dann fasste er den Fahrer von hinten unter den Armen und zerrte ihn zum Wagen. Neben dem zerschossenen Fenster stellte er ihn aufrecht hin, sodass er die Kopfwunde Emolinos sehen konnte.

»Alles klar?«

Jetzt brach der Mann zusammen. »Du Schwein hast ihn erschossen!«

»Wenn du mir sagst, was ich wissen will, lass ich dich laufen«, erklärte Kerner, ohne näher auf die Anschuldigung einzugehen, »ansonsten …«

»Du bist jetzt schon tot«, flüsterte der Fahrer.

»Das kommt mir irgendwie bekannt vor«, entgegnete Kerner und zog die Pistole des Mannes.

»Ich hoffe, du benutzt eine Patrone, die schnell tötet.« Er hob die Waffe und zielte damit auf seinen Kopf.

Das war zu viel.

»Verdammt, hör auf! Ich werde dir sagen, was ich weiß.« Er taumelte leicht, dann fuhr er fort: »Sie ist in einem Keller in Massenbuch. Der befindet sich unter einer Feldscheune ein Stück außerhalb. Dort stehen alte Maschinen herum.«

»Genauer!«

»Durch den Ort durch, an der Kirche vorbei, dann nach dem Ortsschild ungefähr dreihundert Meter in Richtung Halsbach. An der Straße steht ein großer Birnbaum. Da geht der Weg ab, circa 200 Meter.«

Kerner ließ die Waffe sinken.

»Warum nicht gleich so? Ich hoffe, du sagst die Wahrheit. Falls nicht …« Er warf einen bezeichneten Blick auf Emolino. Mit einer schnellen Bewegung schlug er zu und schickte den Fahrer mit seiner eigenen Waffe erneut ins Land der Träume.

Dann ließ er ihn neben der offenen Fahrertüre zu Boden gleiten und durchtrennte auch seine Fesseln. Nach kurzem Zögern nahm er die Pistole des Fahrers und legte sie neben seine rechte Hand.

Kerner betrachtete die Szene kritisch. Ihm war klar, dass das Szenario, das er aufgebaut hatte, einer gründlichen Spurenuntersuchung nicht standhalten würde. Aber auf den ersten Blick schien es so, als wäre Emolino auf seinem eigenen Grund und Boden von einem Unbekannten durch die Seitenscheibe erschossen worden. Dann war der Fahrer ausgestiegen, um seinem Boss beizustehen, war aber niedergeschlagen worden. Kerner war ziemlich sicher, dass der Fahrer gegenüber der Polizei schweigen würde. Er überzeugte sich noch einmal davon, keine Spuren hinterlassen zu haben. Die Kabelbinder steckte er wieder ein. Da er Handschuhe trug, dürfte es von ihm auch keine Fingerabdrücke geben. Kerner nahm den Sturzhelm vom Hintersitz und verließ das Grundstück auf dem gleichen mühsamen Weg, auf dem er es betreten hatte.

Das Motorrad stand noch immer an derselben Stelle. Kerner war von den sich überstürzenden Ereignissen der Nacht sehr aufgewühlt. Während er aufsaß, grübelte er. Wer konnte Emolino getötet haben? Was bedeutete das für ihn und seine entführte Freundin? Zum Glück hatte er Emolino noch vor seinem Tod gezwungen, seinen Leuten zu befehlen, zunächst nichts gegen Steffi zu unternehmen. Sie würden sich wohl erst einmal daran halten. Jetzt musste er zusehen, dass er in der gewonnenen Zeit Steffi ausfindig machen und befreien konnte. Emolinos Mobiltelefon trug er immer noch bei sich. Das würde ihm vielleicht helfen.

Er startete das Motorrad und machte sich auf den Weg nach Massenbuch.

24

Trospanini, der den merkwürdigen Anruf von Emolino entgegengenommen hatte, stand im Keller und betrachtete die bildhübsche Frau, die auf der Matratze lag und im Heroinrausch irgendwelche sinnlosen Worte murmelte. Was sollte das Telefonat bedeuten? Emolinos Handlungen waren zurzeit so widersprüchlich, dass man den sonst kühl kalkulierenden und planenden Boss einer Mafiafamilie nicht wiedererkannte. Der Tod seines Sohnes hatte ihn offenbar total aus der Bahn geworfen.

Michele, einer der Männer, die Steffi entführt hatten, sah ihn fragend an.

»Was sollen wir jetzt machen? Der Schuss hält noch ein paar Stunden, weil sie das Zeug nicht gewöhnt ist. Reicht es nicht, wenn Matteo sie bewacht?« Matteo war der Mann, der der Gefangenen die Spritze gesetzt hatte. Er war gerade draußen, um sich zu erleichtern.

Der Consigliere überlegte einen Augenblick, dann erklärte er: »Einer bleibt hier bei ihr. Der andere setzt sich raus in den Wagen und bewacht das Gelände. Ich werde zu Don Emolino fahren und herausfinden, was seinen Gesinnungswandel ausgelöst hat. Wir sollten uns nicht länger als nötig mit der Frau belasten.«

Michele nickte. »Falls wir sie ... beseitigen sollen« – er machte eine bezeichnende Bewegung in Richtung Bett – »rufen Sie an. Das ist schnell erledigt.«

Trospanini hob den Zeigefinger. »Ihr macht nichts ohne Anweisung! Ist das klar?«

»Klar«, gab Michele zurück und hob beschwichtigend die Hände.

Trospanini verließ den Keller. Er befand sich unter einer Feldscheune, die schon seit längerer Zeit als Abstellplatz für aus dem Verkehr gezogene landwirtschaftliche Maschinen diente. Dabei begegnete er Matteo. Der Geländewagen der beiden Männer stand verdeckt hinter der Feldscheune. Er gab auch ihm Anweisungen, dann ging er zu seinem Auto.

Um auf die Landstraße zu kommen, musste Trospanini zunächst hinunter nach Kleinwernfeld. Die Straße war schmal und hatte ein ordentliches Gefälle. Deshalb fuhr er langsam.

Auf halber Strecke kam ihm ein einzelner Scheinwerfer entgegen, der sich schnell näherte. Offenbar ein Motorrad. Der Fahrer hatte es sehr eilig. Aufgrund der Blendwirkung des Scheinwerfers konnte der Consigliere Fahrer und Maschine nur als vorbeihuschende Schemen erkennen.

Kerner passierte einen entgegenkommenden Wagen. Im Vorüberfahren warf er einen Blick auf das Kennzeichen. Aufgrund seiner Ermittlungstätigkeit waren ihm einige Kfz-Kennzeichen der Emolinofamilie bekannt. Plötzlich bremste er abrupt ab und stellte sich schlitternd quer zur Fahrbahn. Er war sich absolut sicher, gerade den Wagen des Consigliere passiert zu haben. Was, wenn der Typ Steffi im Auto hatte? Er hoffte nicht. Emolinos Befehl war klar gewesen, er würde von seinen Leuten nicht leichtfertig ignoriert werden.

Kerner musste aufpassen, sich nicht zu verzetteln. Zunächst wollte er seinem ursprünglichen Plan folgen und nach der Feldscheune suchen. Er gab Gas und fuhr weiter.

Die Ortschaft Massenbuch war nicht sonderlich groß. Ein sauberes Dorf, das man in kürzester Zeit mit einem

Motorrad durchquert hatte. Die Feldscheune sollte außerhalb liegen. Selbst auf die Gefahr hin, dass das laute Knattern seines Motors die Anwohner aus dem Schlaf schreckte, fuhr er flott über die Hauptstraße, an der Kirche vorbei, bis er das Ortsausgangsschild sah. Der Birnbaum stand tatsächlich an der angegebenen Stelle. Er parkte das Motorrad am Baum und versuchte, sich trotz der Dunkelheit zu orientieren. Dann marschierte er los. Es handelte sich um einen ausgefahrenen Feldweg, der von einer dichten Grasnarbe bedeckt war. Da er keine Lampe anmachen konnte, zählte er seine Schritte, um ungefähr die beschriebene Entfernung einhalten zu können. Alle seine Sinne waren aufs höchste angespannt. Er wollte in keine Falle tappen.

Als er gut die Hälfte der Strecke zurückgelegt hatte, kam der Mond hinter den Wolken hervor. Er war zwar nur noch eine schmale Sichel, brachte aber so viel Licht, dass Kerner den Weg vor sich einigermaßen erkennen konnte. Wenn er sich bückte und von unten gegen den Himmel blickte, konnte er den Schatten eines wuchtigen Gebäudes erkennen: die Feldscheune. Sicher gab es eine Wache. Kerner beschloss, die Scheune einmal zu umrunden, um Gewissheit zu bekommen.

Es dauerte fast eine Viertelstunde, ehe er den entgegengesetzten Teil der Scheune erreicht hatte. Immer wieder blieb er stehen und lauschte. Plötzlich zuckte er zusammen. Vielleicht vierzig Meter vor sich sah er einen rötlichen Punkt aufglühen.

Kerner verzog verächtlich das Gesicht. Es gehörte zu den militärischen Binsenweisheiten, auf Nachtwache die Zigarettenglut mit der hohlen Hand abzudecken. Der Mann da vorne war sicher kein Soldat gewesen.

Kerner duckte sich und schlich vorsichtig näher. Dabei

achtete er sorgfältig darauf, mit den Schuhen kein Geräusch zu machen. Der Typ stand neben einem großen Wagen, der seiner groben Form nach ein Geländefahrzeug sein konnte.

Kerner hatte keine Zeit, lange herumzufackeln, und zog seine Waffe. Der Mann musste schnell ausgeschaltet werden, damit er keinen Warnruf ausstoßen konnte. Aus demselben Grund durfte Kerner nicht schießen. Der Wächter räusperte sich vernehmlich. Kerner war nur noch wenige Schritte hinter ihm. Irgendein Gefühl schien den Mann plötzlich zu warnen, und er drehte sich um. Aber es war schon zu spät. Auch er bekam den Revolver zu spüren und sackte schlagartig zusammen.

Kerner verstaute seine Waffe, zog schnell Kabelbinder heraus und fesselte den Mann. Ein Klebeband über dem Mund brachte ihn zum Schweigen. Er zog den Gefangenen ein Stück zur Seite und versteckte ihn hinter einem abgestellten Pflug, dann ließ er seine Taschenlampe kurz aufblitzen, um sich zu orientieren.

Am Rande der betonierten Abstellfläche der Feldscheune war eine Art Raum zu erkennen, in den eine Türe hineinführte. Das war vermutlich der Eingang zum Keller.

Jetzt musste er äußerst vorsichtig sein. Dort unten war Steffi gefangen, und es bestand die Gefahr, dass man sie als Druckmittel gegen ihn verwendete, wenn er da so einfach hineinspazierte. Kurz entschlossen holte er den betäubten Wächter und schleppte ihn zur Tür. Dort legte er ihn ab. Langsam betätigte er die Klinke. Sie ging lautlos. Er wunderte sich, dass nicht abgeschlossen war. Anscheinend fühlten sich die Verbrecher sicher.

Kerner zog vorsichtig die Türe auf. Er konnte eine ziemlich steile Treppe erkennen, die in die Tiefe führte. Von unten drang ein diffuser Lichtschein herauf.

Ihm blieb keine andere Wahl, als sich den betäubten Mann über die linke Schulter zu wuchten. Mit der Rechten zog er seine Waffe und stieg langsam und fast lautlos die Treppe hinunter. Der Ohnmächtige hatte ein ziemliches Gewicht. Kerner begann trotz der Kühle zu schwitzen.

Wenig später konnte er fast den ganzen Kellerraum einsehen. Mit einem Blick erfasste er die Situation. Ein Mann in der Nähe von Steffis Bett, der ihm den Rücken zugedreht hatte, wandte sich überrascht um. Seine Schrecksekunde dauerte allerdings nichts lange. Er warf sich auf dem Absatz herum und riss eine Pistole aus dem Schulterholster. Gleichzeitig bewegte er sich auf Steffi zu.

Kerner reagierte blitzschnell. Er warf den Betäubten von der Schulter, riss mit beiden Händen den Revolver in die Höhe, ging leicht in die Hocke und feuerte zweimal schnell hintereinander. Die beiden Hohlspitzgeschosse trafen die Körpermitte. Der Mann kam nicht mehr zum Schuss. Er wurde von der Wucht der Projektile hart nach hinten gerissen und landete auf dem Boden.

»Waffe weg!«, brüllte Kerner ihn an und kam näher. Der Entführer stieß einen tierischen Schrei aus und richtete die Pistole unter Aufbietung aller Energie in Richtung Bett.

Aus einer Entfernung von knapp drei Metern feuerte Kerner auf die Schulter. Das Geschoss zertrümmerte das Schultergelenk. Die bewaffnete Hand sackte willenlos zu Boden. Die Pistole entglitt seinen Fingern.

Kerner machte zwei schnelle Schritte und kickte die Pistole zur Seite. Mit vorgehaltener Waffe trat er näher. Doch er sah sofort, dass von diesem Burschen nichts mehr zu befürchten war. Die beiden ersten Schüsse hatten den oberen Bauchraum getroffen und zeigten jetzt ihre volle Wirkung. Wenn er das richtig einschätzte, war nicht mehr viel zu machen. Trotzdem nahm er Emolinos Handy und rief die Notrufzentrale an. Er beschrieb genau, wo der Keller zu finden war, dann legte er ohne nähere Angaben zu seiner Person auf.

Schnell trat er an das Bett zu Steffi, die mit verdrehten Augen vor sich hin lallte. Er sah das Spritzbesteck auf dem Stuhl. Wahrscheinlich hatte der verdammte Kerl ihr gerade erst einen weiteren Schuss gesetzt. Kerner wollte keine Zeit verlieren, deshalb zerschoss er mit den beiden letzten Patronen, die er noch in der Waffe hatte, die Ketten der Handschellen. Ohne Zögern trat er zu dem Mann, den er oben niedergeschlagen hatte, und durchsuchte seine Taschen. Einen Augenblick später hielt er den Autoschlüssel des Geländewagens in der Hand. Mit Schwung warf er sich seine Freundin über die Schulter und hastete die Kellertreppe hinauf. Eilig trug er sie zum Geländewagen.

Kerner öffnete die Tür und legte Steffi vorsichtig auf den Rücksitz, dann schwang er sich hinters Steuer. Sein Motorrad konnte er später holen. Der Motor des Fahrzeugs sprang sofort an, und Kerner gab Gas. Ohne Mühe überwand er den Feldweg und bog in Richtung Dorf ab.

Mit überhöhter Geschwindigkeit durchquerte er erneut Massenbuch und fuhr so schnell es ging ins Maintal hinunter. Kurz vor Kleinwernfeld kamen ihm mit heulenden Sirenen und blinkenden Blaulichtern ein Notarztwagen und ein Rettungsfahrzeug entgegengerast. Dem angeschossenen Verbrecher werden sie wohl kaum noch helfen können, dachte er, konzentrierte sich dann aber auf die Straße.

Bei Gemünden überquerte Kerner den Main und steuerte in Richtung Lohr. Sein Ziel war das dortige Bezirkskrankenhaus, das auf Drogenfälle spezialisiert war. Hoffentlich war Steffi noch zu retten!

Fast ungebremst preschte er bis zum Eingang der Notfallambulanz durch. Mit quietschenden Reifen kam er schleudernd zum Stillstand. Dabei drückte er nachdrücklich die Hupe. Das laute Signalhorn alarmierte einen Krankenpfleger, der herausgesprungen kam.

Kerner stieg aus und erklärte ihm kurz, dass die Frau auf seinem Rücksitz vermutlich eine überhöhte Dosis Heroin gespritzt bekommen hatte.

Der Mann zögerte nicht lange. Er rannte durch den Eingang und kam wenige Augenblicke später mit einer fahrbaren Trage und einem Arzt heraus. Während sie Steffi im Eiltempo ins Krankenhaus hineinrollten, teilte Kerner dem Arzt noch einmal seine Vermutung mit und erklärte, dass er der Lebensgefährte der Frau sei.

Der Arzt fackelte nicht lange. »In den Schockraum!«, befahl er dem Pfleger und zu Kerner gewandt: »Sie warten hier!«

Die Türe des Behandlungsraums schloss sich, und Kerner war allein.

Langsam beruhigte sich sein Puls etwas. Jetzt konnte er für Steffi nichts mehr tun. Er ging hinaus und parkte den Wagen auf einen Abstellplatz um, dann setzte er sich in den Wartebereich der Notaufnahme.

Vermutlich würde das Krankenhaus nicht die Polizei verständigen, da es ja keinen Anhaltspunkt für eine Straftat durch Dritte gab. Drogenkonsum, auch im Übermaß, gehörte zur täglichen Routine des Bezirkskrankenhauses und löste nicht zwingend die Einschaltung der Polizei aus. Kerner stand auf und trat vor einen Kaffeeautomaten, der hier im Flur stand. Seine Nerven waren total überreizt und jetzt, nachdem er etwas zur Ruhe gekommen war, spürte er Erschöpfung und Müdigkeit. Er warf eine Münze in den Automaten und wartete, bis der Becher gefüllt war. Dabei spiegelte sich sein Bild in der Vorderfront des Automaten. Kerner erschrak, denn er sah wirklich verboten aus. Aber auch das schien das Krankenhauspersonal gewöhnt zu sein.

Es dauerte fast eine dreiviertel Stunde, ehe der Arzt wieder herauskam und auf Kerner zutrat.

»Sie hat noch einmal Glück gehabt. Die junge Frau ist kräftig und hat eine gute Konstitution. Viel hat zum Goldenen Schuss aber nicht mehr gefehlt. Wir verlegen sie jetzt auf die Beobachtungsstation. Morgen früh können Sie sie wieder besuchen. Geben Sie dem Pfleger noch kurz ihre Personalien. Und bringen Sie bitte ihre Krankenkassenkarte mit.«

Kerner nickte und gab dem Pfleger Steffis Daten. Dann bedankte er sich und verließ erleichtert das Krankenhaus. Er würde jetzt den Geländewagen wieder nach Massenbuch bringen und dann mit seinem Motorrad nach Hause fahren.

25

Trospanini näherte sich dem Haus Emolinos und konnte zunächst nichts Auffälliges feststellen. Die Äste, die zuvor Kerner gestoppt hatten, waren verschwunden.

Der Consigliere hatte natürlich eine Fernbedienung im Wagen und öffnete das Tor. Emolinos Limousine stand vor der Garage. Neben dem Wagen lag ein Mann auf dem Boden. Es schien ihm nicht gut zu gehen, denn er versuchte gerade sich aufzurichten, kippte aber immer wieder um.

Erschrocken sprang Trospanini aus seinem Auto und eilte zu dem anderen Fahrzeug. Als er sich zu dem Verletzten hinunterbeugte, entdeckte er den Einschuss in der hinteren Seitenscheibe. Langsam richtete er sich wieder auf, dann sah er das Unfassbare.

»Porca miseria!«, kam es erschüttert über seine Lippen.

In dem Moment gab der Mann unten auf dem Boden wieder ein lautes Stöhnen von sich. Trospanini beugte sich erneut zu ihm hinunter. Jetzt stand er jedoch emotional völlig unter Strom.

»Giovanni, was ist hier passiert?« Er fasste ihn an der Schulter und schüttelte ihn, worauf der Mann einen heftigen Schmerzensschrei ausstieß.

»Reiß dich zusammen! Was ist geschehen? Sprich endlich!«

Trospanini, der sonst die Beherrschung in Person war, ballte eine Faust und drohte ihm.

»Nein, nicht, bitte nicht schlagen! Ich sollte Don Emolino nach Massenbuch fahren. Da war plötzlich so ein bewaffneter Kerl. Er hat mich niedergeschlagen, und ich war weggetreten. Irgendwann hat er mich dann wieder wachgerüttelt. Ich lag gefesselt in der Garage. Dann hat er mich zum Wagen geschleppt. Da saß Don Emolino bereits auf dem Rücksitz und war tot. Er muss ihn erschossen haben, als ich ohnmächtig war.«

»Hat er was gesagt?«

»Er wollte von mir wissen, wo wir diese Steffi hingebracht haben.«

»Und, hast du es ihm gesagt?«

»Er hatte ein Messer und er hatte doch Don Emolino erschossen. Ich wollte nicht sterben. Da habe ich ihm gesagt, wo sie ist. Er hätte mich umgebracht.« Seine Stimme versank in einem weinerlichen Wimmern.

»Kam er dir bekannt vor?«

»Ich konnte sein Gesicht nicht sehen. Er war maskiert.«

»Los, steh auf!«, kommandierte Trospanini und ließ von Giovanni ab. »Geh ins Haus und verarzte dich.«

Der Fahrer erhob sich mühsam und taumelte mit einem betroffenen Seitenblick auf die Leiche Emolinos ins Haus.

Trospanini blieb neben dem Auto stehen und musterte seinen toten Chef. Die Züge des Alten wirkten im Angesicht des Todes erstaunlich friedlich. Der Consigliere war sich ziemlich sicher, dass der unbekannte Eindringling ein von Kerner geschickter Profi war. Er wunderte sich jedoch über den Schuss durch das Autofenster. Der Killer hätte das doch direkt aus nächster Nähe erledigen können. Trospanini seufzte. Auf diese Frage würde er wohl keine Antwort bekommen.

Trospanini war von vornherein gegen die Entführung der jungen Frau gewesen. Emolino hätte Kerner einfach erledigen und sang- und klanglos verschwinden lassen sollen, dann wäre die Sache längst aus der Welt gewesen. Allerdings hätte der Alte dann wohl nie erfahren, wo die Leiche seines Sohnes abgeblieben ist.

Trospanini zog sein Handy heraus und rief Michele an. Er musste die beiden Männer warnen. Wahrscheinlich war der Killer Kerners bereits zu ihnen unterwegs. Sie sollten die Frau an einer Stelle freilassen, wo sie gefunden wurde. Die Entführung machte ja jetzt keinen Sinn mehr.

Nach mehrfachem Läuten ging die Mailbox dran. Trospanini versuchte es ein zweites Mal. Da meldete sich eine weibliche Stimme: »Hier Rettungsassistentin Yüksel. Wer ist da bitte?«

Trospanini überwand seine Überraschung und entgegnete: »Ich bin der Arbeitgeber von Michele Riccardino. Was ist passiert?«

»Der Besitzer dieses Handys, wie Sie sagen, Michele Riccardino, wird von uns gerade ins Kreiskrankenhaus nach Karlstadt gebracht. Er ist schwer verletzt, schwebt in Lebensgefahr und ist nicht ansprechbar. Da war noch ein zweiter Mann, den wir ebenfalls abholen ließen. Wenn Sie nähere Einzelheiten wissen wollen, wenden Sie sich doch bitte an das Krankenhaus oder noch besser an die Polizei.«

Trospanini überlegte einen Augenblick, dann fragte er weiter: »Und wie geht es der Frau?«

Zunächst blieb die Leitung stumm, dann entgegnete die Rettungsassistentin: »Welcher Frau? Da war keine Frau, nur die beiden Männer.«

Trospanini bedankte sich knapp und unterbrach das Gespräch. Wieder stieß er einen Fluch aus. Matteo hatte es also ebenfalls erwischt. Die Geisel war verschwunden, befreit von Kerners Killer. Der Bursche war verdammt gut, sonst hätte er niemals zwei seiner besten Männer ausschalten können.

Verdammter Mist! Die beiden waren jetzt ein Problem. Er musste dafür sorgen, dass sie bei der Polizei die Klappe hielten.

Aber da gab es eine noch viel größere Schwierigkeit: Was sollte er jetzt mit Emolinos Leiche machen? Polizei kam nicht in Frage. Die würde die Lage mit Begeisterung ausnutzen und die ganze Organisation Emolinos auf den Kopf stellen. Das durfte nicht geschehen!

Unter Druck lief Trospanini zur Hochform auf. Sein analytischer Verstand entwarf in dieser Phase höchster Anspannung einen wagemutigen Plan, der, wenn er gelang, vor allem ihm eine großartige Zukunft versprach.

Er wählte eine Nummer und gab einige knappe Anweisungen. Trospanini hatte für solche oder ähnliche Fälle ein paar Männer an der Hand, die ihm absolut treu ergeben waren. Sie waren Spezialisten, Cleaner, Experten für das spurlose Verschwindenlassen von Leichen. Die beiden Männer würden in einer knappen Stunde da sein und den Tatort gründlich aufräumen.

Die Organisation des Emolino-Klans sah es sowieso vor, dass er als Consigliere während einer Abwesenheit des Paten die Geschäfte führte. Nachdem Ricardo und Mallepieri nicht mehr da waren, war der Consigliere dazu berufen, zunächst die Führung der Organisation zu übernehmen. Später, wenn sich alles beruhigt hatte, konnte er dann Don Emolino beerben. Dieser Übergang musste allerdings mit großer Vorsicht, gewissermaßen schleichend erfolgen. Rings herum lauerten andere Paten nur darauf, dass Emolino schwächelte, um sein Gebiet zu übernehmen. Trospanini dachte dabei besonders an Don Pietro aus Würzburg. Erst einmal musste er hier die Zügel fest in den Händen halten, dann konnte man das bedauerliche Ableben von Don Emolino bekannt geben.

Nach Trospaninis Vorstellung würde man ab morgen folgende Nachricht streuen: Don Emolino hat überraschend eine Auslandsreise in die USA unternommen und ihm derweil die Geschäfte übertragen. Das war durchaus glaubwürdig. So konnte sich Don Emolino für einige Zeit den Ermittlungen der Polizei entziehen. Die Ermittler würden zwar Gift und Galle spucken, weil sie trotz der Überwachung die Abreise nicht bemerkten, aber das war nicht Trospaninis Problem.

Bis jetzt wussten nur Giovanni, er und der unbekannte Killer von Emolinos Tod. Die beiden Cleaner würden schweigen, da hegte er keinen Zweifel. Verschwiegenheit war ihre Geschäftsgrundlage. Wenn sie dann an die Arbeit gingen, sollten sie Giovanni gleich mit entsorgen. Das war leider nicht zu umgehen. Sollte jemand nachfragen, hatte er Emolino ins Ausland begleitet.

Trospanini sah auf die Armbanduhr. Es war zwei Uhr morgens. In drei Stunden würde es hell werden, dann musste hier alles beseitigt sein. Um sieben Uhr kam die Haushälterin. Sie würde sich sicher etwas wundern, dass sich Don Emolino vor seiner Abreise nicht von ihr verabschiedet hatte, aber sie war von ihm einiges gewöhnt und würde sich in die Situation finden.

Trospanini ging ins Haus. Er musste herausfinden, wer der Unbekannte war, der Emolino erschossen hatte. Vermutlich steckte Kerner dahinter, aber das war nicht sicher. Wenn nicht der Oberstaatsanwalt, wer dann?

Die beiden Cleaner kamen mit einem unauffälligen Kastenwagen französischer Bauart. Sie benutzten für ihre Jobs immer gestohlene Fahrzeuge, die sie nach getaner Arbeit irgendwo spurlos verschwinden ließen.

Trospanini erklärte ihnen den Auftrag, und sie vereinbarten ein angemessenes Honorar. Es fiel diesmal deutlich höher aus, weil sie Giovanni, der ja noch lebte, erst zum Abtransport »vorbereiten« mussten. Dann zog sich der Consigliere ins Haus zurück und überließ ihnen das Feld. Er betrat Don Emolinos Arbeitszimmer und ließ sich in seinen Sessel fallen. Trospanini neigte nicht zu großen Emotionen, aber jetzt überkam ihn doch eine Art Hochgefühl. Wenn er es geschickt anstellte, konnte er bald über ein großes Vermögen und über viel Macht verfügen.

Nach einer erstaunlich kurzen Zeit klopfte es an die Türe des Arbeitszimmers. Einer der Cleaner trat ein.

»Wir sind fertig«, erklärte er knapp.

Trospanini fuhr ein leichter Schauer über den Rücken. Er hatte von ihrer Tätigkeit nichts mitbekommen.

»Giovanni ...«, fragte er.

»Wir sind fertig«, wiederholte der Mann, dann nickte er und schloss die Türe.

Eine Stunde später verließ auch Trospanini das Haus. Von Giovanni hatte er nichts mehr gesehen oder gehört. Das Zimmer des Fahrers war ordentlich aufgeräumt. Ein Teil der Kleider im Schrank war verschwunden. Eine Reise war damit plausibel, dessen hatte er sich vergewissert. Die Limousine Emolinos war ebenfalls weg. Die Männer würden sie, gereinigt, auf einem Dauerparkplatz der Tiefgarage des Frankfurter Flughafens abstellen. Bei eventuellen Nachforschungen ein weiteres Indiz für Emolinos Abreise. Auch sonst gab es auf dem Grundstück keinerlei Hinweise mehr auf die Ereignisse der Nacht.

Trospanini setzte sich in sein Fahrzeug und fuhr nach Hause. Morgen früh würde er die Haushälterin Emolinos verständigen und Michele und Matteo im Krankenhaus besuchen. Er musste sich von ihrem Zustand ein Bild machen. Womöglich musste man auch sie zum Schweigen bringen.

26

Kerner hatte in dieser Nacht kaum Schlaf gefunden. Die Sorge um Steffi hielt ihn wach. Allerdings wusste er sie in Lohr in guten Händen.

Am Morgen informierte er Steffis Vater telefonisch darüber, dass Steffi beim Joggen in der großen Hitze wegen eines Kreislaufversagens kurzfristig ins Krankenhaus musste. Er beruhigte ihn, dass es keine bedenkliche Sache sei und sie bald wieder entlassen werden könne. Diese Notlüge war notwendig, damit der Mann keine Nachforschungen betrieb.

Danach verständigte Kerner Steffis Arbeitgeber und machte die gleichen Angaben. Eine ärztliche Krankschreibung würde folgen.

Nach diesen Erledigungen begab er sich zu Steffis Wohnung und suchte die Krankenversicherungskarte und ein paar notwendige Utensilien zusammen. Gleich im Anschluss fuhr er nach Lohr ins Krankenhaus und erledigte die Formalitäten. Nach einem kurzen Gespräch mit dem Arzt gestattete ihm dieser, Steffi zu besuchen. Man hatte sie am frühen Morgen auf die Normalstation in ein Einzelzimmer verlegt.

Als Kerner durch die Türe trat, lächelte Steffi ihm schwach zu. Sie hing an einem Tropf, der ihr ein Medikament zuführte.

»Hallo, Schatz«, sagte Kerner leise und zog sich einen Stuhl ans Bett. »Wie geht es dir?«

»Simon, schön, dass du mich besuchst. Eigentlich geht es mir nicht schlecht. Ich bin nur etwas unruhig und schwach.

Der Arzt hat mir gesagt, dass ich eine starke Dosis Heroin konsumiert hätte. Ich kann mich aber an nichts erinnern.«

»Du weißt aber, was vorgefallen ist?«

»Dass man mich entführt und in diesen Keller verschleppt hat, ist mir voll bewusst, aber dann reißt die Erinnerung ab. Ich hatte ganz merkwürdige Träume. Ehrlich gesagt, es waren schöne Träume. Ich weiß auch nicht, wie ich hierhergekommen bin.«

»Was hast du dem Arzt erzählt?«

Steffi schüttelte schwach den Kopf. »Bis jetzt noch nicht viel. Ich schlafe immer wieder ein.«

Kerner beugte sich vor und ergriff ihre Hand. »Steffi, du darfst den Ärzten nichts von deiner Entführung erzählen. Wenn sie dich fragen, dann weißt du nicht, wie das mit dem Heroin passiert ist. Sie werden dir das zwar nicht glauben, aber das ist egal.«

Steffi sah ihn erstaunt an. »Warum soll ich nichts sagen? Das muss man doch der Polizei melden.«

Kerner schüttelte nachdrücklich den Kopf. »Bitte nicht. Die Kerle haben dich entführt, um mich im Ermittlungsfall Emolino zu erpressen. Ich konnte dich Gott sei Dank befreien. Dabei habe ich einen der Entführer schwer verletzt. Im Fall Emolino hat sich zwischenzeitlich eine bedeutende Änderung ergeben, die alles auf den Kopf stellt. Also bitte, sag zu niemanden etwas. Wenn du näher gefragt wirst, sag einfach, dass du auf einer Party warst und ziemlich viel getrunken hast. Dort habe ich dich dann gefunden. Irgendjemand muss dir dort Heroin gespritzt haben. Wenn du wieder gesund bist, werde ich dir das alles in Ruhe erklären.«

Steffi war ziemlich verwirrt. »Ich verstehe im Augenblick gar nichts. Aber wenn du das sagst, dann werde ich das tun.

Bist du auch in Gefahr?«

Kerner winkte ab. »Nicht mehr als vorher. Mach dir da mal keine Gedanken.« Er sah auf seine Armbanduhr. »Ich muss jetzt ins Büro. Deinem Vater und deinem Arbeitgeber habe ich gesagt, dass du einen Kreislaufkollaps hattest.«

Er gab Steffi einen Kuss, dann erhob er sich wieder und verließ das Krankenhaus. Die junge Frau wusste nicht mehr, was sie denken sollte. Simon war völlig verändert.

Kerner betrat sein Dienstzimmer im Strafjustizzentrum am frühen Nachmittag.

Sein Schreibtisch in der Behörde war wie immer mit Akten überfüllt. Auf seinem Anrufbeantworter war eine Meldung von Brunner, der um einen dringenden Rückruf bat. Kerner wählte seine Nummer.

»Grüß dich, Eberhard, du wolltest mich sprechen?«

»Mann, wo warst du denn heute Vormittag? Es gibt Neuigkeiten.«

»Ich musste Steffi ins Krankenhaus bringen, sie hatte einen Kreislaufkollaps«, erklärte Kerner. »Ist nicht schlimm, aber das hatte natürlich mal Vorrang.«

»Tut mir leid«, gab Brunner zurück. »Aber jetzt hör mal zu. Heute Nacht sind im Kreiskrankenhaus Karlstadt zwei Männer eingeliefert worden. Der eine mit Namen Michele Riccardino hatte drei Schusswunden, zwei davon lebensgefährlich. Sie haben ihn notoperiert, jetzt liegt er im Koma. Der andere hat wohl einen heftigen Schlag auf den Kopf bekommen.

Heute Früh hat sich dann jemand nach den beiden erkundigt, auf den die Beschreibung von Michelangelo Trospanini passt. Kurz nachdem der Typ im Krankenhaus war, ist der Kerl mit der Kopfverletzung, ein gewisser Matteo Valentino, sang- und klanglos aus dem Krankenhaus verschwunden. Er hat sich offenbar selbst entlassen. Keiner weiß, wo er sich aufhält. Nun höre und staune. Trospanini hat bei der Krankenhausverwaltung angegeben, dass er für die Kosten der Behandlung der beiden aufkommen wird. Das macht der Typ doch nicht aus Nächstenliebe! Ich habe dann mal nachgeforscht. Die beiden Kerle stehen auf der Gehaltsliste von Emolino.«

»Aha«, gab Kerner zurück. »Das ist ja wirklich interessant.«

»Und ob! Der Hammer kommt aber noch. Nachdem ich das herausgefunden hatte, habe ich meine Kontakte abgefragt. Es sieht so aus, als hätte Emolino bei Nacht und Nebel eine Auslandsreise angetreten. Wahrscheinlich will er sich hier aus dem Schussfeld bringen. Das Ärgerliche ist, dass wir im Augenblick gar nichts dagegen unternehmen können. Der Haftbefehl gegen ihn ist ja aufgehoben worden.«

»Ja, Wahnsinn!« Kerner war jetzt wirklich betroffen und musste sich zusammenreißen, dass man ihm seine anderweitigen Kenntnisse nicht anmerkte. Irgendjemand in der Familie wollte offenbar den Tod des Paten verheimlichen. Wahrscheinlich, um sich selbst auf den Thron zu heben. Laut sagte er: »Das ist doch ein guter Zeitpunkt, um den Undercovermann einzuschleusen. Wer hat denn jetzt das Regiment übernommen?«

»Trospanini, ohne Frage. Ricardo ist offensichtlich auch untergetaucht. Jedenfalls wurde er von den Observationsteams schon längere Zeit nicht mehr gesehen. So etwa ab dem Zeitpunkt des Unfalls.«

Kerner schwieg.

»Simon, willst du dir das mit Gemünden nicht noch einmal überlegen? Jetzt ist die Bande ziemlich aufgescheucht. Es könnte interne Machtkämpfe geben. Außerdem sieht es so aus, als gäbe es auch mit den anderen Mafia-Familien Stress. Der Emolino-Klan ist massiv geschwächt. Das sollten wir nutzen.«

»Eberhard, lass es gut sein. Ich freue mich, dass ihr jetzt bessere Ermittlungsmöglichkeiten habt. Ich für meinen Teil habe meine Entscheidung getroffen. Gerade jetzt, wo etwas Luft in den Ermittlungen ist, kann mein Nachfolger leichter installiert werden. Heute in sieben Tagen trete ich in Gemünden den Dienst an. Finde dich bitte damit ab.«

Brunner gab ein unwilliges Brummen von sich, dann beendete er das Gespräch. Dem Oberstaatsanwalt war klar, dass er den Mann, der für ihn ein guter Freund geworden war, schrecklich enttäuschte.

Kerner stützte den Kopf auf die Hände. Der Tod Emolinos nahm zwar etwas den direkten Druck von ihm, trotzdem änderte es nichts an der schrecklichen Tatsache, dass er Ricardo Emolino erschossen und draußen im Wald eingegraben hatte. Ob er sich davon jemals lösen konnte?

27

Don Pietro saß im Würzburger Dom und lauschte der Stille. Der Straßenlärm der Mainmetropole drang nur dann ganz leise in den sakralen Raum, wenn eine der Türen geöffnet wurde und ein Kirchenbesucher eintrat. Wer aus der Tatsache, dass der Pate der Würzburger Mafiafamilie in dieser Kirche saß, schloss, dass er ein gläubiger Mensch war, täuschte sich gewaltig. Pietro Vasselari kannte nur zwei Gottheiten: Macht und Geld, wobei diese oftmals zu einer Einheit verschmolzen. Er besaß in Würzburg mehrere Kaffeebars und zwei Pizzerien. Alles Tarngeschäfte für seine vorgetäuschte bürgerliche Existenz.

Der Alte hatte sich in der Nähe einer Säule niedergelassen, weil er dort nicht sonderlich auffiel. Er genoss die Kühle des Raumes, dessen dicke Wände die Hitze des Hochsommertages ausschlossen. Zehn Minuten später registrierte er den Mann, auf den er wartete. Vasselari hörte ihn nicht kommen. Plötzlich kniete er in der Bank hinter ihm, und er spürte seinen Atem im Nacken. Don Pietro drehte sich nicht um. Er hatte keine Lust, in die kalten, gefühllosen Augen des Mannes zu sehen, dem ein Menschenleben nicht mehr bedeutete als das einer lästigen Stubenfliege. Nicht umsonst nannte man ihn in einschlägigen Kreisen »Il Freddo«, was so viel wie »der Kalte« hieß.

»Warum hört man nichts vom Ableben dieses Emolino? Stattdessen erzählt man sich, dass er sich in die Staaten abgesetzt haben soll. Sie haben die Angelegenheit doch erledigt?«

Don Pietro sprach sehr leise. Trotzdem konnte der Mann hinter ihm jedes Wort verstehen.

»Selbstverständlich. Die Ausführung war zwar schwierig, weil plötzlich ein unbekannter, maskierter Mann auf dem Grundstück auftauchte. Ich hatte den Eindruck, dass er Emolino in dessen eigenem Auto entführen wollte. Jedenfalls hat er den Alten und den Fahrer mit einer Waffe bedroht. Nachdem ich geschossen hatte, verließ er kurz danach das Anwesen. Ich blieb noch einen Moment in Deckung, dann wollte ich verschwinden. Als ich jedoch zu meinem Auto lief, rollte bereits ein weiteres Fahrzeug die Auffahrt herauf und passierte das Tor. Ich denke, das war der Consigliere. Da ich wissen wollte, was er unternehmen würde, bin ich zurück und habe wieder meinen Beobachtungsposten eingenommen. Nach einer Stunde wurde ein weiteres Fahrzeug eingelassen. Es war ein Reinigungstrupp, der alle Spuren meiner Tätigkeit beseitigt hat. Sehr gute Männer. Sehr professionell. Sie haben auch den Fahrer mitgenommen.«

Don Pietro ballte eine Faust. »So wie es aussieht, will sich dieser verdammte Trospanini offenbar das Geschäft des Alten unter den Nagel reißen.«

Er überlegte einen Augenblick, dann flüsterte er: »Für heute habe ich keinen Auftrag für dich. Halte dich aber bereit. Ich denke, in Kürze gibt es wieder etwas zu tun.«

Hinter ihm blieb es still. Als er sich halb umdrehte, war der Platz hinter ihm leer.

28

Vier Tage später, an einem Freitag, gab Kerner in der Staatsanwaltschaft Würzburg seinen Ausstand. Zu diesem Zweck hatte er im Sozialraum der Behörde über einen Catering-Service ein Büfett bestellt. Zu dieser internen Verabschiedung hatte er alle Behördenangehörigen und auch die Beamten der Sonderkommission *Spessartblues* eingeladen. Erster Kriminalhauptkommissar Brunner und seine Mitarbeiter waren alle gekommen. Auch wenn Brunner sich mit der Entscheidung Kerners, nach Gemünden zu gehen, überhaupt nicht anfreunden konnte, so war die Zusammenarbeit in den letzten Jahren äußerst positiv gewesen, und Brunner wollte ihre Freundschaft nicht aufs Spiel setzen. Außerdem hatte er gestern eine merkwürdige Information erhalten, die er mit Kerner dringend besprechen musste.

Wie in solchen Fällen üblich, hielten der Leitende Oberstaatsanwalt, die Vorsitzenden des Staatsanwaltsrats und des Personalrats jeweils eine Laudatio auf den scheidenden Kollegen. Rothemund nutzte die Gelegenheit, um den potenziellen Nachfolger Kerners vorzustellen, einen Richter vom Landgericht Würzburg namens Dr. Sutter, der ab Montag seinen Dienst als Oberstaatsanwalt bei der Staatsanwaltschaft Würzburg antreten würde. Kerner kannte Dr. Sutter schon seit Jahren und wusste, dass er mit ihm einen würdigen Nachfolger hatte. Kerner selbst sprach dann auch noch einige Sätze, wobei er sich wirklich zur Konzentration zwingen musste, weil er mit den Gedanken eigentlich ganz woanders war. Heute früh hatte er Steffi aus dem Krankenhaus abgeholt. Der jungen Frau ging es wieder leidlich gut. Die Entzugsfolgen waren nicht so gravierend, da sie die Droge nur zweimal konsumieren musste. Kerner brachte sie in ihre Wohnung, wo sie sich noch zwei Tage erholen konnte, bevor sie wieder ihre Arbeit aufnehmen musste. Simon Kerner kämpfte schwer damit, Brunner nicht sein Wissen über das Schicksal Emolinos mitteilen zu können. Brunner hätte natürlich entsprechende Fragen gestellt.

Nachdem Kerner das Büfett freigegeben hatte, verwickelten ihn alle möglichen Kollegen in Gespräche, sodass Brunner keine Gelegenheit fand, ihn mal zur Seite zu nehmen.

Es war fast vierzehn Uhr, als sich die Gesellschaft langsam verlief. Endlich gelang es Brunner, Kerner mal allein zu erwischen.

»Simon, ich muss dich dringend mal sprechen. Es ist wirklich wichtig!«

Kerner sah ihn prüfend an, dann fragte er: »Geht es um Emolino? Dann sollten wir vielleicht Dr. Sutter mit einbeziehen.«

Brunner verneinte. »Ich denke, das ist keine gute Idee. Können wir bitte in dein Dienstzimmer gehen?«

Während sie schweigend nebeneinander über den Flur liefen, zog sich Kerners Magen nervös zusammen. Er wappnete sich innerlich, möglichen unangenehmen Fragen zu begegnen.

Kaum hatte Kerner die Türe seines Dienstzimmers geschlossen, trat Brunner an den Besprechungstisch, holte aus seiner Jacketttasche einen kleinen Beweismittelbeutel heraus und ließ ihn auf die Tischplatte fallen. Der Inhalt musste ein gewisses Gewicht haben, denn es gab ein klapperndes Geräusch.

»Kannst du mir das bitte erklären?« Brunner wies auf die Tüte.

Kerner trat näher und nahm sie in die Hand. Auf den ersten Blick erkannte er, dass sich darin drei Projektile befanden. Sie waren leicht verformt, also bereits abgefeuert worden.

»Um dir etwas auf die Sprünge zu helfen«, ergänzte Brunner, »es handelt sich um Geschosse des Kalibers .357 Magnum. Diese drei Projektile haben die Ärzte des Kreiskrankenhauses Karlstadt einem Italiener namens Michele Riccardino herausoperiert. Der Mann liegt noch immer auf der Intensivstation im Koma. Wenn er jemals wieder aufwachen sollte, wird er ein Krüppel bleiben. Eines der Geschosse hat ihm die rechte Schulter zertrümmert. Die beiden anderen waren schwere Körpertreffer. Das Krankenhaus hat natürlich die Polizei verständigt, und die haben wiederum die Sonderkommission *Spessartblues* benachrichtigt, weil dieser Mann auf der Lohnliste von Emolino steht.«

Kerner sagte weiterhin nichts. Er sah Brunner nur eindringlich an. Der ließ sich langsam auf einen Stuhl nieder. Man konnte ihm anmerken, wie schwer ihm seine Worte fielen.

»Simon, du führst dienstlich einen Revolver in dem genannten Kaliber. Diese Projektile sind Spezialgeschosse, die nur polizeilichen Einsatzkräften zur Verfügung stehen. Es sind Projektile, die so konzipiert sind, dass ihre Energie beim Auftreffen auf einen menschlichen Körper vollständig von diesem absorbiert wird, sie also keinen Durchschuss erzeugen. Diese Geschosse wurden routinemäßig vom Kriminaltechnischen Dienst untersucht, ob mit dieser Waffe bereits einmal eine Straftat begangen wurde. Das war nicht der Fall. Aber die Kollegen stellten fest, dass diese Projektile aus deinem Revolver verschossen wurden!«

Er sah Kerner fragend an. Als dieser immer noch nichts entgegnete, fuhr Brunner fort: »Simon, du weißt, dass wir mit dienstlich geführten Waffen rein vorsorglich Kontrollschüsse durchführen, bevor sie an den Träger herausgegeben werden, damit diese Projektile im Ernstfall von anderen Geschossen unterschieden werden können. Das wurde mit deiner Waffe auch gemacht. Die Identifizierung ist daher eindeutig! Simon, verdammt noch mal, mach den Mund auf und sag was!« Seine Stimme klang fast beschwörend.

In Kerners Kopf schwirrten die Gedanken. Dass von dieser Seite Schwierigkeiten kommen könnten, hatte er nicht bedacht. Er setzte sich ebenfalls nieder. Es hatte keinen Zweck, hier zu lügen. Er musste Brunner einen Teil der Wahrheit sagen. »Eberhard, es ist richtig, diese Geschosse stammen aus meinem Revolver, und ich habe sie verschossen.«

Brunner unterbrach ihn nicht.

»Vor einigen Tagen erhielt ich mit der Dienstpost ein Päckchen, in dem sich ein Büschel Haare befand. Außerdem lag ein USB-Stick dabei, auf dem sich ein mit Handy aufgenommener Filmclip befand. Darauf war Steffi zu sehen, die von zwei Männern in einem Kellerraum an ein Bett gefesselt wurde. In der Szene wurde gezeigt, wie einer der Männer Steffi einen Schuss in den Arm setzte.«

Brunner folgte seinen Ausführungen mit verstörter Miene, schwieg aber weiter.

»Kurz darauf erhielt ich einen Anruf aufs Mobiltelefon. Man erklärte mir, dass Steffi, würde ich weiter gegen Emolino ermitteln, mithilfe eines Goldenen Schusses getötet würde. Man verlangte von mir, dass ich mich zukünftig aus den Ermittlungen raushalte. Man erwartete meine Erklärung bis Mitternacht desselben Tages. Wenn ich die Polizei einschalten sollte, wäre Steffi ebenfalls tot.«

»Mein Gott, Simon, warum hast du mich denn nicht eingeweiht? Wir hätten deine Steffi doch freibekommen.«

Kerner schüttelte den Kopf. »Ich hatte den Eindruck, dass mich diese Verbrecher überwachen. Ein Fehler von mir, und sie hätten Steffi umgebracht. An der Ernsthaftigkeit dieser Drohung gab es keinen Zweifel. Die Skrupellosigkeit Emolinos ist uns ja bestens bekannt.«

Brunner sprang auf und lief ruhelos im Raum hin und her.

»Was hast du dann gemacht?«

»Was habe ich gemacht …« Kerner ließ seine rechte Hand auf den Tisch fallen. »Ich bin in der Nacht vor Ablauf des Ultimatums zu Emolinos Haus gefahren, habe mich auf das Grundstück geschlichen und den Alten und seinen Chauffeur einer intensiveren Befragung unterzogen.«

Brunner blieb stehen und kniff die Augen zusammen. »Ich vermute mal, dass du ihn vorher nicht über seine Rechte als Beschuldigter belehrt hast.«

Kerner stieß ein trockenes Lachen aus. »Diese Kerle verstehen nur eine Sprache, die wir als Vertreter von Recht und Ordnung nicht anwenden dürfen. Ich fühlte mich aber in einer Notwehrsituation. Ich habe nicht gedacht, dass ich meine Kenntnisse aus meiner Zeit beim Militär als Chef einer Spezialtruppe noch jemals benötigen würde. Sei's drum. Jedenfalls hat mir dann der Fahrer sehr schnell gesagt, wo ich Steffi finden kann.«

»Haben sie dich erkannt?«, fragte Brunner dazwischen.

»Nein, ich hatte eine Kopfhaube und einen Motorradhelm auf. – Ich fuhr dann nach Massenbuch, wo sie Steffi in einem alten Keller gefangen hielten.

Dort setzte ich den einen Entführer außer Gefecht, fesselte ihn und nahm ihn mit in den Keller. Unten ging dann alles sehr schnell. Als mich der andere Kerl sah, zog er sofort eine Waffe und legte auf mich an. Ich habe zweimal auf ihn geschossen. Ich habe auf seinen Körper gehalten, und er fiel zu Boden. Im Fallen hat er noch auf Steffi gezielt, die gefesselt auf einem alten Metallbett lag. Sie wäre jetzt tot, wenn ich ihm nicht auch noch in die Schulter geschossen hätte.«

»Das ist ja der helle Wahnsinn«, stieß der Kriminalbeamte hervor und rieb sich mit der Handfläche über das Gesicht.

»Ich habe dann«, fuhr Kerner fort, »die Rettung gerufen, habe Steffi in den Wagen der Entführer verfrachtet, der in der Nähe stand, und bin mit ihr wie ein Irrer nach Lohr ins Bezirkskrankenhaus gefahren. Sie war völlig weggetreten, weil ihr diese Schweine kurz vor meinem Eintreffen offenbar noch einmal einen Schuss gesetzt hatten. Ich hatte Angst, dass sie mir im Auto wegstirbt!«

»Wahnsinn! Wahnsinn!«, wiederholte Brunner und kam aus dem Kopfschütteln nicht mehr heraus. »Du hättest tot sein können! Ihr hättet beide tot sein können!«

»Diesen Spruch hat Emolino auch schon gebraucht, allerdings in der Version eines Versprechens.«

»Simon, mir wird Angst und Bange vor dir. Jetzt bewerte ich die Information, dass Emolino angeblich überstürzt nach Amerika abgereist ist, ganz anders. Sein Consigliere hat für die Dauer seiner Abwesenheit die Zügel in der Hand. Hast du damit auch etwas zu tun?«

Kerner zog verwundert die Augenbrauen in die Höhe. Diese Aussage bewertete er natürlich aus einem ganz anderen Blickwinkel als der Kriminalbeamte.

»Bedaure, aber als ich gestern das Grundstück verließ, war Emolino noch anwesend.« Diese Aussage war zumindest teilweise zutreffend.

»Wie geht es Steffi?«

»Ich denke, sie wird es ohne Folgen überstehen. Momentan ist sie zu Hause und erholt sich.«

»Ist diese Geschichte der Grund, warum du nach Gemünden gehst?«

»Sicher hat dieser Vorfall meine Entscheidung beeinflusst. Manchmal sind wir Ermittler so nahe am Verbrechen, dass es versucht, uns in seinen Sog zu ziehen. Es ist gut, zwischendurch wieder einmal etwas Abstand zu gewinnen und Strafverfahren von der Seite des Richtertisches zu bewerten.« Er sah Brunner fragend an. »Was wirst du in der Sache unternehmen?«

Der Leiter der Sonderkommission *Spessartblues* sah einen Augenblick nachdenklich zu Boden, dann erwiderte er: »Was du mir gerade erzählt hast, hast du einem Freund anvertraut. Ich glaube dir und deshalb sehe ich keinen Grund, polizeiliche Ermittlungen aufzunehmen. Wenn allerdings der Typ im Krankenhaus zu sich kommt und Anzeige gegen dich erstattet, werde ich wohl gegen dich ermitteln müssen. Aber auch in diesem Fall sehe ich keinen Grund zur Besorgnis. Ich möchte den Richter sehen, der hier ein Strafverfahren eröffnen würde.«

Kerner bedankte sich bei Brunner und brachte ihn zur Türe. Dort verabschiedete sich der Kriminalbeamte.

»Ich wünsche dir viel Glück bei der neuen Aufgabe als Direktor eines Amtsgerichts. Sicher wird dein Leben jetzt in etwas ruhigeren Bahnen verlaufen. Und pass auf Steffi und dich gut auf. Vergiss nicht, du wohnst jetzt im Revier von Don Emolino. Nach allem, was du mir erzählt hast, dürfte er nicht sehr gut auf dich zu sprechen sein.«

Sie gaben sich die Hand, und Brunner verließ das Dienstzimmer. Den Beutel mit den Geschossen hatte er auf dem Schreibtisch zurückgelassen.

29

Am Montag, kurz nach 6.30 Uhr, band Birgit Michels ihre Laufschuhe zu und zog den Reißverschluss ihres Jogginganzugs hoch. Am Wochenende war sie auf einer Grillparty eingeladen gewesen und hatte etwas reichlich zugelangt. Höchste Zeit, dass sie die überflüssigen Kalorien wieder abtrainierte. Birgit Michels war sehr auf ihre Figur und ihre Fitness bedacht. Als ehemalige Miss Spessart und Besitzerin eines Kosmetikgeschäfts in der Gemündener City war das unumgänglich. Außerdem wartete Benno, ihr Mops, schon nervös an der Tür. Entgegen bestehender Vorurteile sind Möpse eine durchaus fidele und lauffreudige Hunderasse.

Mit einem »Benno komm« verließ sie ihr Haus in Partenstein durch den hinteren Ausgang, der zum Garten führte. Sie steckte die Kopfhörer ihres MP3-Players in die Ohren und schaltete die Musik ein. Dann trabte sie nach ein paar Aufwärmübungen los. Ihre übliche Laufstrecke betrug ungefähr sieben Kilometer. Sie führte sie zunächst ein Stück über die Felder, um dann in den Wald einzutauchen. Benno trabte munter ohne Leine mal nebenher, mal voraus.

Nach ungefähr eineinhalb Kilometern nahm der Wald die Läuferin auf. Hier im Forst hielt sie eine bestimmte Route ein. Sie war so gewählt, dass sie durch mehrere Höhenunterschiede körperlich ordentlich gefordert wurde. An bestimmten Stellen machte sie Lockerungs- und Stretchingübungen. Das Schöne an Benno war, dass er sich überhaupt nicht für Wildtiere interessierte. Deshalb konnte man ihn auch im Wald ohne Probleme frei laufen lassen.

Wenig später wich sie vom Waldpfad ab und durchquerte einen Fichtenholzbestand über eine frei geschlagene Holzrückegasse. Das war keine Abkürzung, vielmehr lagen dort Fichtenhölzer quer, was sie zwang, wie ein Pferd über Cavaletti, über niedrige Trainingshindernisse, zu springen. Heftig atmend stieß sie unten wieder auf einen Waldweg. Hier blieb sie stehen und dehnte sich ausgiebig.

Als sie gerade weiterlaufen wollte, vermisste sie Benno. Ihr Hund war anscheinend ein Stück zurückgeblieben. Wahrscheinlich buddelte er sich wieder irgendwo in ein Mausloch hinein und sah danach wie ein Dreckspatz aus. Manchmal hatte sie das Gefühl, Benno bildete sich ein, ein Dackel zu sein. Sie nahm die Kopfhörer aus den Ohren und stieß einen Pfiff aus. Benno folgte normalerweise ziemlich gut. Wie gesagt normalerweise, wenn ihm nicht gerade etwas dazwischenkam. Birgit Michels zog die Augenbrauen in die Höhe und ging ein Stück in die Rückegasse. Dann blieb sie stehen und lauschte. Meistens konnte man Benno atmen hören, wenn er irgendwo im Boden wühlte. Durch die kurzen Nasen atmen Möpse in Erregung immer ziemlich laut.

Wie erwartet konnte sie ihn ein Stück entfernt unter den Fichten schnaufen hören.

»Jetzt komm schon«, rief sie, »wir wollen weiter.« Aber offensichtlich war das nicht das, was Benno wollte, denn er kam nicht.

Ich muss dem Burschen wieder einmal die Leviten lesen, dachte die Frau leicht angesäuert und bewegte sich auf ihren Hund zu. Als sie bei ihm war, stieß sie einen ekelerfüllten Schrei aus.

»Benno, pfui!«

Schnell griff sie nach dem Halsband des Rüden und zog ihn von dem schrecklichen Ding weg, das er gerade mit großer Begeisterung aus dem Waldboden ausgegraben hatte. Als sie erkannte, um was es sich handelte, verzog sie angewidert das Gesicht. Es handelte sich eindeutig um eine in Verwesung übergegangene menschliche Hand. Der Gestank war wirklich grenzwertig. Vereinzelt waren Maden zu sehen. Das Makaberste aber war, dass am Ringfinger noch ein Siegelring steckte. Birgit Michels konzentrierte sich sehr, dass sie sich nicht übergeben musste. Sie fasste ihren widerstrebenden Hund am Halsband und zerrte ihn hinunter auf den Waldweg, dann zog sie ihr Handy aus der Hosentasche und wählte die Notrufnummer.

Es dauerte eine gute Stunde, bis die Polizeistreife aus Lohr die Joggerin im Wald gefunden hatte. Die beiden Beamten begutachteten die Hand, dann verständigten sie über Funk die Kriminalpolizei. Nachdem alles, was im Bereich des Landkreises Main-Spessart mit Mord und Totschlag zusammenhing, auch der Sonderkommission *Spessartblues* mitgeteilt werden musste, verständigte die Einsatzzentrale Kommissar Brunner. Der erklärte sofort, dass er die Sache übernehmen würde, und machte sich auf den Weg.

Die Streifenbeamten nahmen die Personalien von Birgit Michels auf und entließen sie dann. Sie würden sie später aufsuchen, damit sie ihre Aussage auch schriftlich machen konnte. Die gute Frau musste sich erst einmal erholen.

Gute neunzig Minuten später rollte Brunners Dienstwagen über den Waldweg. Die Streifenbesatzung hatte ihn eingewiesen. In seinem Schlepptau kam die Spurensicherung, die sofort, nachdem sich Brunner die Hand angesehen hatte, mit der Arbeit begann. Es dauerte nicht lange, dann wurde Brunner von einem der Beamten gerufen. Ein Stück von der Hand entfernt lag im Wald ein zerfetztes Kleidungsstück, das Spuren von Blut aufwies. Die Männer suchten das gesamte Umfeld ab und fanden noch weitere Kleiderfetzen, teilweise massiv mit eingetrocknetem Blut getränkt. Brunner spürte, dass er hier einem spektakulären Fund auf der Spur war. Mit mehreren Männern drang er tiefer in die Dickung ein. Etwa hundert Meter von der Hand entfernt entdeckten sie dann die dazugehörende Leiche bzw. das, was von ihr übrig war. Teilweise hingen noch Kleiderfetzen an ihr. Der Körper war massiv angefressen, das Gesicht von der Verwesung und vom Tierfraß kaum kenntlich.

»Sieht so aus, als wäre hier jemand entsorgt worden«, kommentierte einer der Spurensicherer die Auffindesituation des Toten. »Da werden wir einige Arbeit haben, bis wir alle Spuren aufgenommen haben. Zunächst brauchen wir hier aber mal Licht.« Er gab einem seiner Kollegen den Auftrag, eine tragbare Lampe mit Stativ zu besorgen. Sie mussten ja sowieso noch warten, bis der Pathologe aus der Rechtsmedizin den Leichnam untersucht hatte.

»Könnt ihr ihm vielleicht zuerst mal die Fingerabdrücke abnehmen?«, bat Brunner, »dann kann ich sie schon mal durch den Computer jagen.«

Eine halbe Stunde später fuhr er mit den gesicherten Fingerabdrücken zurück nach Würzburg. Einige Fingerkuppen des Toten waren nicht mehr zu gebrauchen, aber zwei Abdrücke waren noch gut. Er übergab sie den Experten, die sich sofort an die Arbeit machten.

Eine dreiviertel Stunde später hatte Brunner ein Ergebnis auf dem Schreibtisch liegen. Bei dem Toten handelte es sich ohne Zweifel um Ricardo Emolino. Brunner hatte mit allem gerechnet, nur nicht damit. Er griff zum Telefon und bat Monika Rettig zu sich. Wortlos legte er ihr das Untersuchungsergebnis hin.

Erstaunt riss sie die Augen auf.

»Wie ist denn das passiert? Wenn das der alte Emolino erfährt, läuft er Amok! Man kann diesen Mafiosi nachsagen, was man will, aber ihre Kinder vergöttern sie.«

»Der ist ja im Ausland. Wir werden seinen Consigliere benachrichtigen, diesen Trospanini, der kann es dann seinem Don schonend beibringen.«

»Es würde mich schon interessieren, wer dem Jungen das Lebenslicht ausgelöscht hat. Ich möchte nicht in seiner Haut stecken. Der ist doch schon so gut wie tot.«

»Vielleicht liegt der Alte mit einer anderen Familie im Krieg. Wenn das der Fall ist, werden wir in der nächsten Zeit noch weitere Tote serviert bekommen.«

Rettig nickte und ging wieder an ihren Arbeitsplatz zurück.

Brunner rief auf seinem Computer eine Excel-Liste auf. Selbstverständlich hatte die Sonderkommission alle bekannten Telefonnummern des Emolino-Klans verzeichnet. Er wählte die Nummer von Trospanini. Auch nach mehrmaligem Läuten ging niemand ran. Brunner überlegte einen Augenblick, dann gab er die Telefonnummer des Eiscafés in Gemünden ein. Nach dem siebten Klingelton meldete sich eine männliche Stimme mit italienischem Akzent.

»Eiscafé Gelati.«

Brunner nannte seine Dienststelle und seinen Namen, dann verlangte er Trospanini.

»Scusi, Seniore, aber Seniore Trospanini ist nicht hier. Sie erreichen ihn möglicherweise im Haus von Seniore Emolino.«

Brunner bedankte sich, legte auf und wählte die Nummer des Paten. Einen Moment später meldete sich der Consigliere.

Brunner stellte sich kurz vor, was am anderen Ende der Leitung mit Schweigen quittiert wurde.

»Ich wollte eigentlich Herrn Emolino erreichen. Aber wie ich hörte, hält er sich zurzeit im Ausland aus. Daher teile ich Ihnen mit, dass wir die Leiche von Ricardo Emolino aufgefunden haben. Seine Identität wurde zweifelsfrei festgestellt. Der Tote befindet sich jetzt in der Rechtsmedizin in Würzburg, da von einem Verbrechen ausgegangen werden muss. Ich möchte Sie bitten, diese Information Herrn Emolino zukommen zu lassen. Wann die Leiche von der Staatsanwaltschaft zur Bestattung freigegeben wird, kann ich noch nicht sagen. Wir werden Sie auf jeden Fall unterrichten.«

Trospanini hatte, während Brunner sprach, keinen Ton von sich gegeben. Als der Kriminalbeamte schwieg, erwiderte er knapp: »Ich danke Ihnen für den Anruf. Ich werde Herrn Emolino informieren. Unsere Anwälte werden sich umgehend bei der Staatsanwaltschaft melden.« Dann wurde die Verbindung unterbrochen.

»Kalt wie eine Hundeschnauze«, dachte Brunner und machte sich eine Aktennotiz.

Trospanini saß an Emolinos Schreibtisch in dessen Arbeitszimmer und starrte vor sich hin. Maria, die Haushälterin, hatte ihm gerade einen doppelten Espresso gebracht, der nun unberührt kalt wurde. Das Gespräch mit Brunner war sehr aufwühlend gewesen.

Don Emolino hatte also richtig gelegen. Ricardo war nicht mehr am Leben. Wenn man die Nachforschungsergebnisse Schmitts mit ins Kalkül zog, musste man zu dem unglaublichen Schluss kommen, dass dieser Kerner den Jungen tatsächlich ermordet hatte. Einfach unvorstellbar! Wenn Emolino noch leben würde, würde er jetzt Amok laufen.

Der Consigliere sah da ein großes Problem auf sich zukommen. Wenn die Todesnachricht von Ricardo publik wurde, würde jeder erwarten, dass der Vater seine Auslandsreise unterbricht und sofort nach Deutschland zurückkommt, um seinen Sohn zu beerdigen und zu betrauern. Dieses Problem musste er irgendwie lösen. Jetzt musste er auch Don Emolino sterben lassen.

Es gab aber noch eine weitere Schwierigkeit. Ein Problem, das sich noch wesentlich bedrohlicher entwickeln konnte. Don Pietro hatte ihm gestern eine Botschaft zukommen lassen. Der Pate der Würzburger Familie wollte ihn möglichst bald sprechen. Trospanini war natürlich bekannt, dass Don Pietro ein Auge auf das Gebiet Emolinos geworfen hatte. Sicher war ihm zugetragen worden, dass Emolino ins Ausland gereist war, und jetzt versuchte er, die Abwesenheit des »Alphawolfes« zu seinen Gunsten zu nutzen. Trospanini war die Angreifbarkeit der Familie, und insbesondere seiner Person, im derzeitigen Zustand sehr bewusst. Diese gefährliche Übergangszeit musste er irgendwie überstehen, bis er fest im Sattel saß.

Er griff sich die Tageszeitung, in die er heute noch nicht hineingesehen hatte, und schlug sie auf. Im Gemündener Regionalteil stach ihm eine Überschrift ins Auge: »Neuer Direktor für das Amtsgericht Gemünden am Main«. Schon im ersten Absatz war der Name erwähnt: Simon Kerner. Danach folgte ein kurzer Abriss seines beruflichen Werdegangs.

Das war ja endlich mal eine gute Nachricht. Wenn dieser Terrier nicht mehr auf den Emolino-Klan angesetzt war, würde er die Geschäfte in der Übergangszeit ungestörter regeln können.

Plötzlich lehnte er sich im Bürostuhl zurück und blickte nachdenklich auf ein Landschaftsgemälde, das ihm gegenüber an der Wand hing. Schließlich zog er die Schublade des Schreibtisches auf. Die Beweisstücke in Form der Patronenhülse und des deformierten Projektils, die Kerners Täterschaft nachwiesen, lagen noch immer in der Plastiktüte. Stumme Zeugen des menschlichen Versagens eines Oberstaatsanwalts.

Trospanini hatte sich oft über Ricardo geärgert, weil er ein leichtsinniger Bursche war, aber unter dem Strich mochte er ihn. Dieser Kerner hatte den Emolino-Klan zuerst mit allen legalen Mitteln gnadenlos verfolgt. Als diese nicht zum Erfolg führten, war er vermutlich ausgerastet und hatte Emolino an seiner empfindlichsten Stelle treffen wollen, indem er seinen Sohn erschoss. Unglaublich, aber offensichtlich wahr. Und jetzt machte der Kerl Karriere, obwohl er ein Menschenleben auf dem Gewissen hatte.

Nach den ungeschriebenen Gesetzen der Mafia war nun Kerners Leben zu nehmen. Es war keine Sentimentalität gegenüber Emolino, aber als zukünftiger Pate sollte er der Familie Genugtuung verschaffen. Das würde sich herumsprechen, und man würde ihn respektieren.

Trospanini nahm sich vor, noch etwas zu warten, bis er sich richtig etabliert hatte, dann würde er Kerner Post mit einer tödlichen Botschaft des Emolino-Klans schicken.

30

Am Montag, kurz nach acht Uhr, parkte Simon Kerner seinen Defender auf dem kleinen Parkplatz des Amtsgerichts. Langsam schlenderte der frisch gebackene Direktor des Amtsgerichts Gemünden am Main den gepflegt bepflanzten Weg zum Haupteingang entlang. Das historische Gebäude aus dem Jahre 1903 war frisch renoviert und machte schon etwas her. Er nahm alle Eindrücke in sich auf. Dieses Haus und die rund siebzig Behördenmitglieder waren ihm nun anvertraut. Außerdem war er jetzt Richter, nicht mehr Strafverfolger, der bei aller erforderlichen Objektivität in erster Linie die Überführung und Verurteilung eines Angeklagten im Auge haben musste.

Nachdem er die äußere Eingangstüre durchschritten hatte, befand er sich am Sicherheitspunkt des Eingangsbereichs. Zwei bewaffnete Justizwachtmeister, die die Personenkontrollen durchführten, sahen ihm aufmerksam entgegen. Als sie ihn erkannten, grüßten sie freundlich. Zugleich musterten sie ihn neugierig von Kopf bis Fuß. So würde es ihm wohl heute den ganzen Tag ergehen. Jeder Mitarbeiter des Hauses machte sich natürlich seine Gedanken über den Neuen. Wie würde er sein? War er freundlich oder schroff, jovial oder arrogant, verständnisvoll und mitarbeiterfreundlich? Fragen, die sich sicher erst in den nächsten Wochen und Monaten beantworten lassen würden.

Kerner gab den Männern die Hand und sprach freundlich ein paar verbindliche Begrüßungsworte. Mit innerer Befriedigung stellte er fest, dass der Sicherheitsstandard des

Gerichts recht hoch war. Hier kam niemand unkontrolliert herein. Er betrat das Treppenhaus, das als Verbindung zwischen Alt- und Neubau diente. Die Besonderheit dieses Hauses bestand darin, dass sich die beiden Gebäudeteile in Halbstockwerke gliederten, wodurch das Gebäude über sechs nicht ganz vollwertige Stockwerke verfügte.

Kerner ließ den Aufzug links liegen und stieg zu Fuß zum fünften Stock empor, wo er wohl für einige Jahre residieren würde. Als er kurz darauf das Sekretariat der Verwaltungsabteilung betrat, kam ihm der Verwaltungschef entgegen, sein zukünftiger engster Mitarbeiter.

»Herzlichen willkommen in Gemünden, Herr Kerner.«

Die Chefsekretärin, eine erfahrene Beamtin mit Charme und herzlicher Ausstrahlung, gab ihm ebenfalls die Hand und hielt die Türe zu seinem neuen Dienstzimmer auf.

Er betrat den sonnendurchfluteten Raum, der um einiges größer war als sein Büro in Würzburg. Man hatte zu seiner Begrüßung einen bunten Strauß Blumen auf den ovalen Besprechungstisch gestellt.

»Ist es recht, wenn ich Ihnen morgens eine Kanne Kaffee reinstelle, oder trinken Sie lieber Tee?«

»Das ist sehr freundlich. Bitte Kaffee.«

Sie lächelte und nickte.

»Wenn Sie etwas benötigen, ich bin hier«, erklärte sie und schloss leise die Türe. Kerner stellte seinen Aktenkoffer neben den Schreibtisch und ließ sich in den bequemen Bürosessel fallen. Da war er also jetzt. Durch das gegenüberliegende Fenster konnte er auf einen der bewaldeten Hügel des Spessarts blicken. Seiner Einschätzung nach befand sich ziemlich genau gegenüber das Hochplateau Massenbuch. Schnell verdrängte er die unangenehmen Gedanken, die ihn mit diesem Ort verbanden. Jetzt würde er erst einmal mit seiner Vertreterin einen Gang durch die Behörde machen, um alle Mitarbeiter persönlich kennenzulernen. Der erste Tag in seiner neuen Aufgabe würde sicher sehr ausgefüllt sein. Kerner spürte, dass er sich hier wohlfühlen könnte, wenn nicht die Hypothek des von ihm verschuldeten Todes von Ricardo Emolino auf ihm lasten würde. Vielleicht gelang es ihm, diese Schuld irgendwann aus seinem Gedächtnis zu verdrängen.

Kerner drehte sich zur Seite und wandte sich seinem Computer zu. Er startete das Gerät und wartete, bis es sich hochgefahren hatte. Nachdem die Justiz insgesamt in einem Intranet eingebunden war, standen ihm auch an der neuen Dienststelle die Daten seines E-Mail-Benutzerkontos zur Verfügung. Er wollte zuerst einmal seine Mails checken.

Da kam ein Anruf auf seinem Handy. Ein Blick auf das Display sagte ihm, dass es Brunner war. Kerner beschlich sofort ein dumpfes Gefühl, das ihm sagte, dass Ärger in der Luft lag. Brunner hätte ihn sonst so kurz nach seinem Dienstantritt in Gemünden nicht angerufen. Er nahm das Gespräch an.

»Gut, dass ich dich erreiche«, legte Brunner ohne Einleitung los. »Ich weiß ja, heute ist dein erster Tag in Gemünden und du hast Stress, aber es gibt Neuigkeiten, die du wissen solltest. Stell dir vor, wir haben heute früh im Wald in der Nähe von Partenstein eine männliche Leiche gefunden. Besser gesagt eine Joggerin hat sie gefunden.«

Diese Worte trafen Kerner wie ein Dampfhammer. In seinen Alpträumen hatte er diese Szene immer wieder durchlebt, jetzt war sie Realität geworden. Sein Magen zog sich zusammen.

Brunner nahm aber gar nicht zur Kenntnis, dass sein Gesprächspartner nichts entgegnete. Flott redete er weiter.

»Sie muss schon einige Zeit dort gelegen haben, denn die Wildtiere haben sie übel zugerichtet. Der Kopf ist noch einigermaßen erhalten. Wir haben dem Toten Fingerabdrücke abgenommen und sie gleich durch den Computer gejagt. Stell dir vor, es handelt sich tatsächlich um Ricardo Emolino! Jetzt wissen wir auch, warum er schon seit einiger Zeit von den Überwachungsteams nicht mehr gesehen wurde.«

Kerner musste jetzt etwas sagen, sonst fiel das auf.

»Das ist ja wirklich der Hammer«, quälte er sich ab, »gibt es denn Hinweise, wie er ums Leben gekommen ist?« Diese Frage war unverdächtig. Sie bekundete sein Interesse. Alles andere wäre verwunderlich gewesen.

»Der Gerichtsmediziner vermutet, dass er erschossen wurde, aber das kann man erst nach der Obduktion mit Gewissheit sagen. Leider war der Körper schon ziemlich ramponiert.«

»Da bin ich wirklich sprachlos«, gab Kerner zurück. »Danke, dass du mich gleich informiert hast. Halte mich doch bitte unbedingt auf dem Laufenden. Sei mir bitte nicht böse, aber ich muss jetzt Schluss machen, weil mich meine Pflichten als Direktor rufen. Du verstehst?«

Brunner verstand und verabschiedete sich.

Kerner ließ sich geschockt in seinen Sessel zurückfallen. Der Moment, vor dem er sich so gefürchtet hatte, war eingetreten. Viel früher, als erwartet. War jetzt alles aus? Sollte er gleich zu Brunner gehen und ihm alles gestehen?

In diesem Augenblick klopfte es an seine Tür. Er riss sich zusammen, setzte sich aufrecht und rief »Herein.«

Seine Stellvertreterin kam, um mit ihm zusammen einen Hausrundgang zu machen. Er zwang sich zu einem Lächeln und zog sein Jackett an. »Na, dann wollen wir mal!«, rief er aufgesetzt locker und folgte ihr in den Hausflur.

Das Problem musste zwangsläufig noch warten. Er durfte nicht panisch reagieren. Seine nächsten Schritte musste er sich genau überlegen. Dazu brauchte er Ruhe.

31

Am nächsten Morgen, kurz nach Dienstantritt, griff der Leiter der Sonderkommission *Spessartblues* zum Telefon und wählte die Nummer des Instituts für Rechtsmedizin. Heute sollte das Ergebnis der Obduktion von Ricardo Emolinos Leiche vorliegen. Der Rechtsmediziner hatte bei der Untersuchung des Toten im Wald schon vermutet, dass der Junge erschossen worden war. Durch den Tierfraß waren die körperlichen Gegebenheiten zwar so verändert gewesen, dass er nur einen Verdacht hatte, aber jetzt würde der Wissenschaftler sicher Gewissheit haben.

Einen Moment später war er mit Dr. Patschler verbunden, der die Obduktion durchgeführt hatte.

»Guten Morgen, Herr Brunner, Sie wollen wissen, was wir bei der Leiche aus dem Wald festgestellt haben. Wie mir die Spurensicherer mitteilten, haben Sie ja anhand der Fingerabdrücke herausgefunden, dass der Tote Ricardo Emolino ist?«

Brunner bestätigte das, dann hörte er das Rascheln von Blättern.

»Also, es handelt sich um einen jungen Mann zwischen 20 und 30 Jahren in ursprünglich gutem Ernährungszustand. Größe 1,80 bis 1,84 Meter. Von den inneren Organen, Magen, Lunge etc., war leider nicht mehr allzu viel übrig, wie auch sonst die Leiche ziemlich stark durch Tierfraß beeinträchtigt war.«

Er blätterte wieder.

»Kommen wir gleich zum Wesentlichen, der Todesursache. Der Tote hat schon einige Tage dort im Wald gelegen. Wie es aussah, zuerst einige Zeit unter der Erde, dann durch Tiere ausgegraben und herumgezerrt. Soweit wir im Brustraum feststellen konnten, wurde der junge Mann erschossen. Es gab einen Einschuss und auf der Gegenseite ziemlich starke Rippenzerstörungen durch den Ausschuss. Wir konnten das Projektil also nicht sicherstellen. Was wir an der Innenseite der Rippen gefunden haben, waren winzige Sekundärgeschosse. Also kleine Teile des Primärprojektils, das sich beim Weg durch den Körper teilweise zerlegt haben dürfte. Derartige Geschosse werden vorwiegend bei der Jagd verwendet, aber da werden Ihnen Ihre Techniker mehr dazu sagen können. Wir haben diese Fragmente sichergestellt und werden sie Ihnen für die Untersuchung zur Verfügung stellen.«

Brunner hatte dem Pathologen angespannt zugehört und sich dabei kurze Notizen gemacht. »Zwischenfrage: Ist der Fundort auch der Tatort? Und ist Selbstmord auszuschließen?«

»Um Ihre zweite Frage zuerst zu beantworten: mit Sicherheit kein Selbstmord. Ein- und Ausschuss befanden sich in einem Winkel, der von der Person selbst kaum zu erzielen gewesen wäre. Zur ersten Frage: Meines Erachtens definitiv nicht. Weder im Grab noch in der näheren Umgebung haben wir Humanspuren gefunden, die darauf hindeuten.«

Brunner bedankte sich bei dem Pathologen und legte auf. Nachdenklich starrte er vor sich hin. Ricardo Emolino war also ermordet worden. Nachdem der Fundort nicht der Tatort war, konnte die Tat praktisch überall begangen worden sein. Man hatte den Toten dann abtransportiert und dort im Wald verscharrt. Der oder die Täter waren dabei sehr geschickt vorgegangen. Die Spurensicherung hatte keine Transportspuren gefunden. Aber wieso dort? Es gab genug andere Möglichkeiten, eine unerwünschte Leiche verschwinden zu lassen. Die Mafia hatte da einschlägige Erfahrungen. Er mochte nicht wissen, in wie vielen Gebäudefundamenten sich Gräber befanden.

Nachdem es sich um einen Emolino handelte, eröffnete sich nun ein weiter Täterkreis. Es könnte sich um eine mafiainterne Aktion handeln, weil man den alten Emolino treffen wollte. Oder es war eine ganz simple Racheaktion eines Mannes, dem Ricardo Hörner aufgesetzt hatte. Das war aber eher unwahrscheinlich. Der Hinweis, dass die Geschosssplitter von Jagdmunition stammen könnten, besagte nicht allzu viel. Mafiakiller verwendeten gerne Teilmantelgeschosse, die auch bei der Jagd verwendet wurden, weil sie eben aufgrund ihrer Zerlegungswirkung sicher töteten.

Brunner hatte den Verdacht, dass sich die Umstände der Ermordung Ricardo Emolinos nur schwer würden aufklären lassen.

Einen Augenblick überlegte er, ob er Kerner gleich über die Neuigkeit informieren sollte, verschob dies dann aber auf den Nachmittag, da er annahm, dass der frisch gebackene Direktor des Amtsgerichts am Vormittag beschäftigt sein würde. Stattdessen rief er die Mitglieder der Sonderkommission *Spessartblues* im Besprechungsraum zusammen, um ihnen die Neuigkeiten zu verkünden und daraus resultierende Aktivitäten zu diskutieren.

Es war fast fünfzehn Uhr, als der Leiter der Sonderkommission zum Hörer griff und erneut Kerners Nummer wählte.

»Hallo, Simon«, grüßte er Kerner, der sich schon nach dem zweiten Läuten meldete. »Ich kann dir jetzt die Ergebnisse der Obduktion berichten. Hast du einen Moment Zeit?«

»Grüß dich, Eberhard«, gab Kerner zurück, »natürlich habe ich Zeit. Lass hören.«

Brunner bemerkte, dass Kerners Stimme etwas belegt klang. Sicher war er gespannt, was er ihm zu erzählen hatte.

»Also, Simon, unsere Vermutung war richtig. Der Tote wurde erschossen.« Und er berichtete Kerner ausführlich, was ihm der Rechtsmediziner am Vormittag gesagt hatte. Kerner hörte ihm wortlos zu und unterbrach ihn nicht. Am Ende seiner Ausführungen meinte Brunner: »Sag mal, Simon, du gehst doch bei Partenstein auf die Jagd. Wer ist denn der Jagdpächter, in dessen Gebiet diese Waldabteilung ›Eichenweiher‹ liegt, in der wir Ricardo Emolino gefunden haben?«

Am anderen Ende der Leitung war es einen Moment still, dann kam Kerners verhaltene Antwort: »Der Eichenweiher liegt in meinem Jagdrevier.«

Brunner stutzte, dann erwiderte er erstaunt: »Das gibt es doch nicht. Da bist du vielleicht schon ein paar Mal an dem Grab vorbeigekommen. Der Zufall schlägt schon manchmal die wildesten Kapriolen.«

»Stimmt«, gab Kerner wortkarg zurück.

»Na ja, demnächst wird der Staatsanwalt die Leiche freigeben. Sicher wird der alte Emolino dann aus dem Ausland zurückkommen, um seinen Sohn zu beerdigen. Hoffentlich bekommen wir jetzt keinen Mafiakrieg. Emolino wird Rache nehmen. Ehrlich gesagt, in der Haut dessen, der den Tod des Jungen zu verantworten hat, möchte ich nicht stecken.«

Brunner hatte keine Ahnung, was er mit seinen Worten bei Kerner auslöste. Dem ehemaligen Oberstaatsanwalt trieb es den Schweiß auf die Stirn. Er hatte gestern Abend lange darüber nachgedacht, wie er sich verhalten sollte, wenn Brunner ihn darauf ansprach. Es gab offensichtlich im Augenblick keinerlei Beweise, die auf seine Person hindeuteten. Daher hatte er sich entschlossen, vorerst zu schweigen und die Entwicklung abzuwarten. Es war jetzt egal, wann seine Täterschaft ans Licht kam. Er hatte einen Menschen erschossen und es verschwiegen – und die Leiche sogar noch verscharrt.

Emolino lebte zwar nicht mehr, aber seine Familie existierte weiter. In Gedanken hörte er Emolinos giftige Stimme: »Du bist tot!«

32

Trospanini war klar, dass er jetzt etwas unternehmen musste. Mit dem Fund von Ricardos Leiche ergab sich die Notwendigkeit, auch den alten Emolino offiziell sterben zu lassen. Es wäre der Familie nicht zu vermitteln gewesen, dass der Pate nicht zur Beerdigung seines Sohnes kommt.

Der Consigliere hatte gute Verbindungen in die USA. Nach kurzem Überlegen griff er zum abhörsicheren Telefon und rief jenseits des großen Teiches eine bestimmte Nummer an. Das Gespräch dauerte fast zwanzig Minuten.

Zwei Tage später traf den Emolino-Klan ein weiterer Schicksalsschlag. Aus den Vereinigten Staaten kam die Meldung, dass bei einem Flug von Chicago nach Denver eine Cessna aus unerfindlichen Gründen abgestürzt sei. An Bord war, neben dem Piloten, Francesco Emolino. Die Maschine brannte fast vollständig aus. Allerdings fand man in einem unverbrannten Teil des Flugzeugs einen weitgehend verschont gebliebenen Aktenkoffer, der Emolinos Papiere enthielt. Was darüber hinaus ein echtes Rätsel war: Man fand in den Trümmern nur eine Leiche, nämlich die von Francesco Emolino. Vom Piloten weit und breit keine Spur. Alle Hinweise auf den Flugzeugführer verliefen im Sand. Die Flugaufsicht, die den Absturz untersuchte, kam zu dem Ergebnis, dass an Bord während des Fluges ein Brand ausgebrochen sein musste, der letztlich zum Absturz führte. Der Pilot schien sich durch einen Fallschirmsprung gerettet zu haben. Nach ihm wurde gefahndet.

Das Schicksal hatte den Emolino-Klan hart getroffen. Zuerst der Sohn, dann der Vater. Damit war die Führungsriege der Emolinofamilie praktisch ausgelöscht, und Trospanini konnte das Regiment übernehmen.

Als Trospanini die Nachricht per Fax erhielt, lehnte er sich im Sessel des abgestürzten Paten entspannt zurück. Manchmal musste man im Leben nur warten können, dann fiel einem der Erfolg wie eine reife Frucht in den Schoß. Auf seine amerikanischen Verbindungen war Verlass, das würde er sich merken.

Während er noch in Machtfantasien schwelgte, fiel ihm Don Pietro ein. Der Alte konnte ihm gefährlich werden. Wenn er vom Tod des Alten erfuhr, würde das bei ihm mit Sicherheit Begehrlichkeiten auf Emolinos Gebiet wecken. Er griff zum Telefon und rief einige Männer an, denen er befahl, ihm sofort zu melden, wenn im Emolino-Gebiet irgendwelche Aktivitäten von Pietros Männern zu bemerken wären.

Trospanini stand auf und sah zum Fenster hinaus. Schließlich fasste er einen Entschluss. Die Zeit war gekommen, Nägel mit Köpfen machen. Kurz entschlossen rief er Schmitts Nummer an. Auf dessen Mailbox hinterließ er eine kurze Nachricht, wonach er ihn gerne am bekannten Treffpunkt gesprochen hätte. Er hatte für den Sprenger einen Großauftrag, einen Rundumschlag, der im Ergebnis klare Verhältnisse schaffen würde.

Brunner hörte von dem Flugzeugabsturz in den Vereinigten Staaten über die Medien. Im Internet kam eine entsprechende Meldung, die dem Leiter der Sonderkommission *Spessartblues* die Sprache verschlug. Zuerst der Sohn und jetzt der Vater. Die Umstände des Flugzeugabsturzes waren ja mehr als verdächtig. Kein Pilot in der Maschine, das konnte nicht mit rechten Dingen zugehen! Das roch gewaltig nach Krieg zwischen verfeindeten Mafiafamilien. Aber egal, wenn diese Nachricht stimmte, mussten die Ermittlungen gegen Emolino eingestellt werden. Die Sonderkommission war damit überflüssig und konnte eigentlich aufgelöst werden. Jetzt kam es darauf an, wer sich an Emolinos Stelle an die Spitze der Familie setzen würde. Er tippte auf Trospanini, da Emolinos Sohn auch nicht mehr am Leben war. Dem Consigliere kam die Entwicklung sicher sehr gelegen. Es gab nach Brunners Ansicht nur einen gefährlichen Konkurrenten, der Trospanini die Führung streitig machen konnte: Pietro Vasselari, der Würzburger Pate. Hoffentlich kam es zu keinem Bandenkrieg.

Brunner setzte sich ans Telefon und verabredete für den späten Vormittag mit Kerners Nachfolger in der Staatsanwaltschaft Würzburg einen Besprechungstermin. Es galt, die Frage zu klären, ob man nun auch gegen Trospanini ermitteln sollte.

Während Brunner in der Staatsanwaltschaft war, legte ihm eine Sekretärin eine Notiz auf den Schreibtisch. Sie enthielt die Mitteilung, dass der im Koma liegende Michele Riccardino am frühen Vormittag verstorben war, ohne noch einmal das Bewusstsein wiedererlangt zu haben.

33

Fünf Wochen später

Kerner bereitete die Tatsache, dass der von ihm angeschossene Entführer an seinen Verletzungen gestorben war, keine besonderen Bauchschmerzen. Brunner hatte beschlossen, die Angelegenheit nicht zu verfolgen. Das war zwar grundsätzlich ein Verstoß gegen seine Dienstpflicht, aber dieses Ermittlungsverfahren wäre sowieso einzustellen gewesen, da es keine Zeugen gab und man allein aufgrund Kerners Aussage hätte entscheiden müssen.

Kerners neue Aufgabe als Direktor eines Amtsgerichts hielt ihn ziemlich auf Trab, sodass er immer seltener Zeit fand, um über den Schandfleck auf seiner weißen Weste, Ricardo Emolino, nachzudenken. Hinzu kam, dass der Präsident des Oberlandesgerichts in Bamberg beschlossen hatte, den Termin seiner offiziellen Amtseinführung sechs Wochen nach seinem Dienstantritt zu terminieren. Das war in einer guten Woche. Für diese Feier, zu der neben dem Präsidenten des Oberlandesgerichts und der Präsidentin des Landgerichts in Würzburg zahlreiche Prominenz aus Politik, Kirche und Verwaltung sowie die Presse und alle Behördenmitarbeiter eingeladen worden waren, gab es reichlich Organisatorisches zu erledigen. Insgesamt wurde mit deutlich über hundert Gästen gerechnet. Der Festakt sollte in der Aula der Schule der Kreuzschwestern stattfinden, einem Kloster hoch über den Häusern der Stadt Gemünden.

Steffi ging es wieder einigermaßen gut. Sie war zwar bei einer Psychotherapeutin in Behandlung, um die traumatischen Erlebnisse der Entführung zu verarbeiten, aber die

Therapie half. Beim Festakt würde sie als weibliche Begleitung an der Seite Kerners auftreten.

Es war sieben Tage vor dem Festakt. Kerner hatte mit Steffi im Wohnzimmer gemütlich einige Gläser Silvaner genossen, dann waren sie zu Bett gegangen. Irgendwann in der Nacht klingelte das Telefon. Kerner schreckte hoch und sah auf die Uhr. Kurz vor drei. Früher, als Staatsanwalt, hatte er häufiger zu den unmöglichsten Zeiten Anrufe erhalten, meist von den Ermittlern der Sonderkommission. Jetzt, da er Richter war, gab es dafür kaum noch eine Notwendigkeit.

Kerner erhob sich, nahm ab und meldete sich. Zunächst war nur ein kratzendes atmosphärisches Rauschen zu hören, dann sagte eine leise Stimme, die aber trotzdem gut verständlich war, nur drei Worte: »Du bist tot!« Danach wurde aufgelegt.

Steffi, die einen leichten Schlaf hatte und aufgewacht war, hatte das Nachttischlicht angemacht. Obwohl sie verschlafen war, sah sie ihrem Freund die Betroffenheit an, die der Anruf bei ihm ausgelöst hatte.

»War es etwas Unangenehmes?«, fragte sie.

Kerner riss sich zusammen.

»Ach, nur so ein Irrer, der blöde ins Telefon gegrölt hat.« Er konnte Steffi bei ihrem immer noch sehr fragilen Gesundheitszustand unmöglich die Wahrheit sagen. Er legte sich wieder zu ihr und nahm sie in den Arm.

Als Steffi schon lange wieder tief und fest neben ihm schlief, lag er noch immer wach und starrte auf das bizarre Muster, das vom Licht der vor dem Haus stehenden Straßenlaterne an die Decke des Schlafzimmers gezeichnet wurde. Als wäre es gestern gewesen, hörte er wieder die Stimme Emolinos, der diese Drohung mehrfach ausgestoßen hatte.

Kerner rief sich den Anrufer ins Gedächtnis zurück. Es

waren zwar Emolinos Worte, aber natürlich nicht seine Stimme. Das konnte ja nicht möglich sein, da der Verbrecher tot war. Irgendjemand versuchte, ihn zu bedrohen, und benutzte dabei Emolinos Formulierung. Kerner nahm sich vor, wieder regelmäßig seine Schusswaffe zu tragen. In der letzten Zeit war er darin nachlässig geworden, weil er die befremdlichen Blicke seiner Mitarbeiter gespürt hatte, wenn sie ihn mit dem Revolver am Gürtel gesehen hatten. Aber offensichtlich war die Angelegenheit noch nicht ausgestanden. Würde das jemals ein Ende nehmen?

Irgendwann gegen Morgen schlief er dann ein.

Nur Brunner, Rettig und eine Schreibkraft waren von der ehemals zehn Mann starken Sonderkommission *Spessartblues* übrig geblieben. Sie standen in Kontakt mit dem Landeskriminalamt, das trotz der geänderten Vorzeichen einen Undercover-Beamten in der Organisation des ehemaligen Emolino-Klans einschleusen wollte. Gerade jetzt sah man eine günstige Gelegenheit, die Bande zu zerschlagen, und hoffte, auf diesem Wege auch Informationen über andere Mafiafamilien in Franken zu erhalten.

Zwei Tage vor der Amtseinführung Kerners, zu der Brunner und Rettig als persönliche Gäste Kerners eingeladen waren, brachte der Amtsbote am frühen Morgen die Post, darunter einen wattierten Umschlag, der einen körperlichen Gegenstand enthielt. Er war an Brunner persönlich adressiert und trug keinen Absender.

Der Kriminalbeamte zögerte einen Augenblick. Die Verbrecher, die er jagte, waren durchaus fähig, eine Briefbombe zu verschicken. Schließlich verwarf er den Gedanken und öffnete den Umschlag vorsichtig mit dem Brieföffner. Er enthielt ein einzelnes Blatt Papier sowie in einer kleinen

Plastiktüte die Hülse einer Gewehrpatrone und ein total deformiertes Metallstück, das sich beim genaueren Hinsehen als deformiertes Projektil herausstellte.

Brunner zog sich Gummihandschuhe an, dann nahm er das Blatt vorsichtig in die Hand. Es handelte sich offensichtlich um einen Computerausdruck. »FOLGE DER SPUR DES JÄGERS«, stand da in Großbuchstaben. Und darunter RICARDO EMOLINO.

Brunner betrachtete nachdenklich die Nachricht und die Gegenstände. Durch die Plastikfolie konnte er den Boden der Hülse sehen. Kaliber .35 Whelen. Dieses Patronenkaliber war ihm völlig unbekannt. Was hatte das zu bedeuten? Wenn das ein Hinweis auf den Mörder von Ricardo Emolino sein sollte, wo kam der jetzt her? Ricardo war seit Wochen beerdigt.

Er schob die Botschaft und die Plastiktüte wieder vorsichtig in den Umschlag und begab sich in die kriminaltechnische Abteilung des Präsidiums. Der Kriminalbeamte drückte einem der Techniker den Umschlag in die Hände.

»Das ist heute mit der Post gekommen. Bitte Umschlag und Inhalt auf Fingerabdrücke untersuchen. Drinnen sind eine Patronenhülse und ein deformiertes Projektil. Ich muss alles wissen, was man an Wissenswertem herausholen kann. Vergleicht es auch mit den Geschosssplittern, die bei der Leiche von Ricardo Emolino gesichert wurden.«

»Bis wann brauchen Sie das Ergebnis?«, wollte der Techniker wissen. »Wir sind bis zum Stehkragen mit Arbeit eingedeckt.«

»Wenn möglich schon gestern«, gab Brunner knapp zurück.

Der Mann gab ein unwilliges Brummen von sich, versprach dann aber, sein Möglichstes zu tun.

Zurück in seinem Büro, ging Brunner ins Internet und gab in der Suchmaschine ».35 Whelen« ein. Er bekam erstaunlicherweise 418.000 Treffer, davon über 90 % auf ausländischen Servern. Auf einer amerikanischen Seite erfuhr er, dass es sich um ein Projektil mit einem Durchmesser von 0,358 Inches handelte, was 9,1 mm entsprach. Eine ordentliche Pille, dachte Brunner. Nach der Beschreibung wurde diese Patrone praktisch nur bei der Jagd auf größeres Wild verwendet. Ihre Präzision war für den genannten Zweck gut, aber nur auf verhältnismäßig kurze Entfernungen. Also sicher keine Scharfschützenpatrone. Allerdings wurde ihre Tötungswirkung als ausgesprochen zuverlässig beschrieben.

Brunner starrte einen Moment nachdenklich auf die Tastatur seines Rechners, dann drehte er sich um und griff sich das Telefon. Eine Minute später war er mit der Unteren Jagdbehörde im Landratsamt Main-Spessart verbunden. Dort wurden sämtliche Waffen registriert, die sich im Landkreis legal in Jägerhand befanden.

Nach einer kurzen Begrüßung trug der Kriminalbeamte sein Anliegen vor: »Können Sie mir eine Liste aller Jäger zukommen lassen, die ein Jagdgewehr mit dem Kaliber .35 Whelen besitzen?«

Der Sachbearbeiter überlegte kurz, dann erwiderte er: »Das ist ja was ganz Exotisches. Ich kann mir nicht vorstellen, dass die Liste lang wird. Ich werde mal die Datenbank befragen. Geben Sie mir Ihre E-Mail-Adresse, ich schicke Ihnen das Ergebnis zu.«

Brunner bedankte sich und wandte sich dann dem Papierkram auf seinem Schreibtisch zu. Nachdem man die Sonderkommission personell geschrumpft hatte, musste er auch den lästigen Kleinkram selbst erledigen.

Nach nicht einmal fünfzehn Minuten zeigte sein Rechner

mit einem Klingelton den Eingang einer E-Mail an. Brunner öffnete sie gespannt. Was er da zu lesen bekam, verschlug ihm die Sprache. Erst nachdem er die Mail dreimal gelesen hatte, akzeptierte sein Verstand den Sinn der Buchstaben, die da in nüchterner Sachlichkeit einen Namen und eine Adresse benannten: Simon Kerner, Partenstein. Besitzer eines halbautomatischen Jagdgewehrs Marke Remington im Kaliber .35 Whelen. Alles ordnungsgemäß eingetragen in seine Waffenbesitzkarte.

Eberhard Brunner ließ sich in seinen Sessel zurücksinken und blickte zum Fenster hinaus. Nachdem er den ersten Schock überwunden hatte, rief er sich zur Ordnung und zwang sich zu rationalem Denken. Im Augenblick besagte die Auskunft des Landratsamtes nur, dass Kerner über ein solches Jagdgewehr verfügte. Der Übersender der Geschosshülse konnte diese Patrone von weiß Gott woher haben. Das war alles, nur kein schlüssiger Beweis! Das sah ganz nach einem Versuch der Mafia aus, Kerner eine reinzuwürgen. Brunner überlegte, ob er in Gemünden anrufen sollte. Der Polizist in ihm kämpfte mit dem Freund. Er musste daran denken, was Kerner getan hatte, um Steffi aus den Händen der Entführer zu befreien. Hätte man ihn vorher gefragt, ob der Oberstaatsanwalt in der Lage sei, es mit zwei Entführern aufzunehmen, hätte er heftig verneint. Hingegen war Kerner eiskalt vorgegangen: Er hatte seine Freundin befreit, einen der Entführer zusammengeschlagen und den anderen so schwer niedergeschossen, dass er später an den Folgen dieser Verletzung verstorben war. Ob in dem Mann des Rechts vielleicht eine dunkle Existenz steckte, die bei starkem persönlichen Druck dazu neigte, das Gesetz selbst in die Hand zu nehmen?

Brunner ging zum Automaten und holte sich eine Tasse

Kaffee. Eine ganze Stunde grübelte er über einer Akte und kam keinen Schritt weiter. Er wusste gar nicht, wie oft er das aufgeschlagene Vernehmungsprotokoll schon gelesen hatte, ohne den eigentlichen Inhalt zu erfassen. Die Möglichkeiten, die sich aus der Auskunft des Landratsamtes ergaben, beschäftigten ihn und ließen keine anderen Gedankengänge zu.

Irgendwann läutete das Telefon. Ein Kollege der kriminaltechnischen Untersuchungsabteilung war dran.

»Kollege Brunner, es wäre sehr hilfreich, wenn wir für die Untersuchung die Waffe hätten, aus der geschossen wurde. Ist das möglich? Die Patronenhülse zeigt eine Besonderheit auf, die wir nur mithilfe einer Vergleichspatrone zuordnen können.«

Diese Forderung des Technikers löste bei Brunner eine Entscheidung aus.

»Im Augenblick haben wir das Gewehr noch nicht, aber ich werde es besorgen«, erklärte er.

Zehn Minuten später stieg er in ein ziviles Dienstfahrzeug und machte sich auf den Weg nach Gemünden. Für den Kriminalbeamten war es wirklich ein schwerer Weg.

Eine dreiviertel Stunde später parkte er seinen Wagen auf dem Behördenparkplatz des Amtsgerichts. Er betrat das Foyer und sah sich mit zwei Justizwachtmeistern konfrontiert, die ihn höflich, aber bestimmt baten, durch eine Sicherheitsschleuse zu treten. Um die Sache abzukürzen, griff er in die Tasche und holte seinen Dienstausweis heraus.

»Ich muss Direktor Kerner sprechen.«

»Sind Sie bewaffnet?«, wollte der größere der beiden Beamten wissen.

Brunner schlug statt einer Antwort seine Lederjacke zurück und ließ sie seine Dienstwaffe sehen.

»Geht in Ordnung«, gab der Beamte zurück. »Herr Kerner ist aber in einer Sitzung. Er verhandelt heute eine Schöffensache. Es geht um schwere Körperverletzung. Wenn Sie ihn dringend sprechen müssen, setzen Sie sich am besten vor den Sitzungssaal 1. Sicher gibt es zwischendurch mal eine Pause.«

Brunner bedankte sich und passierte die Schleuse.

Der gesuchte Sitzungssaal befand sich nur zwei Treppen höher. Im Wartebereich saßen zwei Männer, vermutlich Zeugen. Einer davon trug einen Kopfverband. Wahrscheinlich das Opfer des Angeklagten, dachte Brunner.

Der Kriminalbeamte setzte sich wortlos in eine Ecke und vertiefte sich in eine Zeitschrift, die dort auslag. Der Eingang des Gerichtssaals befand sich nur wenige Meter von ihm entfernt. Gelegentlich hörte man lautere Stimmen herausdringen. Er konnte Kerners Bariton identifizieren.

Die Zweifel, die ihn plagten, konnte er nur beseitigen, wenn er den Vorschlag des Technikers befolgte. Sollte Kerner wider Erwarten etwas mit der Sache zu tun haben, musste er die dann erforderlichen Ermittlungen an einen Kollegen abgeben. Er war viel zu sehr mit Kerner befreundet, um objektiv handeln zu können. Darüber war er sich im Klaren. Dies würde er aber erst dann tun, wenn ein Anfangsverdacht gegen Kerner wirklich begründet war.

Zwanzig Minuten später ging plötzlich die Tür des Verhandlungssaals auf, und ein Schwall Menschen kam heraus. Allen voran ein schwarzhaariger, älterer Mann, dicht gefolgt von einem Polizeibeamten. Offenbar der Angeklagte. Sofort zog er sich mit seinem Anwalt in eine ruhige Ecke zurück, um sich mit ihm zu besprechen. Aus dem Zuschauerraum kamen fünf Personen, die sich im Vorraum verteilten. Der Staatsanwalt, das konnte Brunner durch die Tür sehen, blieb an seinem Platz sitzen und vertiefte sich in seine Akten.

Kerner kam etwas später herausgeschlendert. Er sprach dabei mit einem Mann, der sich Notizen machte. Offensichtlich ein Pressevertreter.

Plötzlich erkannte Kerner Brunner. Er war sichtlich überrascht. Für einen Augenblick glaubte Brunner, in seinen Augen einen Anflug von Unruhe zu sehen, aber wahrscheinlich bildete er sich das nur ein.

Kerner beendete das Gespräch mit dem Pressemann und kam auf Brunner zu.

»Hallo, Eberhard, willst du sehen, ob ich mich als Richter auch nicht blamiere?«

Er schüttelte Brunner die Hand.

»Simon, kann ich dich mal für einen Moment unter vier Augen sprechen?«, fragte er, ohne auf Kerners Bemerkung einzugehen. Der Unterton in Brunners Stimme ließ Kerner aufhorchen. Innerlich verspannte er sich.

»Natürlich. Komm mit ins Beratungszimmer, dort sind wir ungestört. Allerdings habe ich nicht lange Zeit.« Er warf einen bezeichnenden Blick auf die herumstehenden Personen.

Brunner nickte und folgte Kerner in das Zimmer. Bis auf einen Schrank, einen Tisch und einige Stühle war der Raum unmöbliert.

»Also, was gibt's so Eiliges, dass du eigens von Würzburg nach Gemünden fährst?«

»Simon, es ist mir unangenehm, aber es muss sein.« Brunner räusperte sich.

Kerner lehnte sich mit dem Rücken gegen das Fenster und wartete.

»Uns ist anonym eine Gewehrpatrone zugespielt worden, die vom Einsender in einer Nachricht zum Tod Ricardo Emolinos in Bezug gebracht wurde. Es handelt sich um eine Jagdpatrone im Kaliber .35 Whelen. Jetzt müssen wir alle

Waffen dieses Kalibers überprüfen, ob diese Patrone daraus abgefeuert wurde. Ich habe beim Landratsamt nachgefragt, du bist der Einzige, der im Landkreis eine derartige Waffe besitzt. Kannst du mir bitte die Waffe aushändigen, damit die Kriminaltechnik eine Überprüfung durchführen kann?«

Auf Kerners Gesicht zeigte sich ein Anflug von Ärger. »Du willst doch damit nicht etwa sagen, dass du mich verdächtigst ...«

Brunner wich einer konkreten Antwort aus.

»Mein Gott, Simon, ich bin eigens selbst hierhergefahren, um dir den Besuch einer Polizeistreife zu ersparen. Du kennst doch das Prozedere. Ich nehme die Waffe und ein paar Patronen mit. Dann wird damit geschossen, und die Zeichen, die dein Gewehr an der Patrone hinterlässt, werden mit den Spuren verglichen, die sich auf der uns zugeschickten Patrone befinden. Reine Routine. In ein paar Tagen hast du die Waffe wieder, und keiner hat es mitbekommen.«

Kerner gab keine weiteren Kommentare ab. Er stieß sich von Fenster weg und bewegte sich in Richtung Ausgang.

»Im Augenblick kann ich hier nicht weg. Ich denke, dass die Verhandlung in spätestens einer Stunde beendet ist. Wenn du dich so lange hier in Gemünden aufhalten willst, können wir danach zu mir nach Hause fahren, und du kannst das Gewehr mitnehmen.«

»Simon, ich danke dir für dein Verständnis. Wenn du nichts dagegen hast, setze ich mich in den Zuschauerraum und folge der Verhandlung.«

Kerner zuckte mit den Schultern und verließ wortlos das Besprechungszimmer. Brunner hatte irgendwie den Eindruck, als wäre sein Freund plötzlich etwas gereizt. Er folgte ihm und setzte sich in eine der Zuschauerbänke. Die Verhandlung nahm ihren Fortgang.

Der Kriminalbeamte ertappte sich dabei, dass er Kerner genauer beobachtete. Das Gericht tagte angesichts der Schwere der angeklagten Tat als Schöffengericht. Das bedeutete, dass neben Kerner als Berufsrichter noch zwei ausgewählte Bürger als Schöffen, also als Laienrichter, fungierten. Kerner führte den Vorsitz souverän, so als würde er das Richteramt schon seit Jahren ausüben. Brunner konnte keinerlei Nervosität oder Konzentrationsschwäche bei ihm feststellen.

Nach eineinhalb Stunden hielten zuerst der Staatsanwalt und anschließend der Verteidiger ihr Plädoyer, dann zog sich das Gericht zur Beratung zurück. Eine halbe Stunde später kam das Schöffengericht aus der Beratung zurück und Kerner verlas das Urteil: 1 Jahr 9 Monate Freiheitsstrafe, die zur Bewährung ausgesetzt wurde. Der Angeklagte nahm das Urteil an, die Verhandlung war beendet.

»Ich muss mich noch schnell umziehen«, erklärte Kerner, nachdem er die Schöffen verabschiedet hatte.

Sie betraten sein geräumiges Dienstzimmer. Er verstaute seine Richterrobe im Schrank und hängte die Krawatte daneben.

»Mit Bewährung ist der Bursche ganz gut weggekommen«, versuchte Brunner ein Gespräch. Er war jetzt ziemlich sicher, dass Kerner etwas verärgert war.

»Er war nicht vorbestraft«, entgegnete Kerner knapp, dann ging er zur Tür und verständigte seine Sekretärin, dass er heute Nachmittag zu Hause an seiner Rede für die Amtseinführung arbeiten würde. Er schloss wieder die Tür.

»Ich wäre dann so weit.« Er wies zum Ausgang.

Kerner fuhr vorneweg, Brunner im Dienstwagen hinterher. Während Kerner seinen Defender in die Garage lenkte, parkte Brunner vor dem Haus.

»Woher kommt denn dieser Hinweis?«, fragte Kerner, während sie hineingingen.

»Wie ich sagte, anonym, mit der Post. Du weißt ja, dass wir bei Straftaten auch solchen Hinweisen nachgehen müssen.«

»Kein Problem«, erwiderte Kerner und bat Brunner mit einer Handbewegung in sein Arbeitszimmer. Er öffnete seinen Waffenschrank und nahm ein schwarzes Gewehr mit Kunststoffschaft heraus.

»Hier ist das gute Stück. Tut mir einen Gefallen und geht sorgfältig damit um.« Dann griff er sich eine Schachtel mit Munition und händigte sie ihm ebenfalls aus. »Die Schachtel ist fast voll. Ich hoffe, das reicht.«

Brunner bedankte sich. »Tut mir leid, dass ich dir Umstände machen muss, aber …«

Kerner winkte ab. »Kein Problem, was sein muss, muss sein.«

Der Kriminalbeamte hatte nicht den Eindruck, dass Kerner nach einem Gespräch zumute war. Er händigte ihm noch eine Bescheinigung für die Übernahme der Waffe aus, dann verabschiedete er sich und ging.

Kerner sah durchs Fenster Brunners Fahrzeug davonfahren. Jetzt endlich konnte er seine Beherrschung fallen lassen. Er setzte sich auf die Couch in seinem Arbeitszimmer und verschränkte die Hände hinter dem Kopf.

Vermutlich war sein Spiel jetzt aus. Es war anzunehmen, dass ein Mitglied des Emolino-Klans, das ihm seinerzeit das Bild von der Patrone geschickt hatte, jetzt das Original an die Polizei gesandt hatte. Für ihn gab es keinen Zweifel: Die Waffentechniker konnten die Patronenhülse ohne Probleme seiner Waffe zuordnen. Dann war wohl alles vorbei. Er dachte an den Drohanruf. Es war gar nicht erforderlich, ihn zu ermorden. Wenn man seine berufliche und gesellschaftliche Existenz vernichtete, war er praktisch auch tot. Vielleicht war dies das Ziel?

Kerner fragte sich, warum er Brunner nicht gleich reinen Wein eingeschenkt hatte. Dann wäre die Sache wenigstens erledigt gewesen. Was jetzt ablief, war seine Demontage in Etappen. Brunner spielte das zwar als Routineuntersuchung herunter, aber Kerner wusste, wie das lief. Auch wenn Brunner das nicht sagte, so hatten sie wahrscheinlich auch das Projektil gefunden, das Ricardo getötet hatte. Damit war die Beweiskette wasserdicht, und Leugnen war sinnlos. Kerner ging zum Schrank und goss sich einen doppelten Cognac ein. Er schimpfte sich einen elenden Feigling und leerte das Glas mit einem Zug. Er nahm sich vor, morgen endlich mit Brunner zu sprechen. Einmal musste Schluss sein. Die Justiz würde ihn verurteilen und im Rahmen eines Disziplinarverfahrens aus dem Staatsdienst entfernen. Steffi würde sich schämen, mit einem solchen Menschen liiert zu sein, und ihm den Laufpass geben.

Dem ersten Glas folgten noch drei weitere. Er wusste nicht, warum er sich nicht gleich eine Kugel gab. Dann wäre alles vorbei. Ein letztes Aufbäumen seines Stolzes hinderte ihn daran, der Mafia diesen Triumph zu verschaffen.

Schließlich sank er seitlich auf die Couch und schlief ein.

So fand ihn Steffi am späten Nachmittag vor, als sie von der Arbeit nach Hause kam. Erschrocken weckte sie ihn auf und fragte, was los sei. Kerner winkte nur ab, murmelte etwas von einem verdammten Feigling und ließ sie stehen. Als sie wenig später nach ihm sah, lag er angekleidet quer über seinem Bett und schnarchte. Bedrückt verließ sie das Haus und fuhr in ihre eigene Wohnung. Sie konnte sich Kerners Verhalten, das in der letzten Zeit seine erheblichen Stimmungsschwankungen widerspiegelte, nicht erklären und litt sehr darunter.

In der Nacht wurde Kerner vom penetranten Läuten des Telefons geweckt. Es dauerte geraume Zeit, ehe er sich zurechtfand. Mühsam stand er auf. In seinem Kopf hämmerte das Blut und versuchte, ihm den Schädel zu sprengen. Sein Mund war trocken, und seine Zunge fühlte sich wie Sandpapier an. Als er aufrecht stand, wurde er von einem heftigen Schwindelanfall ergriffen, der ihn fast wieder aufs Bett geworfen hätte. Er hielt sich am Fensterbrett fest, bis der Anfall vorüber war, dann marschierte er tapsig durch die Dunkelheit in Richtung Telefon. Der Anrufer hatte noch nicht aufgegeben.

Kerner hob ab und meldete sich brummig. Zunächst war nur das Rauschen der Verbindung zu hören, dann hörte er wieder die Stimme, die schlagartig alle Nebel lichtete, die um sein Gehirn waberten: »Du bist tot.« Der Mann am anderen Ende sprach langsam und deutlich. Dann wurde die Verbindung unterbrochen.

»Verdammtes Arschloch!«, brüllte Kerner aufbrausend und warf den schnurlosen Telefonhörer wütend auf den Boden. Mit einem knackenden Geräusch löste sich der Rückenteil des Geräts, und der Akku rutschte über den Boden.

Kerner erschien dieser Vorgang irgendwie symptomatisch für seine Zukunft. Sein ganzes Leben flog ihm um die Ohren. Das war für ihn nicht länger zu ertragen. Morgen früh hatte er zwei Strafsitzungen, anschließend würde er zu Brunner nach Würzburg fahren und sich selbst anzeigen. Danach würde er die Präsidentin des Landgerichts informieren und sie um Aufhebung des Festakts zu seiner Amtseinführung bitten.

34

Brunner war gerade dabei, im Büro sein Mittagessen in Form eines Leberkäswecks zu verzehren, als Kerner zur Tür hereinkam. Der Kriminalbeamte sah seinen Freund mit erstauntem Blick an. Wie sah Simon nur aus? Man konnte den Eindruck gewinnen, als hätte er die ganze Nacht durchgezecht. Er trug einen Dreitagebart, und unter den Augen lagen tiefe Schatten. Keine Spur mehr von dem einstmals so korrekten, gutaussehenden, agilen Staatsanwalt.

»Grüß dich, Simon«, rief Brunner, ging ihm einige Schritte entgegen und gab ihm die Hand. Dabei hatte er das Gefühl, als würde Kerner nach Alkohol riechen.

»Du hast wohl Heimweh nach der Sonderkommission *Spessartblues*? Komm setzt dich!« Er schob ihm einen Stuhl zu. »Darf ich dir einen Kaffee anbieten?«

Kerner nickte zögernd.

Während Brunner seinem Freund eine Tasse mit dem schwarzen Gebräu einschenkte, fragte er: »Simon, was kann ich für dich tun? Ich denke, dass du nicht nur zum Kaffeetrinken hergekommen bist.«

Kerner schüttelte den Kopf und rührte langsam den Zucker in der Tasse um.

»Eberhard, mir brennt schon längere Zeit etwas auf der Seele, das ich jetzt einfach loswerden muss.«

Brunner setzte sich ihm gegenüber und schenkte sich auch einen Kaffee ein. Aufmerksam sah er seinen Freund an. »Lass es einfach raus. Du weißt, bei mir ist es gut aufgehoben.«

Kerner wollte gerade anfangen zu sprechen, als es an der Türe klopfte. Brunner warf ihm einen entschuldigenden Blick zu, dann rief er »Herein«.

Es war seine Kollegin Rettig, die Kerner einen erstaunten Blick zuwarf, ehe sie ihn dann freundlich begrüßte.

»Das hier ist das Untersuchungsergebnis der Kriminaltechnik, auf das du wartest«, erklärte sie und legte ihrem Kollegen ein Blatt auf den Schreibtisch.

Der Leiter der Sonderkommission bedankte sich bei der Kollegin und nahm das mit Computer beschriebene Blatt in die Hand.

»Simon, eine Sekunde«, sagte er, »vielleicht interessiert dich das auch. Das ist das Resultat der Untersuchung deines Gewehrs.«

Kerner nickte wortlos und ließ resignierend die Schultern fallen.

Brunner überflog das Gutachten, brummte zwischendurch, um dann am Ende ein »Na so was« von sich zu geben. Freundlich sah er seinen Besucher an.

»Also, lieber Simon, unsere Kriminaltechniker haben wieder einmal schnelle, saubere Arbeit geliefert.«

Kerner trat der Schweiß auf die Stirn. Jetzt musste es kommen!

»Die uns überlassene Patronenhülse wurde tatsächlich aus deinem Jagdgewehr abgefeuert. Der Patronenauszieher hinterlässt bei den Hülsen am Hülsenmund eine kleine Delle, was für deine Waffe unverwechselbar typisch ist.«

»Das weiß ich«, gab Kerner leise zurück, »lass mich dazu etwas sagen.«

»Warte«, unterbrach ihn Brunner, der gar nicht richtig zugehört hatte, »jetzt wird es erst interessant. Der anonyme Einsender hat uns, zusammen mit der Patronenhülse, auch ein stark aufgepilztes Projektil zugeschickt. Das habe ich dir bisher verschwiegen. Die Kollegen schreiben hier, dass dieses Geschoss auf keinen Fall aus deiner Waffe stammen kann, da es ein deutlich kleineres Kaliber hat. Sie tippen auf .308. Außerdem wird in deinen Patronen ein gänzlich anderes Pulver verbrannt als das, mit dem das zugeschickte Projektil verschossen wurde. Wenn ein Geschoss durch das Schießpulver durch den Lauf getrieben wird, schreiben sie hier, werden durch den Druck winzige Partikel des Schießpulvers in den hinteren Teil des Geschosses getrieben. Diese Partikel haben sie untersucht und keine Übereinstimmung gefunden.«

Kerner wollte etwas sagen, doch Brunner unterbrach ihn mit einer Handbewegung.

»Warte, warte, der Hammer kommt jetzt erst. Die Rechtsmediziner haben bei Ricardo Emolino an der Innenseite der Rippen winzige Splitter eines Teilmantelgeschosses gefunden. Diese Geschossfragmente haben unsere Techniker mit dem Geschossrest verglichen, der uns zugeschickt wurde. Das Material ist hundertprozentig identisch!« Er sah Kerner freudig an. »Das heißt, dass Ricardo Emolino mit diesem Projektil, das nicht aus deiner Waffe stammen kann, erschossen wurde.«

Kerner sah Brunner völlig entgeistert an. Fast wäre ihm die Kaffeetasse heruntergefallen, die er auf dem Schoß hielt. Es dauerte einen Augenblick, bis sein Verstand verarbeitet hatte, was Brunner ihm da gerade eröffnete. Als er sich wieder etwas gefangen hatte, stellte er leise fest: »Eberhard, du hattest mich im Verdacht.«

»So krass würde ich das nicht ausdrücken, Simon. Wir haben einen Hinweis gekommen, und dem musste ich nachgehen. Ich kann als Polizeibeamter nicht einfach darüber hinweggehen, dass man Ricardo Emolino in deinem Jagdrevier gefunden hat, dass du das einzige Gewehr im Landkreis hast, das dem Kaliber entspricht, dessen Patronenhülse man uns zugespielt hat. Um dich von allem Verdacht freizustellen, musste ich diese Ermittlungen durchführen. Ich persönlich war mir sicher, dass es nur ein hinterlistiger Versuch war, dich hineinzureiten. Aber meine private Meinung als Freund ist hier nicht ausschlaggebend. Hier geht es um Beweise. Das muss ich dir doch nicht erklären. Diese freundlichen Menschen haben übersehen, dass wir hervorragende Methoden haben, um auch fast völlig deformierte Geschosse zumindest einem bestimmten Waffentyp zuordnen zu können. Damit bist du nun völlig aus dem Schneider! Freu dich doch darüber!

Jetzt müssen wir nur noch die richtige Waffe finden, dann haben wir auch den Mörder von Ricardo Emolino. Ich habe allerdings wenig Hoffnung, dass uns das so schnell, wenn überhaupt, gelingen wird.« Er lächelte.

Kerner war völlig erschlagen. Die Sorgen von Wochen fielen schlagartig von seiner Seele.

»Eberhard, wenn du wüsstest ...«

Der Kriminalbeamte legte seinem Freund die Hand auf den Arm. »Lass gut sein, Simon. Du kannst mir die ganze Geschichte erzählen, wenn sich mal ein geeigneter Augenblick bietet. Im Augenblick bin ich ziemlich beschäftigt.«

Kerner trank seinen Kaffee aus und erhob sich. »Ich glaube, ich fahre jetzt wieder in mein Gericht. Morgen ist meine Amtseinführung, und ich habe noch einige Dinge zu organisieren. Wir sehen uns dann beim Festakt.

Ach, kann ich mein Gewehr jetzt wieder mitnehmen?«

»Natürlich, wir gehen gleich bei den Technikern vorbei. Es wird ja jetzt nicht mehr benötigt.«

Nachdem Kerner sein Gewehr und die restliche Munition in Empfang genommen hatte, begleitete Brunner ihn zum Ausgang.

Er sah dem Defender eine Zeitlang nachdenklich hinterher, bis er ihn aus den Augen verlor.

Kerner fühlte sich wie auf Wolken, wenn er auch das Untersuchungsergebnis seiner Waffe und des Projektil nicht verstehen konnte. Er hatte geschossen, soviel stand fest. Am Maisfeld lag der tote Ricardo Emolino. Es konnte nur den sehr unwahrscheinlichen, aber einzig sinnvollen Schluss geben, dass in jener Nacht noch ein Schütze unterwegs war, der etwa zur gleichen Zeit geschossen hatte wie er. Da er keinen Schuss gehört hatte, musste er aus einem schallgedämpften Gewehr abgegeben worden sein. Das hieß aber, jemand hatte Ricardo Emolino gezielt ermordet. Also ein Killer! Nach seinen Erfahrungen mit den Praktiken der Mafia steckte da vermutlich eine konkurrierende Familie dahinter. Oder sollte ihm der Mord absichtlich in die Schuhe geschoben werden? Und vor allen Dingen, die für ihn wichtigste Frage: Auf wen oder was hatte er dann geschossen?

Er schob diese Gedanken nachdrücklich beiseite. Heute genoss er erst einmal seine Befreiung von der Last der Schuld. Der morgigen Feier stand damit nichts mehr im Wege. Bei dem Gedanken fiel ihm ein, dass er noch einmal seine Rede überarbeiten musste.

Nach dieser positiven Nachricht hätte er die Feierstunde eigentlich richtig genießen können, wenn nicht noch diese nächtlichen Anrufe wären. Die persönliche Bedrohung bestand nach wie vor.

Il Freddo war 1,82 m groß, schlank, durchtrainiert und zweiunddreißig Jahre alt. Die schwarzen Haare trug er militärisch kurz geschnitten. Sein Gesicht war glatt rasiert. Seine eisblauen Augen verbarg er meist hinter einer Sonnenbrille. Wenn er nicht gerade einen Auftrag ausführte, trug er gerne teure Maßanzüge von Gucci, dazu maßgeschneiderte, schwarze Hemden und italienische Schuhe vom selben Hersteller. Zu seinem Outfit gehörten außerdem Lederhandschuhe, die das stimmige Ensemble seiner Kleidung allerdings etwas störten. Diese Handschuhe waren im Bereich der Knöchel mit Bleipulver verstärkt, wodurch die Schlagwirkung im Bedarfsfall um ein Mehrfaches verstärkt wurde. Das Anzugjackett war großzügig geschnitten, sodass eine darunter getragene Schusswaffe nicht auffiel.

Er bewegte sich mit der natürlichen Gewandtheit und dem selbstbewussten Körpergefühl eines durchtrainierten Menschen, der sich prinzipiell allen gefährlichen Lebenssituationen gewachsen fühlte. Il Freddos Herkunft war – ebenso wie sein richtiger Name – niemals Bestandteil von Gesprächen. Don Pietro, der Il Freddo regelmäßig buchte, wusste nur, dass er aus Palermo stammte und sich über verschiedene Mafiafamilien hochgedient hatte, bis er schließlich heute für Don Pietro arbeitete. Man schrieb ihm verschiedene Attentate zu, die so etwas wie seine Referenzen darstellten. Bei einem dieser Einsätze war er einmal in seinem Leben leichtsinnig gewesen, und man hatte ihm an der linken Hand den kleinen Finger zur Hälfte weggeschossen, was ihn aber nicht sonderlich behinderte.

Der Pate der Vasselari-Familie hatte für heute ein Treffen in der Marienkapelle am Marktplatz in Würzburg vereinbart. Il Freddo amüsierte sich innerlich über den Tick des Alten, Treffen mit seinem Killer in einer Kirche zu arrangieren. Wieder ließ sich Il Freddo hinter der Bank Don Pietros nieder.

»Sie haben bei der Beseitigung der Emolinos gute Arbeit geleistet«, erklärte der Pate halblaut. Die Kirche war fast leer. Nur im Kreuzgang waren ein paar Touristen unterwegs, die sich aber nicht für die beiden Männer interessierten.

»Dieser Trospanini glaubt, dass er sich als Consigliere zum neuen Familienoberhaupt aufschwingen kann. Diesen Zahn möchte ich ihm möglichst schnell ziehen«, erklärte Don Pietro.

»Ich habe gehört, dass Trospanini Schmitt unter Vertrag hat. Das wird die Sache erschweren.« Il Freddos Stimme war nur ein Flüstern.

»Haben Sie Angst vor diesem Kerl?«

Einige Zeit war es hinter ihm still, dann drang die Stimme des Mannes als bösartiges Zischen an sein Ohr.

»Wenn Sie so etwas noch einmal sagen, sind Sie tot!«

»Ich wollte Sie nicht beleidigen«, lenkte Don Pietro ein. Der Kerl trieb ihm kalte Schauer über den Rücken. In seinen Augen war Il Freddo ein verrückter Psychopath. Allerdings ein sehr nützlicher Psychopath.

»Am besten erledigen Sie diesen Schmitt gleich mit. Gewissermaßen als präventive Maßnahme.«

Hinter ihm ertönte ein zustimmendes Brummen.

»Das Honorar wie üblich?«

Diesmal blieb die Antwort aus. Don Pietro warf einen Seitenblick nach hinten. Der Platz in der nächsten Bankreihe war wieder leer.

Don Pietro stand auf und schlenderte in Richtung Flügelaltar. Er warf noch einen bewundernden Blick auf die beeindruckenden Gemälde, dann verließ er ebenfalls die Kapelle.

35

Steffi wunderte sich. Als sie von der Arbeit nach Hause kam, fand sie einen recht entspannten Simon Kerner vor, der laut deklamierend durch die Wohnung lief und seine Rede übte.

»Hallo, Schatz«, begrüßte sie ihn, »du weißt, du solltest über alles reden, nur nicht über zwanzig Minuten.« Sie lachte.

Kerner rieb sich die Stirne. »Ich habe den Text jetzt schon dreimal umgeschrieben. Man will ja was Geistreiches von sich geben, ohne die Gäste zu langweilen. Zum Glück muss die Landgerichtspräsidentin die Begrüßung der Gäste übernehmen. Das ist eigentlich der Part, bei dem man in die meisten Fettnäpfe treten kann.«

»Du wirst das schon machen«, gab sie zurück und wandte sich in Richtung Küche.

»Du bist ja bei mir. Zur Not kannst du mir dann die Hand halten«, rief er ihr nach.

Steffi war von ihrer Teilnahme an der Feierstunde nicht gerade begeistert. Vier Reden waren zu ertragen, drei klassische Musikstücke eines Geigentrios und danach noch ein, zwei Stunden Smalltalk mit irgendwelchen Menschen, die sie nicht kannte. Sie war extra beim Friseur gewesen und hatte sich einen dem Anlass angemessenen, dunkelblauen Hosenanzug gekauft. Sie zuckte mit den Schultern, das würde auch vorübergehen.

Jedenfalls hatte sie ihren Schatz jetzt im Amtsgericht in Gemünden in ihrer Nähe, wo sie ihn bei Bedarf auch mal besuchen oder mit ihm die Mittagspause verbringen konnte. Aus ihrer Sicht war damit das gefährliche Leben als Mafiaermittler vorbei, und sie konnte wieder ruhiger schlafen. Sie ging in die Küche und öffnete den Kühlschrank.

Il Freddo war sich darüber im Klaren, dass ein zweiter Angriff auf das Anwesen Emolinos, um Trospanini zu beseitigen, wesentlich gefährlicher war als der Schuss auf Emolino. Vermutlich hatte der Consigliere das Grundstück mit zusätzlichen Sicherheitsvorkehrungen versehen lassen. Der Killer plante deshalb, Trospanini bei einer anderen Gelegenheit außerhalb des Hauses zu erledigen. Möglichkeiten hierzu würde es sicher geben. Zunächst wollte er sich aber um Schmitt kümmern, das war die riskantere Aufgabe. Er kannte Schmitts Ruf als unfehlbarer Killer, von dem keiner wusste, wie er tatsächlich aussah. Dieser Job hatte daher auch den besonderen Reiz, den nur eine Auseinandersetzung mit einem gleichwertigen Gegner bieten konnte. Il Freddo war zwar von seinem Können absolut überzeugt, aber er war nicht leichtsinnig. Schmitt war eine gefährliche Beute, die eine interessante Jagd versprach. Trospanini war dagegen nur ein Klacks.

Da Il Freddo den Schuss aus der Ferne dem Finale aus der Nähe vorzog, legte er sein Scharfschützengewehr in den Kofferraum eines Wagens, den er gemietet hatte, einen unauffälligen Fiat. Privat fuhr er einen Audi in seiner Lieblingsfarbe schwarz, den er aber bei Einsätzen aus naheliegenden Gründen nicht benutzte. Im Schulterholster trug er zusätzlich eine Beretta mit Schalldämpfer, um für alle Fälle gerüstet zu sein. Seine Kleidung war sportlich.

Da Schmitt nach Il Freddos Informationen Trospaninis Leibwächter war, musste er sich zwangsläufig auch in der

Nähe seines Auftraggebers aufhalten. Der sicherste Weg zum Erfolg war daher, Trospanini zu beobachten. Irgendwann würde Schmitt auftauchen. Dann war er bereit.

Nachdem er Trospanini ein paar Tage überwacht hatte, stellte er fest, dass dieser an bestimmten Abenden regelmäßig feste Adressen im Landkreis Main-Spessart anfuhr. Immer handelte es sich dabei um Bars oder Nachtclubs. Dabei war er stets in Begleitung eines kräftigen, dunkelhäutigen Mannes, der seiner Figur nach ein Boxer oder Ringer sein konnte. Offenbar fungierte der Mann auch als Fahrer. Il Freddo hatte Schmitt noch nie gesehen, war sich aber sicher, dass dieser Begleiter Trospaninis nicht Schmitt war.

Der selbsternannte Nachfolger Emolinos ging zusammen mit dem Farbigen in das jeweilige Etablissement hinein. Der Fahrer trug dabei einen Aktenkoffer aus Metall. Sie blieben ungefähr zwanzig Minuten. Il Freddo konnte sich gut vorstellen, was Trospanini dort machte: Er trieb vermutlich Schutzgelder ein. Gewöhnlich erledigten das niederrangigere Familienmitglieder. Wahrscheinlich wollte Trospanini den Barbesitzern klarmachen, wer jetzt nach dem Tod Emolinos der Boss war. Sein Begleiter war dafür da, bei Schwierigkeiten die Forderungen mit den nötigen »Argumenten« durchzusetzen.

Kurz nach 22.00 Uhr trafen Trospanini und der Farbige in Lohr ein. Il Freddo hatte sich so weit zurückfallen lassen, dass der Fahrer, der sicher routinemäßig die Strecke hinter sich im Auge behielt, keinen Verdacht schöpfte. Das Paar besuchte auch hier einige Lokalitäten.

Als die beiden kurz nach Mitternacht die Heimreise antraten, war Il Freddo wieder hinter ihnen. Er folgte dem Wagen fast bis zum Emolinohaus. Nachdem er beobachtet hatte, wie das Fahrzeug auf das Gelände fuhr und sich das

Tor hinter ihm schloss, setzte er zurück, um zu wenden. Es sah so aus, als würde Schmitt heute nicht mehr auftauchen.

Il Freddo brachte das Auto in die entgegengesetzte Fahrtrichtung, hielt an und stieg aus. Seit Stunden war er Trospanini gefolgt und hatte dabei niemals den Wagen verlassen. Jetzt drückte ihn ein menschliches Bedürfnis. Als er sich erleichtert hatte, drehte er sich um – und blickte in den Lauf eines schallgedämpften Revolvers. Ehe er noch reagieren konnte, stanzte das Projektil ein kreisrundes Loch in seine Stirn, und er fiel in die große Leere.

Schmitt verstaute den Revolver wieder im Holster, dann blickte er mit gerunzelter Stirne auf den jungen Mann hinunter. Diese Leiche musste ihm noch einen Dienst erweisen, deshalb konnte er sie nicht einfach liegen lassen. Von hinten griff er dem Toten unter die Achseln und zerrte ihn zu dessen Auto. Die Autoschlüssel fand er in der Tasche der Leiche. Er zog eine Plastiktüte aus der Tasche und stülpte sie über den Schädel des Mannes, weil er verhindern wollte, dass der Kofferraum des Wagens durch die große Austrittswunde verschmutzt wurde; dann wuchtete er den Leichnam in den Kofferraum. Wenig später war er mit dem Fahrzeug unterwegs nach Adelsdorf zu seinem Haus. Später würde er es irgendwo abstellen.

36

Simon Kerner und Steffi waren eine gute halbe Stunde vor Beginn des Festaktes vor Ort. Kerners Aufgabe war es, die ankommenden Gäste zu begrüßen. Seine Stimmung war etwas gedämpft, denn auch in dieser Nacht hatte es, wie in den letzten sieben Nächten zuvor, wieder einen gleichlautenden Drohanruf gegeben. Mittlerweile hatte er Brunner davon erzählt, der aus allen Wolken gefallen war. Den angebotenen Personenschutz lehnte Kerner jedoch ab. Er wollte der Mafia einfach nicht den Gefallen tun, seine Sorge durch Leibwächter zu demonstrieren. Brunner versprach, bei der Feier ein Auge auf ihn zu haben. Nach längerer Überlegung hatte Kerner schließlich seinen Revolver eingesteckt. Die Waffe gab ihm ein Gefühl der Sicherheit.

Die Gäste kamen nun zügig an, wurden von Justizwachtmeistern auf Parkplätze eingewiesen und dann, nach der Begrüßung durch Kerner, an ihre namentlich gekennzeichneten Plätze gebracht.

Auch die Vertreter der Presse erschienen. Der Fernsehsender TV-Touring hatte einen Kameramann und einen Reporter entsendet. Ein älterer Pressevertreter der Würzburger Werbezeitung »Happy Weekend« hatte vor kurzem, wie er erklärte, eine kleine OP am Bein gehabt und musste sich daher der Hilfe eines Rollators bedienen. Da der Haupteingang zur Aula über mehrere Treppen zu erreichen war, geleitete ein Justizwachtmeister den Pressemann durch einen Seiteneingang in den Saal. Alle Pressevertreter mussten den Sicherheitskräften selbstverständlich ihre Ausweise vorlegen.

Das Geigentrio baute sich neben der großen Bühne auf, vor der fünfzehn Reihen à zehn Stühlen den Gästen reichlich Sitzplatz boten.

Wie bei solchen Anlässen üblich, begrüßte jeder jeden. Freundlichkeiten wurden ausgetauscht, alte Bekannte, die sich immer wieder bei derartigen Empfängen trafen, versicherten sich gegenseitig ihrer Wertschätzung. Dazwischen bewegte sich der Kameramann, und der Reporter fing Stimmungen ein.

Als der Präsident des Oberlandesgerichts und die Präsidentin des Landgerichts sich an ihre Plätze in der ersten Reihe begaben, strömten auch alle anderen Gäste zu ihren Stühlen. Insgesamt waren ca. einhundertfünfzig Personen im Raum. Die Justizwachtmeister hatten sich an den Rändern verteilt, um zu spät kommende Gäste diskret an ihre Plätze zu geleiten.

Schließlich wurde es wie auf ein geheimes Kommando still, und die Geiger boten ihr erstes Stück dar. Nachdem die letzten Töne verklungen waren, trat die Präsidentin des Landgerichts ans Rednerpult, das ungefähr vier Meter vor Simon Kerner stand. Der saß mit Steffi zu seiner Rechten neben dem Präsidenten des Oberlandesgerichts.

Während Frau Präsidentin damit begann, alle honorigen Gäste der Reihe nach namentlich zu begrüßen, glitten Kerners Gedanken ab. Der Anruf heute Nacht unterschied sich geringfügig von den vorherigen. Dieser kleine Unterschied hatte ihm den Schlaf geraubt. Diesmal hatte der Anrufer gesagt: »*Heute* bist du tot!« Er warf Steffi einen besorgten Seitenblick zu. Sie schien konzentriert zu lauschen, war aber entspannt. Er spürte den Druck der Waffe unter dem Anzug.

Mittlerweile war die Präsidentin am Ende, und der Oberlandesgerichtspräsident ergriff das Wort. Danach musste

Kerner ans Pult treten. Normalerweise sprach bei derartigen Anlässen auch der Vorgänger, aber Kerners Vorgänger im Amt war aus Krankheitsgründen ausgeschieden und konnte am Festakt nicht teilnehmen. Das würde die ganze Veranstaltung deutlich verkürzen.

In die Stille hinein hörte er aus dem Vorraum der Aula leises Geschirrklappern. Er wusste, dass dort draußen gerade ein kaltes Buffet aufgebaut wurde, an dem sich anschließend die Gäste stärken konnten. Auch ein Winzer bot seine Weine an.

Der Kameramann richtete gerade sein Objektiv auf die erste Reihe und erfasste sie mit einem Schwenk. Dann wechselte er zur Seite und hielt auf den Redner von seitlich vorne.

Kerner tastete nach seinem Manuskript in der Brusttasche. Steffi bemerkte es und drückte ihm unauffällig die Hand.

Mit einem Seitenblick vergewisserte er sich, dass die Justizwachtmeister alles im Auge behielten. Die Gäste waren mit der Einladungsliste verglichen worden, sodass eigentlich kein unüberprüfter Mensch im Raum sein durfte.

Kerner musste sich jetzt konzentrieren, denn der Oberlandesgerichtspräsident beendete seine Rede gerade mit einigen launigen Worten, worauf alle Gäste applaudierten. Kerner erhob sich, gab dem Präsidenten die Hand und setzte sich dann wieder hin, weil erst noch das nächste Musikstück vorgetragen wurde. Ein paar Minuten später bestieg Kerner das Rednerpult. Seine Finger waren etwas feucht, als er die Blätter mit seiner Ansprache auf das Pult legte.

»Sehr geehrte Frau Präsidentin, sehr geehrter Herr Präsident«, eröffnete er. Dabei schweifte sein Blick über die Anwesenden, und er musste erstaunt feststellen, dass er jede Frau und jeden Mann von dieser erhöhten Warte aus gut im

Blick hatte. Brunner, der als sein Ehrengast eingeladen war, zwinkerte ihm aus der dritten Reihe freundlich zu. Er saß am Rand, sodass er, falls erforderlich, etwas körperlichen Bewegungsspielraum hatte.

Obwohl sich Kerner auf seine Rede konzentrierte, schaffte es ein Teil seines Gehirns, sich mit einer möglichen Gefährdung zu beschäftigen. Er überlegte, dass ein Attentat, wenn denn eines geplant sein sollte, am besten während des Festaktes geschehen müsste. Bei den zahlreichen Menschen im Raum würden Schüsse vermutlich eine Panik auslösen, die ein Attentäter bestens zur Flucht nutzen konnte.

Kerner drängte diesen Gedanken jetzt endgültig beiseite und begann mit seiner Rede.

Nachdem er einige Sätze gesprochen hatte, wurde er lockerer und bewältigte den Rest der etwa zwanzig Minuten dauernden Ansprache mit Bravour. Als er endete, brauste freundlicher Applaus auf. Der Präsident erhob sich, überreichte Steffi und der Präsidentin einen Blumenstrauß, Kerner erhielt ein Weinpräsent. Nachdem das abschließende Musikstück verklungen war, trat Kerner noch einmal kurz ans Mikrofon.

»Meine Damen und Herren, draußen im Vorraum der Aula ist ein Buffet für Sie aufgebaut. Bitte seien Sie meine Gäste.«

Damit war der offizielle Teil der Feier beendet, und Kerner stellte aufatmend fest, dass er immer noch lebte. Wahrscheinlich machte er sich viel zu viele Gedanken.

Ein Großteil der Gäste strömte nun hinaus, um sich mit den vorbereiteten Häppchen zu versorgen. Andere stellten sich an Bistro-Tischen in Gruppen zusammen und unterhielten sich. Kerner blieb wachsam, jedoch konnte er keinen Menschen erkennen, der sich besonders für ihn interessierte.

Brunner winkte ihm zu und machte ihm Zeichen, dass er kurz den Saal verlassen würde.

Nun war die Stunde der Presseleute gekommen. In wechselnden Positionen mussten sich der Präsident und die Präsidentin zusammen mit Kerner und Steffi gruppieren, dann schossen die Fotografen aus allen Richtungen ihre Bilder. Auch der sich etwas schwerfällig bewegende Pressemann mit dem Rollator stand dabei. Nachdem er einige Bilder gemacht hatte, wollte er anscheinend seine Position ändern, hatte aber Schwierigkeiten mit seiner Gehhilfe. Kerner registrierte mit Verwunderung, dass sich plötzlich der rechte Griff des Rollators und ein Teil des Rohres aus dem Gestell herauslösten.

Die Erkenntnis traf ihn wie ein Blitz! Mein Gott, das ist ja eine Waffe! Da richtete sich der Mann auf, sah ihm in die Augen und rief laut, während er die Waffe hob: »Schöne Grüße von Don Emolino und Ricardo!«

Kerners Reaktion erfolgte instinktiv, ohne Überlegung. Damit überrumpelte er alle Personen, die noch neben ihm in Pose standen. Mit Wucht gab er der neben ihm stehenden Steffi einen heftigen Stoß, sodass sie gegen die Präsidentin des Landgerichts stürzte und diese gegen den Oberlandesgerichtspräsidenten fiel. Alle drei strauchelten und stürzten in einem Knäuel zu Boden.

Gleichzeitig riss Kerner seinen Revolver aus dem Holster, ließ sich auf beide Knie fallen und feuerte ohne zu zögern auf den nur fünf Meter von ihm entfernt stehenden Angreifer. Die beiden Schüsse aus der Rollatorwaffe und aus Kerners Revolver verschmolzen fast zu einem. Kerner, der nur um den Bruchteil einer Sekunde schneller war, traf den Schützen mitten in die Brust. Der Mann wurde heftig nach hinten geschleudert, dabei stieß er einen heiseren Schrei aus.

Sein Schuss zischte so knapp an Kerners Oberkörper vorbei, dass er in den fliegenden Flügel seines Jacketts ein Loch riss. Anschließend schlug er in die Umrandung der Bühne ein.

Der Attentäter ließ seine Waffe fallen, die laut klappernd über den Parkettboden schlitterte. Kerner war total überrascht, als sich der Mann plötzlich wieder aufrappelte und, zwar immer noch leicht taumelnd, flüchtete. Er war sicher, ihn schwer verletzt zu haben. Das Ziel des Flüchtigen war der Nebenausgang, durch den er vorhin hereingeführt worden war. Dabei stieß er eine Geigerin zu Boden, die schrill aufschrie. Ihr Instrument fiel mit einem lauten Missklang neben sie.

Durch die Schüsse alarmiert, kamen die Justizwachtmeister und Brunner in die Aula gerannt.

»Er ist durch die Seitentüre hinaus!«, brüllte Kerner, der längst wieder auf den Beinen stand. »Ich habe ihn schwer getroffen. Er kann nicht weit kommen!«

Brunner zog seine Dienstwaffe und rannte in die angegebene Richtung.

Die Justizwachtmeister, die über keine Schusswaffen verfügten, halfen dem Präsidenten und der Präsidentin auf die Füße.

In diesem Moment ertönte draußen wieder ein Schuss. Hatte Brunner geschossen?

Kerner rannte nach draußen. Sein gehetzter Blick huschte über den Platz. Er konnte weder Brunner noch den Attentäter sehen. Kerner spurtete über den Rasen der Begrünungsfläche. Er wollte Brunner zu Hilfe kommen, aber es war nicht nötig. Schon nach wenigen Metern sah er den Freund langsam zurückkommen. Seine Waffe hatte er bereits eingesteckt. Kerner tat es ihm nach.

»Bist du in Ordnung?«

Brunner nickte.

»Und wie steht es um dich?«

»Nur der Anzug ist im Eimer«, erwiderte er und wies auf das Schussloch. »Wo ist der Kerl? Ich habe ihn doch voll getroffen.«

»Über alle Berge«, gab Brunner zurück. »Vermutlich trug er eine Schutzweste. Der ist gerannt wie ein Wiesel. Ein Stück weiter unten hatte er ein Motorrad stehen. Er hat dann einen Schuss auf mich abgegeben, der mich in Deckung zwang. Der Moment hat ihm genügt, um abzuhauen. Da hatte ich keine Chance. Das war definitiv ein Profi!«

»Du hast recht, der Killer kam tatsächlich von der Mafia. Du konntest es nicht hören, weil du draußen warst. Er hat mir Grüße von Don Emolino und Ricardo ausgerichtet, bevor er schoss. Zum Glück. Durch diese kurze Verzögerung bekam ich meine Chance.«

Sie betraten den Saal.

Die Presseleute umstanden den Oberlandesgerichtspräsidenten und machten sich eifrig Notizen. Der Kameramann hielt die Szene in bewegten Bildern fest. Als sie Kerner und Brunner hereinkommen sahen, stürzten sie sich sofort auf die beiden, doch diese gaben keinen Kommentar ab.

Steffi stand noch völlig geschockt an ihrem Platz. Als sie Kerner sah, eilte sie zu ihm und streichelte ihm über den Arm. »Bist du unverletzt?«

»Den Anzug kann ich wohl wegwerfen«, meinte Kerner trocken, »ansonsten bin ich in Ordnung.« Beiläufig betrachtete er das große Loch in der Bühnenumrandung. Ein Schauer lief ihm über den Rücken.

»Herr Kerner, können Sie mir das erklären?« Der Oberlandesgerichtspräsident wirkte relativ gefasst, eher verärgert. Zwischenzeitlich waren alle Gäste wieder in die Aula zurückgeströmt, weil sie sich eine Aufklärung des Vorfalls erhofften.

»Gestatten Sie?«, sagte Kerner zu seinem Vorgesetzten und wies fragend auf das Rednerpult. Der Präsident nickte.

»Meine Damen und Herren«, verkündete Kerner über die Sprechanlage, »bitte beruhigen Sie sich. Die Gefahr dürfte vorüber sein. Entschuldigen Sie bitte den Schrecken, den Sie erleiden mussten. Auf mich wurde soeben ein Attentat versucht, das seine Ursachen mit hoher Wahrscheinlichkeit in einem Fall hatte, für den ich in meiner vorherigen Tätigkeit bei der Staatsanwaltschaft zuständig war. Der Täter ist leider entkommen. Es tut mir leid, dass Sie in diese Situation mit hineingezogen wurden, aber der Schütze hatte offenbar den Auftrag, meine Ermordung spektakulär zu inszenieren, was ihm zum Glück nicht gelungen ist. Bitte verlassen Sie jetzt wieder den Raum, da dies hier ein Tatort ist und die Polizei die Spuren sichern muss. Auf den Schrecken hin sollten wir alle noch einen Schluck trinken.«

Der ebenfalls als Gast anwesende Polizeipräsident steckte sein Handy ein, mit dem er gerade die Kripo alarmiert hatte.

»Die Kollegen kommen so schnell wie möglich«, erklärte er. »Die Justizwachtmeister sollten bis dahin den Tatort absperren.«

Was diese sofort taten.

»Mein lieber Kerner, ich hätte nicht gedacht, dass man als Amtsgerichtsdirektor so gefährlich lebt«, stellte der Oberlandesgerichtspräsident kopfschüttelnd fest. »Sie sind ein schneller Schütze, das muss ich Ihnen attestieren. Ohne Ihre Reaktion wären Sie jetzt vermutlich tot. Trotzdem muss ich sagen, wenn jetzt die zukünftigen Direktoren meiner Amtsgerichte ständig Schusswaffen mit sich herumtragen müssen, um nicht erschossen zu werden, ist unser Rechtssystem an den Grenzen der Belastung angekommen.« Er schüttelte den Kopf. »Schicken Sie mir bitte einen ausführlichen Bericht, ich muss diesen Vorfall dem Ministerium mitteilen. Ich darf mich jetzt verabschieden.« Er gab den Anwesenden die Hand und verließ gemeinsam mit der Landgerichtspräsidentin die Aula.

Kerner schickte Steffi ebenfalls in den Vorraum. »Ich denke, da passiert heute nichts mehr. Trink ein Glas Silvaner, das ist gut gegen den Schrecken. Ich komme gleich nach.«

Brunner blieb neben der Tatwaffe stehen und betrachtete sie kopfschüttelnd.

»So etwas Raffiniertes habe ich auch noch nicht gesehen. Der Rollator war reine Tarnung. So wie es aussieht, war der rechte Griff in eine einschüssige Waffe umfunktioniert. Saubere Arbeit, das muss man schon sagen. Zusammen mit seiner Maskerade als behinderter Journalist wäre er durch jede Kontrolle gekommen.«

Als Kerner an diesem Tag mit Steffi nach Hause kam, riss er sich als Erstes die Kleider vom Körper und stieg unter die Dusche. Nach Verlassen der Dusche marschierte er im Bademantel ins Wohnzimmer, um sich einen Drink zu genehmigen. Dabei kam er am Telefon vorbei. Der Anrufbeantworter blinkte. Es war eine Nachricht aufgesprochen. Er zögerte kurz, bevor er die entsprechende Taste drückte und die Nachricht abhörte. Als er die Stimme eines Jagdfreundes erkannte, der bei ihm im Revier ab und zu nach dem Rechten sah, atmete er unwillkürlich auf.

»Hallo Simon«, erklärte der Anrufer, »der Buschbrenner hat mich angerufen, weil er dich nicht erreichen konnte. Er hat heute den Mais oben am Verbindungsweg geerntet. Dabei hat er mitten im Acker einen Wildschweinkadaver gefunden. Ich bin gleich hingefahren und habe mir das angesehen. Die Sau war schon ziemlich mitgenommen, aber man konnte noch deutlich erkennen, dass sie erschossen worden war. Hat da oben in den letzten Wochen mal einer auf ein Wildschwein geschossen und es ist nicht liegen geblieben? Du kannst mich ja mal anrufen, wenn du die Nachricht abhörst.« Der Anrufer legte auf.

Kerner war völlig sprachlos. Er hatte sich in der besagten Nacht also nicht getäuscht und tatsächlich auf ein Wildschwein geschossen! Das war aber offenbar nicht gleich liegen geblieben, sondern im Maisfeld noch ein ganzes Stück weitermarschiert.

War es Zufall oder geplant, jedenfalls musste jemand zeitgleich in dieser tragischen Nacht auf Ricardo Emolino geschossen haben, und Kerner, der die Leiche fand, hatte gedacht, er wäre es gewesen.

Manchmal schlug das Leben schon die seltsamsten Kapriolen. Wäre er in jener Nacht nicht auf die Jagd gegangen … Er zuckte mit den Schultern und legte das Thema für sich zu den Akten. Er war sich sehr sicher, dass dieser Mord an Ricardo Emolino niemals aufgeklärt werden würde.

Steffi und er setzten sich zusammen ins Wohnzimmer, und bei einem Glas Wein erzählte er ihr die ganze lange Geschichte in allen Einzelheiten.

In dieser Nacht schliefen Steffi und Simon seit längerer Zeit wieder miteinander.

Lange nachdem Steffi in seinen Armen eingeschlafen war, lag Kerner immer noch wach. Sein Unterbewusstsein wartete auf den bekannten Anruf. In dieser Nacht blieb er aus.

In derselben Nacht lag Schmitt in seinem Bett und hatte trotz starker Medikamente heftige Schmerzen in der Brust.

An der Stelle, wo Kerners Geschoss die Schutzweste getroffen hatte, befand sich ein mehr als Handteller großes, schwarzblaues Hämatom. Mit kühlenden Kompressen versuchte er das Schusstrauma zu mildern. Mit dieser schnellen Reaktion Kerners hatte er nicht gerechnet. Anerkennend musste er feststellen, dass der Mann ihn ohne Schutzweste tödlich getroffen hätte.

In dieser Nacht beschloss er, seine Geschäfte endgültig abzuschließen. Er hatte noch ein paar Verpflichtungen zu erledigen, dann war er frei.

Er würde dafür sorgen, dass es für ihn ein Leben nach dem Tod gab.

Epilog

Es war ein Spätnachmittag, zwei Tage nach Simon Kerners Amtseinführung in Gemünden am Main. Der Messner der Neumünsterkirche trat in den Altarraum, um an verschiedenen Leuchtern die abgebrannten Kerzen auszutauschen. Als er die Apsis verließ, weil er die gleiche Handlung auch an einigen Seitenaltären vornehmen musste, fiel ihm ein älterer Herr auf, der nahe einer Säule in der Bank saß und anscheinend schlief. Seine Haltung war allerdings so unnatürlich, dass der Messner dann doch Sorge bekam, es könnte dem Mann etwas zugestoßen sein. Leise trat er näher. Der Kirchenbesucher schlief nicht. Mit offenen, gebrochenen Augen starrte er an das Deckengewölbe, das durch den Sonnenlichteinfall von der Seite eine besondere Stimmung in den sakralen Raum reflektierte.

Die Polizei stellte anhand der gefundenen Ausweispapiere fest, dass es sich um den Würzburger Geschäftsmann Pietro Vasselari handelte. Bei der angeordneten Obduktion stellte der Rechtsmediziner fest, dass dem Mann offenbar das Genick gebrochen worden war.

Am gleichen Tag, als Don Pietro auf so unrühmliche Weise aus dem Leben geschieden war, geschah in der kleinen Spessartgemeinde Adeldorf eine Katastrophe. In dem Haus, das der etwas sonderliche Franz-Joseph Schmitt bewohnte, ereignete sich eine gewaltige Explosion, die das halbe Gebäude zum Einsturz brachte und einen heftigen Brand auslöste. Die alarmierten Freiwilligen Feuerwehren aus mehreren

Nachbardörfern hatten Mühe, das Feuer so unter Kontrolle zu bringen, dass es nicht auf den umgebenden Wald übergriff.

Wie die Brandermittler der Polizei später feststellten, gab es im Keller des Anwesens eine Primärexplosion, die andere Sprengsätze im Haus zündete und eine regelrechte Kettenreaktion auslöste. Für die Ermittler bestand kein Zweifel, dass es sich hierbei um Brandstiftung handelte. Bei der Durchsuchung der Ruine stellten die Beamten eine ganze Reihe von verglühten Metallgegenständen sicher, die noch als Waffen zu identifizieren waren. Außerdem fand sich unter dem Schutt eine fast völlig verbrannte Leiche. Bei der späteren Obduktion wurde festgestellt, dass es sich um einen Mann gehandelt haben musste. Den Umständen nach vermutete man, dass es sich dabei um den Bewohner handelte. Als einzige Auffälligkeit stellte der Rechtsmediziner fest, dass der Tote irgendwann an der linken Hand die Hälfte seines kleinen Fingers verloren haben musste. Ob diese Verletzung schon länger zurücklag oder erst frisch war, ließ sich nicht mehr feststellen. Die Ermittler versuchten routinemäßig, anhand des einigermaßen erhaltenen Zahnschemas die Identität der Leiche festzustellen. Sie befragten zahlreiche Zahnarztpraxen in der Umgebung. Vergeblich. Der Mann war offenbar nie bei einem Zahnarzt gewesen.

Angehörige wurden nicht gefunden, sodass nach einiger Zeit der Staat Erbe des Anwesens wurde. Das Grundstück verwilderte. Nach Jahren kaufte es ein Investor, der dort eine Seniorenresidenz errichten wollte.

Zwei Monate nach dem Brand kaufte ein solventer Australier deutscher Abstammung namens Tommy Beck in einem Badeort in der Nähe des bekannten Great Barrier Reefs eine

Strandbar und ließ sich dort nieder. Da der Mann ein freundlicher älterer Herr war, der ausgezeichnete Cocktails mixte und sich immer Zeit nahm, um ein gutes Gespräch zu führen, lief die Bar ausgezeichnet. Besonders von deutschen Touristen wurde sie gerne besucht, da der Inhaber fließend deutsch sprach.

Wenn ihn allerdings gelegentlich einer seiner Gäste fragte, was der ungewöhnliche Anhänger zu bedeuten hatte, den er an einer dünnen Kette um den Hals trug und der wie ein deformiertes Geschoss aussah, dann lächelte er nur vielsagend und schwieg.

Bibliografische Information der Deutschen Nationalbibliothek

Die Deutsche Nationalbibliothek verzeichnet diese Publikation in der Deutschen Nationalbibliografie; detaillierte bibliografische Daten sind im Internet über <http://dnb.d-nb.de> abrufbar.

4. Auflage 2016

www.echter.de

Umschlaggestaltung: wunderlichundweigand.de
Umschlagfoto: © jarts / photocase.com
Druck und Bindung: CPI – Clausen & Bosse, Leck

ISBN 978-3-429-03554-9 (Print)
ISBN 978-3-429-04671-2 (PDF)
ISBN 978-3-429-06080-0 (ePub)